KB060683

아버지의 이메일

평생 가난했고, 항상 떠돌았고, 자주 취했던
내 아버지 홍성섭 이야기

아버지의
이메일

홍재희 지음

바다출판사

아버지,

이제야 답장을 보냅니다.

차례

누구에게나 아버지가 있다. 아버지에 대한 감정과 기억과 경험을 공유하고 있다는 점에서 우리는 모두 같다. 그러나 사람들이 저마다 기억하는 아버지가 똑같을 수는 없다. 모두에게 아버지가 '추억'이 될 수는 없는 법이다. 누군가에게 아버지란 존재는 존경과 위엄이라는 두 글자로 소중하게 '추억'될 것이나 다른 이에게 아버지란 '추억'은커녕 기억 속에서 영영 지워 버리고 싶은 이름일 수도 있다. 알고 싶지 않지도 이해하고 싶지도 않은 존재일 수도 있는 것이다.

요즘은 자식과 대화도 하고 영화도 같이 보는, '딸바보' 또는 '친구 같은 아버지'와 같은 수식어가 흔해졌다. 과거의 아버지 부모 세대와 달리 지금의 젊은 아버지들은 달라지려고 노력하고 또 달라지고 있는 것이 분명하다. 하지만 아직도 많은 사람이 자신의 아버지와 '친해지기' 힘들다고 토로한다. 그 말 속에는 가까워지고 싶지만 여전히 거리가 느껴지는 아버지에 대한 안타까움이 깔려 있는 것은 아닐까. 또한 아버지와 가까워지고 싶고 아버지를 이해하고 싶은 욕구가 잠재되어 있는 것은 아닐까.

나 역시 별반 다르진 않았다. 유년 시절을 빼면 아버지와 살갑게 이야

아버지의 이메일

기를 나눈 적이 별로 없다. 아버지와 친해진다는 것은 그 자체만으로도 힘들고 어려웠다. 친해지기는커녕 외면하기 바빴고 이해는커녕 미움과 불신으로 담을 쌓고 지냈다. 불행하게도 나에게 아버지라는 석 자는 잊어버리고 싶거나 기억하고 싶지 않은 과거 또는 비난하고 증오했던 사람 아니면 이해 불가능한 존재를 의미했다. 그랬던 아버지가 어느 날 갑자기 세상을 떴다. 나에게 달랑 당신의 일생을 담은 이메일 43통을 남기고. 그건 마치 유언 같았다.

그러나 아버지의 이메일은 대개의 성공한 아버지가 남기는 유형의 것은 전혀 아니었다. 출세한 아버지가 자식에게 성공과 처세의 길을 일러주는 지침서도 아니었고 존경과 감동을 불러일으키는 위대한 회고록도 아니었으며 인생의 가르침을 집대성한 편지도 교훈도 그 무엇도 아니었다. 그저 대한민국에 사는 평범한 한 가족의 아버지이자 이름 없는 한 남자가 살았던 일생을 적은 흔해 빠진 넋두리 아니면 되풀이되는 한풀이일 뿐이었다.

그런데 희한한 일이었다. 그럼에도 불구하고 아버지의 글은 그동안 굳게 닫혀 있었던 내 마음을 두드렸고 상처와 고통뿐이라고만 여겼던 과거로 가는 문을 처음으로 열게 만들었다. 그랬다. 돌아가신 그해 일흔다섯이었던 아버지가 독수리 타법으로 일 년 동안 나에게 보낸 이메일은 아버지 일생의 고백이자 참회였으며 당신의 처음이자 마지막 이야기였기 때문이었다.

나는 잊고자 했던 가족사를 찾아서, 미처 몰랐던 아버지의 과거를 향해 한편으로는 잃어버렸던 우리의 시간을 찾아 먼 길을 떠났다. 그리고 카메라를 들었다. 그 후 〈아버지의 이메일〉이란 제목으로 한 편의 다큐멘터리가 만들어졌고 그리고 여기 또 한 권의 책을 쓰게 되었다.

누구나 힐링 또는 치유를 유행처럼 이야기하는 세상이다. 그리고 상처를 치유하기 위해서는 먼저 타인을 용서해야 한다고들 말한다. 하지만 무턱대고 용서를 말하는 것은 섣부르다. 용서는 해야 한다는 당위성만으로 기능하지 않으며 설령 용서하고 싶다고 해도 말처럼 쉽게 할 수 있는 것도 아니다. 용서라는 것은 누군가가 대신해 주는 것도 아니고 밖에서 오는 것도 먼 데서 시작되는 것도 아니다. 오로지 나 자신으로부터 출발하는 것이기 때문이다. 자기의 경험이 하나의 이야기가 되기 위해서는 일정한 시간이 필요하다. 시간은 곧 거리를 의미하고 거리 두기는 객관화라는 과정을 거쳐야만 이해를 가능하게 한다. 물론 그 과정이 결코 쉽지만은 않다. 화해하기에는 용서하기에는 너무 늦어 버렸을 수도 있다. 그런데도 왜 나는 기억하려고 하는가. 왜 이야기하려고 할까. 아니 왜 이야기해야만 할까.

한 개인에 대한 앎. 그 개인의 삶에 대한 이해. 앎과 이해가 선행되어야만 용서라는 것도 가능하다. 그리고 용서하기 위해서는 무엇보다 먼저 기억해야만 한다고 생각한다. 나는 영화를 통해 더불어 이 책을 통해 망각 속에 파묻었던 아버지를 기억 속으로 불러내 그를 더도 말고 한 인간으로서 이해하려는 길을 떠났다. 그 길목에서 내 기억 속의 아버지를 만났고 과거의 힘들었던 시기를 견디지 못해 아버지를 미워하고 회피했던 나를 또한 만났다. 그리고 감히 아버지를 용서했다기보다 상처받고 분노했던 어린아이였던 나를 이해하고 용서했다.

나는 상처를 극복한다는 것이 곧 상처가 치유된다는 것을 의미한다고는 생각하지 않는다. 모든 상처가 다 사라지거나 없어지지는 않는다. 사실 상처는 극복되는 게 아닐지도 모른다. 그저 내 안의 상처를 더는 외면하지 않고 들여다볼 용기를 내는 것 그리고 그 상처를 있는 그대로 인정하고 받아들일 뿐이다. 그러나 상처를 준 타인을 기억하는 차원에서 한 걸음 더 나아가 자신을 되돌아보고 그리하여 스스로를 이해하게 된다면 그럼으로써 동시에 타인을 이해하게 되는 출발점에 선다면 나는 그것이 용서의 과정 아마도 치유의 시작일 것이라 믿는다.

어느덧 훌쩍 나이를 먹고 중년이 되었다. 이 나이가 되고 보니 부모와 내가 다르지 않다는 걸 실감하게 된다. 그리고 내 앞에 놓인 앞으로의 삶에 의문부호를 찍게 되었을 즈음에 문득 부모의 삶을 묻고 싶어졌다. 지나간 일, 과거를 제대로 이해하고 해석하는 것은 앞으로 살아갈 우리에게 참으로 중요하며 또한 내가 겪어 보지 않은 과거를 헤아려야 하기 때문에 더욱더 어려운 일이다. "내리사랑은 있어도 치사랑은 없다."는 말이 있다. 부모는 자식을 이해하기보다 그저 사랑하니 용서하려고 한다. 하지만 자식은 부모를 용서하려면 먼저 부모를 한 인간으로 이해해야 하는가 보다. 아버지의 이메일을 읽으며 아버지가 들려주는 이야기를 통해 나는 깨달았다. 역사는 책 속에 도서관에 박물관에 존재하는 것이 아니라 바로 나에게 그리고 우리 안에서 가장 개인적인 삶 속에서 지금 여기 현재 진행형이라는 사실을.

어린 시절 도저히 이해할 수 없었던 부모 그리고 아버지 세대에게 두렵지만 아주 조금씩 한 번에 한 발자국씩 걸음을 떼는 연습, 그것이야말로 소통의 첫걸음이 아닐까. 무엇보다 부모를 부모라는 이름에 앞서 한 개인으로 바라보는 것, 그리고 그 한 사람의 마음을 헤아리게 될 때 자식으로서든 자신으로서든 그 누구의 인생도 아닌 바로 자신의 인생을 제대로 살아나갈 수 있으리라.

차마 말하지 못했고 굳이 아무도 묻지 않았던 부모의 이야기. 한 번도 듣지 못했고 관심도 없었던 부모의 이야기. 자신의 아비지 또는 어머니에게도 누군가에게 아직 말하고 싶은 그런 이야기가 있을 것이다. 지금이라도 늦지 않았다. 이 책을 펼쳐든 순간 그리고 이 책을 덮고 나서 각자 부모의 이야기에 귀를 기울이는 여행 또는 부모가 된 자신의 과거로 이야기를 찾아 여행을 떠날 수 있었으면 좋겠다.

내 안의 아버지 내 안의 어머니 내 안의 부모를 극복하려는 또는 화해하고자 하는 모든 이가 각자의 방식으로 자신만의 과거와 부모를 불러내 이해하려는 용기를 낼 수 있기를. 이 땅의 평범한 모든 부모, 그 부모라는 이름으로 살다 간 수많은 사람 그리고 그들의 자식인 우리도 그러할 수 있기를. 그 사이에서 이 책이 작은 물꼬를 틔울 수 있기를 빈다.

새봄을 맞는 남산골에서, 홍재희

아버지의 이메일

프롤로그

벌써 7년이 흘렀다. 꿈결 같다. 연말이 되면 항상 크리스마스 캐럴과 몹시 추웠던 겨울밤과 벽제 화장터가 오버랩된다. 12월 25일 크리스마스 아침. 나는 화장터로 떠나는 아버지를 마지막으로 배웅했다. 그날따라 망자의 뒤를 따르듯 눈발이 휘날렸다. 아버지의 죽음 이후 내게 연말은 삶보다 죽음, 술과 망년회, 축복의 캐럴보다 곡소리와 장송곡, 레퀴엠의 냄새가 자욱한 한 달이다.

삶과 죽음의 달, 12월. 죽음을 기억하라, 메멘토 모리(Memento mori).

2008년 겨울, 크리스마스를 이틀 앞둔 12월 23일이었다. 아버지가 돌아가셨다. 살아서는 고향 땅을 두 번 다시 밟지 못했던 이북 실향민, 디아스포라. 남한에서 반평생을 고독하고 고단하게 살았던 아버지. 당시 아버지는 알코올성 우울증을 심하게 앓고 있었다.

서울 전역을 들쑤셔 놓은 뉴타운 재개발의 광풍은 부모님이 살고 있는 금호동에까지 미쳤다. 그러나 재개발 추진위원회가 설립되고 나서, 30평형 조합 아파트를 분양받으려면 3억 이상의 분담금을 더 지불해야 비로소 아파트 소유주가 될 수 있다는 날벼락 같은 소식에 아버지는 밤잠을

아버지의 이메일

이루지 못했다. 세상이 바뀌었다는 것을, 이제는 집주인이라고 해서 누구나 아파트에 살 수 없는 세상이 되었다는 것을, 세상과 등지고 살았던 아버지는 미처 몰랐던 것이다.

북에서 내려온 당신이 대한민국에서 평생을 걸쳐 유일하게 손에 쥔 것은 바로 금호동 23평 구옥 한 채가 전부였다. 아버지는 늘그막에 하나 있는 집마저 날리는 것은 아닌가 하는 불안감에 괴로워했다. 그리고 재개발 추진 동의서에 도장을 찍은 당신을 두고두고 자책했다.

재개발 추진위의 전횡에 맞서 비상대책위원회(이하 비대위)가 소집되고 주민으로 이루어진 비대위가 거대 건설사, 부동산 개발업자와 투기꾼들의 사주를 받는 조합을 무효화하기 위한 법적 대응을 시작했다. 그리고 아버지는 비대위 임시 사무실에 상근하는 최고령자가 되었다. 그러나 말이 좋아 비대위지 비대위 모양새는 초라하기 그지없었다. 발족은 했으나 사무실에 사람을 고용할 수 있는 형편은 아니었다. 비대위 입장에 동조하는 주민 대다수가 다들 먹고살기에 바쁜 서민층이었기 때문이다. 그러자 아버지 당신이 상근을 자청한 것이다. 쓸모없는 늙은이라도 사무실

지키는 것쯤은 너끈히 할 수 있다면서 말이다. 그날부터 아버지는 하루도 쉬지 않고 사무실에 나갔다.

　돌아가시기 한 해 전부터 아버지는 하루가 멀다 하고 나에게 비대위 사무실에 한 번 들러 달라셨다. 그러나 나는 항상 바쁘다는 핑계로 사무실에 들르지 못했다. 아버지는 당신의 인생을 반추하며 깊은 회한에 잠겨 있었다. 지금 생각해 보면 내가 어떻게 그리 무심했는지 도무지 모르겠다. 부모가 사는 집이 한순간에 휴지 조각처럼 날아갈 상황이었는데도 말이다. 게다가 그 집은 내게도 그냥 '집'이 아니었다. 바로 내가 태어났으며 유년 시절과 청소년기를 보내고 성인이 되어 독립할 때까지 줄곧 살았던 집, 과거가 켜켜이 쌓이고 기억이 촘촘히 새겨진 그런 집이었다. 더구나 그 집은 여생을 보내는 부모의 마지막 안식처가 되어야 했다.

　하지만 나는 비겁하게 침묵했다. 가난한 독립영화 감독인 내 문제가 더 급했다. 다른 데 신경 쓸 겨를이 없었다. 내 인생 하나를 책임지기도 버거웠다. 목구멍이 포도청인데 아파트를 사는 데 보탤 돈이라니 언감생심이었다. 무엇보다도 돈 없고 가난한 서민의 현실 앞에 한없이 절망하는 아버지의 얼굴을 차마 볼 수가 없었다. 내 힘으로는 아무것도 할 수 없다는 자괴감 때문이었을까. 가난하고 어리석게 산 부모에 대한 분노와 슬픔 때문이었을까. 오히려 나는 재개발 동의서에 왜 도장을 찍었냐고 가엾은 노인을 마구 질책했다. 아파트 입성의 꿈을 버리고 차라리 집을 팔아 서울을 떠나길 부모에게 권했다. 아니 종용했다. 그랬다. 난 차라리 그러길 바랐다.

그러나 아버지 생각은 달랐던 것 같다. 아파트가 들어서면, 아파트에 살기만 하면, 아파트 값만 오르면, 지금까지 대한민국 사람들이 누구나 그랬듯, 서민에서 중산층으로 중산층에서 부유층으로 계급 상승한 사람들처럼, 부동산 투기로 졸부 대열에 합류한 사람들처럼 두 다리 뻗고 남들 앞에서 떵떵거리면서 살 수 있으리라 기대했을 것이다. 그리하여 경제적으로 무능했다는 자격지심 때문에 자식들 앞에 설 면목이 없었던 당신도 이제는 떳떳해질 수 있으리라 꿈꾸었을 것이다.

그렇지만 아버지는 순진했다. 아버지는 몰랐다. 도심 재개발의 핵심은 돈 없는 서민을 밀어내고 그 자리를 중산층 이상의 부를 소유한 사람들이 전부 차지하게 하는 데 있다는 사실을 깨닫지 못했다. 부동산으로 떼 돈을 벌어들였던 호시절도 지나가 버린 상황에서, 가난한 서민 아버지 의 바람은 한낱 신기루와 같은, 참으로 헛된 욕망이었다. 금호동 1가 주 택 소유주들 중에서 추가 분담금을 내고 아파트 집 열쇠를 쥘 수 있는 사 람은 거의 없었다. 경제적으로 넉넉한 몇몇 사람을 빼고는 거개가 서민 층이었기 때문이다. 가진 거라고는 낡고 오래된 집 한 채. 오직 그것밖에 없는 이웃들은 지금까지 살던 터전을 두고 곧 떠나야 할 운명이었다.

아버지의 45년 부초 같은 인생이 위태롭게 발을 디디고 서 있던 곳. 아버지의 한 많은 질곡의 일생이 고스란히 묻어 있는 금호동 1가 179- 24번지 11통 3반. 이 집의 운명이 한순간 끝날 수 있다는 현실 앞에서, 아버지는 삶의 끈을 놓아 버릴 만큼 무참히 절망했던 것인가.

아버지는 12월 20일 내게 마지막 메일을 보내고 난 사흘 뒤 눈을 감았 다. 캐럴이 울려 퍼지는 세밑. 진눈깨비가 휘날리는 겨울 아침. 아버지는 한 줌 재로 화하여 이승을 떠났다.

1부. 아버지로부터

이메일
43통

상을 치른 지 얼마 되지 않은 이듬해 2009년 1월. 용산참사가 일어났다. 정부와 서울시가 추진 중인 '뉴타운 재개발' 강행으로 일어난 참혹한 소식에 나는 장례식 이후 처음으로 목 놓아 울었다. 재개발 사태 이후 평생 가슴에 응어리진 한이 터져 결국 그 한을 품고 떠난 아버지가 생각나 울었고, 삶의 터전을 잃고 쫓기다 목숨을 잃은, 가진 것 없는 사람들 때문에 또 울었다. 슬픔에 가슴이 타 들어가는 것만 같았다. 눈물의 둑이 터져 버린 듯했다. 울다 울다 지쳐 넋을 놓을 즈음 문득 아버지가 보낸 메일이 떠올랐다. 아, 아버지가 쓴 글. 한동안 잊고 있었다. 아버지가 이 세상에 마지막으로 남기고 떠난 43통의 그 메일.

메일함을 열었다. 그리고 아버지가 보낸 메일을 읽어 내려가기 시작했다.

아버지는 2008년 1월부터 12월까지 당신이 살아온 일생을 한 자 한 자 독수리 타법으로 쳐서 내게 메일을 보내셨다. 일흔다섯 살 노인이 언제 어디서 인터넷을 배웠단 말인가. 첫 메일을 받았을 때 나는 놀라고 당황했다. 그렇게 시작된 메일은 잊을 만하면 다시 오곤 했다. 일 년 내내 계속되었다. 메일은 한국전쟁으로 거슬러 올라갔다가 다시 1988년 올림픽으로 내려왔다가 그러다 불투명한 재개발 여부 앞에서 불안감에 잠 못 이루는 당신의 한탄으로, 일생에 대한 회한으로 끝이 나곤 했다. 한마디로 늙은 아비의 신세타령이자 속질없이 흘러간 세월에 대한 넋두리였다.

처음에는 대수롭지 않게 여겼다. 늘그막에 외로움에 심약해진 아버지가 안쓰러워 성심껏 답장을 할 때도 있었다. 그러나 늙고 추레해진 못난 아버지의 무게가 버겁고 싫어서 외면하고 싶을 때가 더 많았다. 점점 메일 확인이 귀찮고 성가셨다. 결국 메일함에 '아버지'라는 폴더를 만들고 메일이 오는 족족 그곳에 집어넣었다. 메일은 차곡차곡 쌓여 갔다.

그러던 어느 날이었다. 아버지가 더는 메일을 보내지 않았다. 아니 더는 받을 수 없었다. 12월 23일 아버지가 세상을 떠났기 때문이다.

메일함에서 '아버지'라는 석 자를 본다. 이상하다. 이제는 세상에 존재하지 않는 한 사람이, 그의 실체 없는 이미지가, 그러나 아버지라는 이름으로 거기 존재한다. 나는 메일을 클릭했다. 띄어쓰기도 되어 있지 않고 게다가 오타의 연속이다. 당신에게 남겨진 시간이 얼마 남지 않았다는 조바심에서였을까. 한 자라도 한마디라도 더 토해 내고 더 말하고 싶었던 아버지의 진심이었을까. 한 치의 틈도 없이 글자로 빽빽하게 채워져 있는 아버지의 글. 쉼표 없는 글. 그 무게가 나를 압박한다. 그 바람에 활자를 따라가는 내 시선은 자꾸 방향을 잃고 미끄러진다. 한자리를 맴돌 듯 읽던 곳을 읽고 또 읽었다. 그러다 문득 이 글을 쓰고 있었을 아버지가, 컴퓨터 앞에 앉아 있었을 백발노인이 떠올랐다. 코끝에 돋보기안경을 걸치고 침침해진 눈을 비비고 있는 아버지 얼굴이 메일 행간 사이로 겹쳐졌다 사라졌다 다시 겹쳐졌다. 메일을 읽는 내내 두 손가락으로 자판을 치고 있었을 아버지 모습이, 아버지의 구부정한 등이 자꾸만 자꾸만 아른거렸다.

아버지가 보낸 메일 43통은 단순한 메일이 아니라 당신 일생에 대한 자성이자 과거를 낱낱이 기억해 내는 고통스러운 과정 그 자체였다. 죄책감이 가슴을 후려쳤다. 북에 두고 온 어머니와 누님이 꿈에 나타났다며 이제는 가야 할 때가 된 것 같다는 대목에서 나는 또다시 오열하고 말았다.

나는
그에게서
비롯되었다

마지막 메일을 닫았을 무렵 동이 트고 있었다.

주제넘은 사명감 또는 어쭙잖은 책임감 때문이었는지도 모른다. 아버지 메일을 가족 모두가 공유해야 한다는 생각이 들었다. 메일을 전부 출력해 엄마와 남동생에게 건넸다. 미국에 사는 언니에게는 메일로 보냈다. 그리고 가족들 반응을 기다렸다.

어머니는 정작 아내인 자신에 대한 이야기는 별로 없더라며 서운한 내색이었다. 언니에게서는 가타부타 반응이 없었다. 남동생은 바빠 아직 못 읽었노라며 성의 없이 대답했다. 읽겠다고 할 때는 언제고 고작 바쁘다는 핑계를 대냐며 내가 발끈하자 동생은 짜증을 냈다. 아버지의 이메일을 대하는 가족들의 태도는 각자 달랐다. 아버지의 75년 인생을 반추하는 회고록이자 아버지가 식구들에게 보내는 참회의 고백이었는데도 장례식에서와는 달리 가족들 반응은 예상외로 무덤덤했다. 메일을 읽으며 감정을 추스르기 힘들었던 나로서는 이런 반응이 적잖이 당혹스

아버지의 이메일

러웠다.

장례식 영정 앞에서 밤새 눈물로 기도를 올린 어머니, 무슨 수를 쓰더라도 장례식에 오려고 애썼으나 끝내 비행기표를 구하지 못하자 통곡한 언니, 아버지가 한 줌 재로 화하던 화장터에서 하염없이 눈물을 쏟던 동생이 아니었던가. 아버지 죽음에 지극한 '슬픔'으로 애도했던 가족들이 아니었던가. 그 '슬픔'의 의미는 우리 각자에게 도대체 무엇이었던가.

하지만 나는 내 안의 그 '슬픔'을 이렇게 그냥 흘러가게 둘 수는 없었다. 아버지 이메일을 이대로 내버려둘 수는 없었다. 뭔가 해야만 했다. 뭔지 모르지만 무언가를 해야 한다는 소리가 나의 내면에서 자꾸만 울려 퍼졌다.

아버지 이메일을 영화로 만들 거예요.

그런 걸 영화로 만들어 뭐 하게. 누가 본다고?

가족들은 반신반의했다. 아버지 이메일로 영화를 만들겠다는 내 말을 아무도 진지하게 생각하지 않는 듯했다. 그러나 내 결심은 확고했다. 좋다. 아무도 안 봐도 좋다. 아무도 알아주지 않아도 좋다. 아무도 이해하지 못해도 좋다. 하지만 누,군,가는 기억해야 하고 누군가는 말해야 한다. 그렇다. 누군가는 이야기해야 한다. 그리고 그 누구도 아닌 바로 내가, 나는 이야기를 해야만 했다.

아우슈비츠에서 살아남은 프리모 레비는 이렇게 썼다.

인생에서 목적을 가지는 것은, 죽음에 대한 최선의 방어이다.

아버지 메일을 읽고 나서 불현듯 나는 아버지가 당신의 죽음을 예감했을지도 모른다는 생각을 했다.

삶은 한 사람이 살았던 그 자체를 뜻하지 않는다. 오히려 현재 우리가 '기억'하고 있는 그것을 삶이라 부를 수 있다. 그의 삶을 이야기하기 위해 살아 있는 우리가 그를 '어떻게' 기억하느냐는 것이다. 우리에게 주어진 삶은 단 한 번뿐이다. 우리 모두는 반드시 죽는다. 그리고 죽은 자는 결국 언젠가는 잊힌다. 죽은 자를 기억했던 사람들마저 죽어 사라지면 한때 그가 세상에 존재했다는 사실조차 남김없이 사라진다. '삶' 또한 완벽하게 사라지는 것이다.

그러므로 삶이란 피할 수 없는 죽음 앞에서 잊히지 않기 위해 그리하여 사라지지 않기 위해 투쟁하는 것을 의미하는 것은 아닐까. 삶의 목적을 잃고 절망했던 아버지에게 이생에서 남은 마지막 목적은 바로 잊,히,지 않기 위해 기억하게 해야 한다는 것, 잊히기 전에 이야기하게 해야 한다는 것, 바로 그것이 아니었을까. 그래서 아버지는 생을 마감하기 전 내게 당신이 살아온 이야기를 들려주셨던 것이다.

그러므로 나는 아버지 죽음을 기억하고 싶었다. 또한 아버지를 기억함으로써 아버지 당신의 삶을 다시 불러내고 싶었다. 이는 죽은 자보다 살아 있는 자들의 가야 할 길과 남은 삶을 위해 필요한 일이었다. 기억 저편에 영원히 묻어 두었어도 될 아버지 삶을 되돌아보겠다는 내 결심의 밑바탕에는 이런 까닭이 있었다. 또한 이미 아버지 삶과 연결되어 있는 나의 삶, 아버지 과거에서 비롯되는 나의 과거 그리고 그 과거의 연장선상에 놓여 있는 바로 지금의 나 자신을 돌아보겠다는 결기가 자리 잡고 있었다.

모든 슬픔은 그것이 이야기로 만들어질 때, 슬픔에 대해 이야기를 할 수 있다면 견딜 만한 것이 된다.
　－한나 아렌트 《인간의 조건》에서

이제야
들을 준비가
되었다

가족사를 돌아보기 싫었다. 고통스러웠기 때문이다. 어린 시절부터 머릿속에서 왜라는 질문이 항상 떠나지 않았다. 왜 이런 집구석에서 태어난 것일까, 왜 우리 아버지는 친구들의 아버지와 이렇게 다른 걸까, 왜 우리 가족은 언제나 싸우고 힘들게 버텨야 하는 걸까, 왜 눈물로 밤낮을 지새워야 하는 걸까. 묻고 또 묻고 곱씹고 또 곱씹었다.

어린 시절은 항상 위태롭고 불안했다. 부모의 인생을 어떤 방식으로든 이해할 수 없었던 나는 살아남기 위해 증오로 회피로 나 자신을 무장할 수밖에 없었다. 어떻게든 살아남으려고 버티려고 바둥거렸다. 내가 스스로 선택할 수 없었던 부모라는 존재가, 그 운명이 자식에게 남긴 커다란 생채기는 쉽게 아물지 않았다. 덧나기 쉬웠고 가까스로 상처에 딱지가 생겨 고통에 무뎌질 즈음 우리는 성인이 되었다. 그렇게 부모 품에서 벗어났을 때 나는 자신했다. 과거의 상처는 다 극복했노라고. 나는 믿었다. 아버지를 기억 속에서 떠나보내는 것만이 내가 살길이라고. 그렇게 아버

아버지의 이메일

지를 용,서,했,다고 믿었다.

그것은 착각이었다. 나는 아버지를 용서한 게 아니었다. 아버지 이메일을 읽고 나서야 그 사실을 비로소 깨달았다. 용서는 망각이 아니라 기억하는 데서부터 출발한다는 것을, 용서를 하기 위해서는 먼저 기,억,해, 야만 한다는 것을. 그런 의미에서 나는 아버지를 용서하지 않았다. 용서하지 못했다. 아니 용서힐 수 없었다. 깨달음은 항상 뒤늦게 온다. 우리 가족에게 이 모든 고통을 준 원흉이라고만 여겼던 아버지에게도 당신이 짊어져야 할 무거운 고통이 존재했다는 것을 깨닫기에는 아버지가 나에게 가족들에게 준 고통의 골이 너무 깊었다.

그 아버지는 지금 여기에 없다. 당신의 이야기를 듣고 싶어도 들려줄 당신은 이미 이생에 존재하지 않는다. 후회한들 늦었다. 아버지는 이런 날이 오리라고 예상했던 것일까. 뒤늦은 후회가 당신의 부재를 대신하리 라는 것을 알고 있었던 것일까. 그래서 당신의 죽음을 기억해 줄 누군가 를 위해서 그처럼 글을 남기고 떠난 것일까.

아버지의 이메일. 내 앞에 먼저 부모의 삶이 있었고 그들의 역사가 있 었음을 반증하는 기록. 아버지 글은 곧 아버지 삶이자 역사였다. 바로 그 때문에 아버지 이메일은 과거로 가는 길을 잃어버린 나에게 마치 아버지 와 소통할 수 있는 유일한 끈이자 아버지 이야기를 찾아가는 지도처럼 느껴졌다.

아버지가 내게 들려주고 싶었던 당신의 삶, 그 이야기를 나는 들을 준 비가 되었다. 이제 그 문을 열 시간이 되었다. 이제 아버지 삶을 찾으러 떠날 때다. 아버지에 대한 기억이 세월의 뒤안길로 그리고 망각이라는 어둠 속으로 영원히 사라지기 전에 서둘러 길을 떠나야 한다. 한국 현대사의 어두운 질곡 같았던, 아버지의 한 많은 일생을 좇아가는 길. 아마도 그 여정에서 나는 그동안 외면했던 가족사를 한편으로 과거의 나 자신을 만나게 될지도 모른다. 괜한 짓을 했다고 후회하면서 괴로워할 수도 있다. 하지만 다시는 돌아가거나 멈추지 않겠다. 그리고 그것이 돌아가신 아버지가 이메일을 통해 내게 남긴 유언이자 마지막 바람일 것이며 지금 여기, 살아 있는 자로서, 바로 내가 해야 할 몫일 것이다.

그도
꿈 많은
소년이었다

재희야! 애비의 회고록이라야 그러나 이제 生을 얼마 남지 않은 지글 나의
살아온 과거를 알려 주는 것도 나쁘지 않다고 생각하여 몇 자 적어 본다.

2008년 1월 23일. 아버지가 보낸 첫 메일은 이렇게 시작한다.
아버지의 인생, 그 첫머리. 아버지가 써 내려간 첫 번째 글. 첫 문장.
아버지는 그렇게 내게 말을 걸어왔다.

08. 01. 23 15:56

내가 넘은 38선은 차후에 적기로 하고 내가 한국에 온 후부터 적어 볼까
한다.
내 나이 27세 때까지도 술 담배 등 일체 모르고 살았다. 그러던 것이 가
난 때문에 학업도 접어 두고 어떻게 하든지 돈을 벌어야 하겠단는 욕심

에 전쟁이 끝나고 모두가 허덕이든 때라 그야말로 돈벌이는 쉽지 않았다 그때 바로 아버님이 미군 부대 쓰레기장에서 종이 박스를 사 오는 것을 눈여겨 보았다가 어느 날 아버지께 말씀드려 제가 미군 부대 수거 사업을 하면 어떻겠느냐고 아버지 형님 나와 셋이서 모여 가족회의를 하였다. 아버지는 대발노발하시며 돈도 없는 우리 처지에 무순 수를 써서 수거권을 따오느냐? 그때 나는 아버지와 박수 거래를 하는 영드포에 빅스 장사를 이 장로라는 사람에게 부탁 좀 하면 어떻겠느냐고 했더니 대뜸 하시는 말씀이 네가 이 애비를 도둑놈을 만들 작정이냐? 하시면서 뺨을 치며 야단법석이었다. 옆에서 형님은 하는 말이 멀 그렇게까지 하면서 할려고 하느냐? 그러나 난는 급히지 않고 눈물로 호소하며 절되로 아버님을 곤란하게 하지 않을 테니 한 번만 믿어 주세요 하고 애원하였드니 결극 하력되었다. 그때 돈 30만 원이면 지금 돈 3억 정도 되는 돈이다. 그렇게 해서 자금은 마련했으나 현재 수거를 하는 사람의 허락을 받아야 하는데 다음 날 양담배 한 갑을 사 가지고 쓰레기 하치장으로 향했다. 변씨라는 사람인데 첫인상이 모다지고 탄탄해 보여 허락이 쉽지 않음을 갑지했다.

었찌됬건 한번 부디쳐 보자 하고 우선 정중히 인사를 하고 나서 차대을 받으며 단독 직입적으로 내가 찾아온 본론부터 터러놓고 Yes. No를 결정해 달랄고 닷호히 부탁했 그러면서 가난 때문에 학업도 세체놓고 오직 돈에 목마를 젊은이입니다. 그러니 젊은이의 소원을 풀어 주소서. 그는 한참 후에 내가 이 사업을 접으러 하는 것은 서울에서 가방공장을 착수하기 때문에 여러 곳에서 청이 둘어와서 학새에게 넘기기도 그렇고 심지

아버지의 이메일

어 부평경찰서 사찰계 형사반장 등 이렇게 여러 곳에서 부탁을 받고 있으니 자기 입장이 곤란하다는 것이다.

그러나 난는 포기하자지 않고 Yes 결정이 떨어질 때까지 끝까지 매달려 기어이 승낙을 받아냈다. 그는 승락을 하면서 한느 말이 젊은이가 학업을 포기하고 돈을 별겠다고 하는데 내 엇찌 마다하겠나 하면서 부대에 들어가서 요서요소 책임사들에게 인사 소개시켜 쭈녀 내 외순 봉생인데 앞으로 잘 보아 달라고 그런 친절을 베풀어 주었시요.

그 후 나는 그야말로 열심히 일했고 나날이 부대 사람과도 친해졌고 아버님이 그토록 염여하든 30만 원도 불과 3개월 만에 갚았찌. 그때서야 아버님도 안심하고 나를 믿고 안도했지 그렇게 해서 사업을 시작한 지 1년 반 만에 급기야 인천시 부평구에 중심지에 땅 240평을 사서 여관업을 하려고 집을 25개나 지엇지. 그러나 행운의 여신은 나를 버렸지 항상 계모에 시달려 온 나에게 4째 계모가 있을 때 아버님이 돌아가시자 그 계모와 변호사와 작당 4명이 짜고 재산권청구소송을 하다 보니 결국 눈물을 먹음고 헐값에 팔아 3등분 하여 그 집은 그렇게 날라갔다. 그리고 나서 어떻게 하든지 그 집을 도로 찾기 위해서는 돈을 벌어야 하겠기에 그 어려운 월남 파견 기술자 시험에 1등으로 합격하여 이제는 그 집을 찾겠구나 한는 마음의 대한통운 본사 중량품 사업소의 좋은 자리를 사퇴하고 월남에 갔는데 내가 불운했는지 최소한 10년을 예상하고 갔는데 미군이 철수하는 바람에 불과 2년에 만족해야 했다. 귀국하여 허탈한 마음에 술에 의지하는 몹쓸 알코올 중독에 걸렸다. 그러면서도 미국 취업이민의 문을 두두리며 미 대사관을 발이 달토록 다녔으나 결국 성사를 이르지 않고 지겹도록 술을 마셨다. 너의 어머니 마음고생 많이 시켜 항상 미안 마음이다. 그리고 내가 넘은 죽음의 38선은 다음 3차례에 걸쳐 쓰련다.

그럼 오늘은 이만 줄인다........아버지가

아버지는 북에서 내려온 가난한 고학생이었다.

아버지는 풍운의 꿈을 안고 세파를 헤쳐 나가던 당신의 젊은 날을 이야기하고 있었다. 거기에는 아버지가 '아버지'라는 이름으로 불리기 전, 오직 더 나은 미래를 위해서 내일을 향해 달리던 한 청년이 있었다. 가난에서 벗어나 잘살아 보겠다는 투지로 불타오르던 어느 고학생이 있었다. 내가 모르는 아버지가 있었다.

내가 한 번도 상상해 보지 않았던 아버지의 젊은 시절. 낯설었다.

문득 돌아보기도 싫었던 어린 시절의 한 장면이 떠오른다. 아버지는 술에 취하면 자식들을 앞에 앉혀 놓고 술주정을 했다. 반쯤 풀린 눈으로 알 듯 말 듯한 목소리로 중얼거렸다. 1억만 있으면 수중에 1억만 있으면……. 열심히 일하기는커녕 방구석에 처박혀 하루가 멀다 하고 술을 마셔 대던 아버지 입에서 나온 '1억.' 그 1억에 우리는 모두 실소했다. 게으르고 한심한 인간. 툭하면 돈타령을 해 대는 아버지가 싫었다. 한탕이라는 허황된 꿈을 꾸며 과거를 되감기하는 아버지가 참으로 지겨웠다.

1억만 있으면 그 집을 찾을 수 있을 텐데……. 술에 취해 혀가 꼬인 아버지는 횡설수설했다. 참다못한 어머니는 차라리 리어카라도 끌자고 제발 일확천금을 꿈꾸지 말라고 빌고 또 빌었다. 자식들도 빌고 또 빌었다.

아버지의 이메일

고등학생 시절 아버지.
그는 북에서 내려온 가난한 고학생이었다.

그러나 어머니와 자식들의 간절한 애원에도 아버지는 눈길 한 번 주지 않았다.

나는 화가 치밀었다. 당신에게 그 1억은 도대체 뭔가. 당신의 아내보다 자식보다 가족보다 더 소중한 건가. 나는 속으로 빈정댔다. 그래, 1억이 있으면 그걸로 뭐 할 건데. 당신 말대로 1억만 있으면 이 가난과도 빠이 빠이 하고 우리 가족의 불행도 한 방에 해결되는 거야? 그 따위 1억. 그 돈이면 다 되는 거야? 돈만 있으면 행복도 살 수 있는 거야? 그런 거야? 전축에서 흘러나오는 옛 노래를 벗 삼아 막걸리 한 통을 비우고는 쓰러진 아버지 뒷모습이 떠오른다. 너무 익숙해져서 우리에게는 그저 일상의 풍경이 되어 버렸던 그 모습. 코웃음을 치며 한없이 경멸했던 아버지 모습이었다.

그런데 아버지가 입버릇처럼 달고 살던 그 1억이 바로 당신이 잃어버린 집을 되찾고자 하는 바람에서 비롯된 것이었다니. 아아, 너무나도 단순한 단 하나의 이유. 쓴웃음이 나왔다. 허탈했다. 아버지의 잃어버린 꿈과 욕망을 돈으로 환산한 것이 1억이었다. 아버지의 1억은 이제 최소 10억이 되었다. 10억. 금수저를 물고 태어나지 않은 이상 여전히 손에 쥐기 어려운 아무나 가질 수 없는 큰돈.

할아버지와 큰아버지 그리고 아버지는 연고 없는 인천 땅에서 살아남기 위해 기를 썼다. 밑천 없이 떠돌아야 했던 아버지에게 가난에서 벗어나고자 하는 열망은, 돈을 벌어 성공하겠다는 일념은 얼마나 지독하고 간절한 것이었을까.

아버지의 이메일

학업도 세체놓고 오직 돈에 목마를 젊은이입니다.

죽기 살기로 오기로 매달려 얻어 낸 하늘이 내려 준 천금 같은 기회. 그리고 한 번 잡은 기회를 절대 놓치지 않고 한눈 한 번 팔지 않고 밤낮으로 일해 피땀 흘려 모은 돈. 장사가 잘되어 빌린 돈 30만 원을 3개월 만에 모두 갚았을 때 이버지기 느꼈을 벅찬 희열. 그 크나큰 성공은 그저 운이 좋아서라기보다 끝까지 포기하지 않고 도전한 아버지의 집념이 일구어 낸 결실이었다. 맨주먹뿐인 한 젊은이가 패기와 열정으로 얻어 낸 성공 신화의 표본이었다. 아버지에게 그런 시절이 있었다니 나도 절로 가슴이 뛰었다.

그러나 안타깝게도 기회는 너무 빨리 왔고 또 너무 쉽게 사라져 버렸다. 지나치게 일찍 찾아온 성공 그리고 지나치게 이른 실패였다. 아버지 이야기는 흔하디흔한 성공과 실패의 드라마, 진부한 TV 연속극 같았다. 문득 이 말이 떠올랐다. 화양연화(花樣年華). 가장 찬란했던 시절. 인생에서 한 번뿐인 영화로운 시절. 부와 성공을 거머쥐었던, 아버지 당신 평생에 가장 아름다웠던 시절. 하지만 아름다운 꽃도 언젠가는 지기 마련이라는 걸 젊은 아버지는 과연 알고 있었을까.

인생에서 개인적인 재앙을 겪는다는 건 분명 단점이 될 수도 있다. 그러나 진짜 단점은 그 이후의 삶을 모두 그 재앙 탓으로 돌리는 것이다. 다른 삶은 상상하지 못하는 것이다. 천운은 한 번 가면 다시 오지 않는다는 걸 아버지는 그때 재빨리 인정했어야 했는지도 모른다. 그리고 홀홀 털고 미련 없이 웃으면서 다른 길을 걸어갔어야 했는지도 모른다. 그러

나 아버지는 받아들이지 못했다. 포기하지도 잊지도 못했다. 일생일대의
기회를 단 한 번에 날려 버린 청년의 가슴에는, 그리고 늙은 아비의 가슴
에는 죽는 그날까지도 울분이, 억울함과 불 화(火) 자가 낙인처럼 뼛속 깊
이 새겨져 있었던 것이다.

  행운의 여신은 나를 비렸지.

  단 한 줄뿐이었다.
  짧디짧은 그 한 줄에 새겨진 아버지의 절망. 도저히 다른 그 어떤 말로
도 표현할 수 없었을 아버지의 깊디깊은 절망. 그 절망이 칼날처럼 내 가
슴을 후빈다.
  과거의 한 장면이 수면 위로 떠오른다.
  두문불출하던 아버지가 어느 날 어딘가를 다녀오셨다. 해질녘 느지막
이 아버지는 막걸리 한 병을 들고 허위허위 집으로 돌아왔다. 이미 약주
를 한잔한 낯빛이었다. 불콰해져 있었다. 아버지는 나를 당신 앞에 앉혀
놓고는 이렇게 말했다. 오늘 부평에 갔었단다. 부평이라니. 그곳이 어딘
지 나는 알 턱이 없었다. 그러나 아버지는 내가 알든 모르든 상관이 없는
듯했다. 자조하듯 이야기를 계속했다. 나는 그저 가만히 듣고만 있었다.
아버지는 버석거리듯 갈라진 목소리로 입을 열었다.

  부평역. 게 앞이 옛날 아비가 샀던 그 땅이다. 내 집. 그게 지금 수백 억이
  넘는단다. 그 땅이, 그 땅이······.

　　　　　　　　　　　아버지의 이메일

또 시작이구나. 술주정. 나는 아버지가 헛소리를 하는 줄로만 생각했다. 아버지는 늘 그랬으니까. 늘 취해 있었으니까. 늘 알아듣기 힘든 말을 했으니까. 아버지는 연거푸 막걸리 잔을 비웠다. 술에 취한 아버지는 다시 뭐라 뭐라 중얼거렸지만 하나도 알아들을 수가 없었다. 아버지는 웃다가 그만 우는 것 같기도 했다. 아버지 눈은 나를 보고 있지 않았다. 허공을 헤매고 있었다.

살면서 누구나 잊을 수 없는 과거 하나씩은 가슴에 끌어안고 산다. 남에게 말할 수 없는 비밀 하나쯤은 무덤까지 가져간다. 아버지에게는 바로 이것이 그것이었는지도 모른다. 하지만 아버지에게는 현재진행형이었을 그 일이 내게는 잊고 싶었던 아버지'만'의 과거였음을 고백한다. 아버지에게 그 '과거'는 한시도 잊을 수 없는 '현실'이었지만 가족인 우리에게는 탈출구 없는 생생한 '지옥'을 만드는 무엇이었다. 내가 스스로를 파탄으로 몰고 가 가족을 등졌던 아버지를 죽도록 미워했듯이, 아버지 역시 자신의 꿈인 집을 송두리째 박살 낸 당신의 아버지를 한없이 원망했으리라. 비극은 멀리 있지 않았다. 바로 내 안에 그리고 우리 안에 있었다. 인과응보. 업보. 모든 것은 돌고 돈다. 섬뜩해졌다.

"너무 이르면 알 수 없고, 알고 나면 너무 늦다." 셰익스피어 말이다. 사람에게는 누구나 '때'가 있다. 뭔가를 시작할 때가 있고 뭔가를 접어야 할 때가 있는 것이다. 너무 이르게 찾아온 성공은 아버지를 더 큰 욕망으로 이끌었고 너무 빨리 찾아온 실패는 아버지를 더 깊은 나락으로 내몰았다. 나는 깨달았다. 아버지는 알고 있었다. 나에게 이메일을 보내고 있는 여기 이 늙은 아버지는 알고 있었다. 삶을 되돌리기에는 당신이 너무 멀리 왔다는 것을, 너무 늦었다는 걸. 아아, 알고 있었다. 죽음을 앞둔 아버지는 그 사실을 분명히 깨닫고 있었던 것이다.

아버지가 다시 메일을 보낸 것은 첫 메일을 보낸 일주일 뒤였다.

38선을
넘다

두 번째 메일은 〈내가 넘은 38선〉이라는 제목을 달고 도착했다.

그리고 나는 아버지가 이끄는 길을 따라 당신의 어린 시절로 뚜벅뚜벅 걸어 들어갔다.

08. 01. 31 15:17 내가 넘은 38선

1947년 2월 15일 새벽 여명이 밝기두 전에 나는 어머님의 따스한 손을 잡고 부둥켜 않았다. 어머님의 가슴은 숨이 찰 정도로 뛰고 있었다. 얌전하고 참한 우리 어머님은 지금의 너의 엄마와 모습이 비슷하였다. 당신의 몸이 아파도 아푸다는 내색 없이 울고 싶어도 절대로 자식 앞에서는 눈물 흘리는 법 없이 속으로만 우시는 그런 분이었다. 그러한 어머니를 뒤로하고 죽음의 38선을 향해 떠나보내는 어머님의 가슴이야 억장이 무너지는 아픈 가슴을 쓰려내셨으라! 어머님 이 부려막심한 이 자식을 용서하서소. 어머님의 사라질 때까지 뒤돌아보고 또 보고 어머님의 자태가 안 보일 때까지 뒤돌아보았다.

우선 첫아갈 곳은 화주에 있는 큰누나였다. 매형이 철도극에서 일하기 때문에 혹시나 월남의 관한 정보라고 얻고 싶어서였지. 누나는 나의 말을 다 듣고 나서는 몹시 놀라는 기색이였으나 네가 결심을 하고 여기까지 왔으니 너외 매형한테 일단은 상의해 보자구나. 저녁에 퇴근한 매형은 처남이 어쩐 일로 왔누냐며 몹시 반겼다. 저녁상을 물리고 나서 내가 온 사정을 자치지정을 듣고 나서 하는 말이 내가 아는 길에 아는 것이 없어 미안하다며 몹시 난색을 보이며 혹시 열차에서 종착역인 여현역에서 큰 매낭을 지고 내린는 사람은 38선을 드나들며 장사하는 사람이니 그런 사람을 잘 선택해 보라는 것이다.

나는 황주에서 저녁 차를 타고 5시간을 결려 종착역을 다다른 것이다. 나는 종착역이 가까워서 어느 중년 내외분을 보니 큰 배낭을 멘 것이 38장사군이라 생각하고 중년의 사람을 다가가서 내 사정을 귓속말로 알렸드니 그는 멈칫 놀라면서 자기를 따라오라고 하였다. 그런데 나는 학생복을 해서 그런지 별 검문 없이 푸렛홈을 빠져나왔는데 그 두 분은 검문실에서 검문을 받느라 아마 30여 분이 걸려서 나오시는 것이였다. 나를 보자 이 추위에 얼마나 추었니 하며 어서 가자고 하면서 한참을 가시드니 어느 여인숙에 나를 부탁한다며 내일 아침 10시에 오겠다고 하시며 어듬 속으로 사라지고 나는 여인숙방으로 들어가니 노동자 비슷한 사나이들이 서너 명 누어 있었다. 나는 앞으로 어떻게 될까? 이 생각 저 생각에 잠을 이르지 못하고 밤을 새웠다.

아버지의 이메일

아 아침이 되자 허기도 나고 해서 어머님이 싸 주신 인절미 몇 개와 미숫가루를 마셨다. 허기를 면했지만 아침 10시가 지나도 어제 그분은 나타나지 않았다. 마음은 점점 초조해졌다. 그러기를 30분여에 그분은 나타나서 하는 말이 자기네는 서정상 2-3일은 여기서 묵어야 한다면서 너는 어떻게 할 것이냐고 묻는다. 여행비도 부족하고 그러니 그들과 같이 2-3일을 기다릴 수가 없다고 생각하니 경계가 삼엄한 그곳을 빗어나고 싶었다. 그래서 혼자 떠나겠다고 말하자 그럼 조심해서 가거라 여기서 38선 접견까지 70여 리가 되는데 검문소가 몇 군데 있으니 그리 알고 조심 또 조심하라는 말을 들으며 그와의 작별을 고했다. 무작정 남행길을 따라가다 보니 몇 차례 검문이 있었는데 남의 집 머슴살이 하면서 근근히 살아왔는데 남조선에 있는 형님이 편지가 와서 형님 찾아가는 길이라고 하니 손을 보자고 하여 손을 보였더니 손바닥에 굳은살이 박히고 손이 소년다운 손이 아니라 험하기가 말이 아니었다. 그래서 몇 군데의 검문소를 통과는 하였으나 몇십 리를 걸어 토암산 밑에까지 왔으나 이곳에는 지뢰도 있고 빈 깡통을 매달은 낙수줄도 있다던데 내가 었지 그곳을 무사히 빠져나갈 수가 있을까 하는 공포감에 빠지다 보니 마음이 흔들리기까지 했다. 그러나 이되로 포기할 수도 없는 일. 힘을 내자 마음을 다구쳤다. 숲속에 몸을 숨기고 주위를 살펴보다 동네 여인네들은 아무 일도 없는 듯 한가로히 머니에 지고 메고 오순도순 무슨 얘기를 나누며 지나간다. 나의 누님이 이곳에 살면 얼마나 좋을까? 부지없는 생각도 떠올려봤다.

드디어 밤이 왔다. 전신의 전율을 느끼며 두 주먹을 불끈쥐었다. 고야이처럼 살금살금 토암산을 기어오르기 시작했다. 산 넘어에서 들려오는 기차 고동 소리가 점점 가까워짐을 느끼며 할 발 두 발 옮기는데 앗차 낙시줄에 걸리고 말았다.

금방 어디서 나타났는지 경비대원에 체포되고 말았다. 이 쥐새끼 같은 놈 여기가 어디라고 조고만 새끼가 겁도 없이 왔어? 그는 나의 몸을 삿삿이 뒤쥐더니 날 띠리와 히며 기킨단충을 둘러메고 한참을 걸어 가니 조고마한 창고 안에 집어 쳐넣는다. 그곳에는 아이 어른 할 것 없이 10여 명이 나처럼 잡혀와서 안지도 않고 선체로 서 있었다. 바닥을 보니 맨땅인에 대소변을 그 자리에서 해결해야만 했다. 그러니 진탕에다 냄새인들 오죽하랴. 그렇게 해서 하루밤을 꼬박 일어순 채로 새우고 나니 아침 10시경이 되니까 트럭 한 데가 오드니 날래 올라들 타라! 하드니 우리 일행을 병점이란 곳으로 이동시키드니 여기에도 창고 같은 곳에 몰아넣는데 이미 200여 명이나 종열 형태로 안쳐놓고 우리를 알아서 가서 안즈랏! 하며 마치 잠승 다르듯 쳐넣는다. 우리는 하라는 되로 사이사이 끼여 앉았다. 세멘트 콩쿠리 바닥에다 안자 있으니 빈대와 이가 벌벌 기여다니고 너 나 할 것 없이 입고 있는 옷에서도 이와 빈대가 기어오른다. 점심 식사가 나오는데 강냉이와 조를 섞어 만든 주먹 밥 한 덩어리에 소금국 한 그릇이 전부다. 참으로 참담하기 이를 때 없이 언제 이곳을 풀려나갈지도 모르고 있으니 지래 죽을 것만 같았다. 아침에 운동을 시킨다고 쌀쌀한 날씨에 전부 끌어내려 운동장에 모여서 운동을 하면서 주위를 살펴보니 내가 기차 안에서 만났다가 헤여진 병점이란 곳이였다.

나는 그때서야 그들과 헤여진 것이 얼마나 후해수러운지 한없이 후회했

아버지의 이메일

다. 불행 중 다행인 것은 우리가 이 영창에 들어온 후로 탈북자들이 너무 많이 잡혀오는 바람에 한 달 복역시킬 것을 1주일 만에 풀어주어 골이 앙상한 체로 집에 돌아오게 되었다.

그런데 같은 감옥 앞에 앉았든 평북 선천이 고향이란 분이 나와 같은 귀향 열차를 탔는데 그는 나에게 돈이 여유가 있으면 여비라도 하게 50원만 빌려 딜라는 것이다. 무슨 고급 중하고 선생이라 하면서 은혜를 쏙 갚겠다고 해서 허락했지. 엄마 후 정중한 편지와 함께 돈을 붙여 왔드라.

그도안 10여 일간의 고생으로 피골이 상접하여 돌아오니 어머니 인숙이 누나 여동생 선옥는 나를 보자 기절하다시피 놀라드라. 거기에 이질배까지 앓게 되어 어머님 마듬고생은 더하셨으리라. 황주 누님 택에 들려서 깜작 놀라며 누님이 그러기 내가 뭐라든 그간 고생했다고 진수성찬을 마음껏 먹었더니 밤새도록 설사 구토에 시달렸다. 이질로 한 달간 고생했는데 어머님이 약을 구해 주셔서 다났다.

메일을 읽고 나서 인터넷에서 한반도 지도를 검색한다.

아버지가 목숨을 걸고 넘었다는 38도선을 바라본다. 한반도 가운데를 일직선으로 가르고 있는 선. 땅 위에 그어 놓은 금도 아니고 산의 능선도 아닌 무표정한 그 일직선. 북위 38도선. 지리상의 좌표. 지구상의 어떤 지점의 위치를 나타내기 위해 편의상 그어 놓은 가상의 선. 그저 선, 선일뿐이다.

그러나 소년 아버지는 이 선을 넘기 위해 목숨을 걸었다. 그 엄연한 사실을 곰곰이 생각한다. 아버지가 남한 땅에 그토록 오고 싶었던 까닭은 무엇이었을까. 까까머리 어린 소년을 탈북으로 이끈 동력은 도대체 무엇이었던 걸까. 다시 38도선을 들여다본다. 이 선이 무엇이길래 아버지는 목숨을 걸고 넘고자 했을까. 그러나 아무리 들여다봐도 내게는 현실감이 없다.

나는 다시 아버지의 과거로, 과거의 역사로 향한다.

20세기 초 1910년. 한반도에 사리한 조선이라는 나라는 일본에 국권을 강탈당하면서 역사에서 세계지도에서 사라진다. 조선이 일본의 식민지가 된 지 25년째인 1934년, 황해도 황주에서 아버지가 태어났다.

홍성섭. 1934년 5월 25일 황해도 황주군 구남면 출생.

1945년. 아버지가 열두 살 되던 해, 일본 제국주의가 패망하면서 식민지 조선은 드디어 해방을 맞는다. 그러나 해방 후 조선인이 꿈에서라도 간절히 염원하던 민족의 자주 독립은 실현되지 않았다.

2차 세계대전에서 패전하면서 일본은 당시 식민지였던 한반도 지배권을 상실한다. 그러나 종전 이후 세계를 미-소의 냉전 대립 체제로 재편한 미국과 소련(현 러시아)은 한반도에서 힘의 공백을 우려하여 조선인들의 독립국가 수립 의사를 무시한 채 한반도를 분할 점령하기로 결정한다. 그 결과 한반도를 가로지르는 북위 38도선이 군사분계선으로 정해졌다. 38도선을 기준으로 남쪽에는 미국이, 북쪽에는 소련이 주둔하게 된 것이다. 조선은 식민지에서 해방되었으나 한반도 주권은 조선인들 손에 결국 쥐어지지 않았다.

아버지의 이메일

나는 당시 상황을 보여 주는 기사를 찾아 읽었다. 1946년 5월 24일자 남측의 〈자유신문〉 기사에는 이렇게 쓰여 있다.

미군정 장관의 허가 없이는 38 경계선 일반인들의 월경과 여행 금지를 명령한다.

조선 시대에도 심지어 식민지 치하에서도 한반도 전역을 자유롭게 오가는 게 너무도 당연했을 사람들에게 이 무슨 청천벽력 같은 소리인가. 한 나라 안에서 같은 조선인끼리 남과 북을 오갈 수 없다니 이 얼마나 부조리한 일인가.

미국과 소련이 편의대로 그어 놓은 군사분계선에 불과했던 38선. 그러나 남과 북을 왕래하는 게 금지되고 이를 어기는 경우 엄한 처벌을 받게 되면서 결과적으로 38선은 민족 분단을 굳히는 현실적 장벽이 되었다. 결국 38선은 남과 북에 서로 다른 정치, 경제, 사회 체제의 수립과 인적, 물적 교류의 단절을 초래하고 말았다. 그리고 이후의 역사는 우리가 아는 대로다.

그러나 아버지는 이를 어기고 38도선을 넘기로 결심한다. 1947년 열네 살의 아버지는 첫 월경을 시도했다. 허나 1차 시도는 실패하고 말았다. 그럼에도 불구하고 아버지는 결코 포기하지 않았다. 결국 세 번의 시도 끝에 1948년 드디어 38선을 넘었다.

제1차 시도를 실패하고 우선 쇠약해진 몸이나 추수리려고 열심히 일하며 내일을 기약하며 성실하게 삶에 임하니 무엇보다 어머니께서 반기셨다. 아버님 형님이 못다 한 일을 내라도 최선을 다해야지 하고 몸사리지 않고 부지런히 일을 했나. 그렇게 몇 달이 지나자 이번에는 아지씨별 되는 만식이 아저씨가 찾아와서 모든 여비는 준비되었으니 자기와 같이 한 번 다시 용기를 내여 감행해 보자는 것이다. 그래서 매형의 매형별 되는 사람의 첩이 해주 광석동에 살고 있으니 한 번 찾아가 보라는 것이다. 나는 다시 한 번 결심을 굳이고 아저씨 말에 응했다. 아마 그때가 8월 초순경이다.

우리는 해주 광석동 매형의 매형 첩댁을 찾아가기로 했다. 사리원에서 해주 열차를 타고 해주역에 내리니 그렇게 경계가 심할 수가 없었다. 웬일인가 하고 은근히 걱정을 했는데 시내로 나와서 숙박할 여관을 찾으니 여관마다 경비원이 곳곳에 경계를 하고 있었다. 여관마다 방이 없다는 주인의 말이 지금 김구 선생이 일행을 이끌고 해주에 왔으니 방을 구하기가 어려울 거라는 것이다.

하필이면 왜 이때를 택했나 후회도 막심했지만 어쩔 도리가 업었다. 하는 수 없이 해주역 대합실에서 하루밤을 지내기로 하고 날이 밝기만을 기다렸다. 간밤을 대합실에서 꼬박 새우고 나니 몸이 말이 아니다. 화장실에 가서 대강 눈꼽만 씻어 내고 아침 9시쯤 해서 대합실을 떠나 주소 봉투를 들고 광석동에 찾기 시작했다. 2시간 헤멘 끝에 그 첩의 집을 천신만고 끝에 찾아냈다. 첩은 첫인상이 서글서글해 보였다. 우리의 신상을 밝히고 우선 거짓으로 해주공어전문학교에 전학하기 위해 왔다고 하니 그분은 조공의 의심도 없이 우리를 방으로 모시는 것이었다. 고맙게도 아침상을 봐 주기에 허기진 배를 채우고 나니 고맙고 두려운 마음이 교차하였다. 잠시 후 그분은 누구에 부름을 받았는지 여성동맹위원장을 하나 보니 매일 바쁘다는 것이다. 이 말을 들으니 등골에서 시근 땀이 났다. 아차 잘못 찾아와싸그나 하는 탄식과 함께 앞일이 캄캄하였다. 우리는 그분이 나간 사이에 앞으로의 진로를 걱정하기에 이루렀다. 하는 수 없이 해주에서 100여 리가 되는 태탄이란 매형의 매형을 찾아가기로 했다.

이곳에서 조곰이라도 지체할 겨를이 없이 얼마 후 그분이 들어오길레 우리는 학교에 가야겠다고 인사를 드리고 황급히 그 집을 빠져나오는데 그분은 여관비 낭비하지 말과 우리 집으로 오라는 것이다. 감사하다고 머리 숙여 인사하고 거름이 나 살려라 하고 그곳을 떠났다. 앞으로의 100여 리를 어떻게 가나 모두가 초행길이니 말이다. 우선 물어 물어 태탄 가는 길을 찾아갔으나 버스는 하루에 한 변 다니는데 그것도 아침 9시에 떠났다고 한다. 정말로 황당하다 못해 지쳐 쓰러질 지경이다. 자우간 비포장도로를 걷기 시작했다. 그런데 천우신조로 태탄 가는 트럭이 짐을 싣고 있었다. 우리는 염치불구하고 운전수에게 사정사정하여 40원을 주고 태탄까지 짐 꼭대기에 실려 태탄까지 갈 수가 있었다. 그곳에 가서도 편지봉투를 들고 이리저리 찾는데 그 매형이 그곳에서 양조장을 하고 있는 그곳에 유지급 인물이기 때문에 그분을 찾는 데는 별 고생 없이 찾아낼 수가 있었다.

저녁 무렵에야 2층 양옥집을 찾았으나 그분은 집에 없고 안주인 듯한 40대 여성이 나타나서 주인 양반은 일이 바빠서 저녁 늦게야 돌아오신다고 하였다. 우선 우리 소개부터 하니 오시느라 고생 많으셨겠다며 시원한 사이다를 2층으로 안내하셨다.

우리는 떨리는 마음을 진정하면서 이 생각 저 생각에 한참을 기다리는 아래층에서 남자 목소리가 들려오더니 급기야 주인이 나타났다. 나는 그전에 우리 집에 들른 일이 있기에 아저씨 만식을 소개하고 나서 단독지기입적으로 말을 꺼냈더니 이 사람들이 정신이 있는 사람들인가 대뜸 화부터 내는 것이다, 하필이면 김구 선생이 김일성 장군을 만나려고 지금 해주에 머물고 계셔서 경비가 삼엄한데 엇찌 38선을 넘겠다는 거냐?

그러면서 꼼짝 말고 2층에 있다가 새벽이 트기 전에 이곳을 떠나라는 것이다. 우리는 한숨만 내세울 뿐 할 말이 없었다. 태탄에서 사라원까진는 120리 거리인데도 교통수단도 없다. 우리는 여명이 뜨기 전에 도둑 고야이처럼 살금살금 그 집을 떠나 사라원으로 함한 왕모래길을 걷기 시작했다. 만식이 아저씨나 나도 말없이 걷고 또 걸었다. 50리쯤 걸어 보니 운동화가 땀에 미끄러져 오히려 걷기가 불편하여 그때부터는 맨발로 걸었다. 아마 이 길이 난생처음 고통스러운 고행이였다. 이렇게 걷다가 수고또 쉬고하기를 온종일 걸려 해질 무렵 사라원에 도착하여 우선 허기진 배부터 채우기 위해 냉면집을 찾아 요기를 하고 황주행 열차를 타고 고향으로 햐는 기분 무어라 말하기조차 어렵다.

초최한 모습으로 집에 돌아오니 어머님은 말없이 애처러운 눈초리로 애

아버지의 이메일

섰구나 하시며 나를 위로하시며 방에 가서 푹 수거라 하시며 돌아서서 눈물 지우셨다...... 오타가 있으면 지워라 아버지가

생전에 아버지는 북조선, 북한이라면 이를 갈았다. '김일성, 죽일 빨갱이 놈들'을 입에 달고 살았다. 아버지에게 북쪽은 빨갱이들의 나라 원수의 땅일 뿐이었다. 이북 실향민이 대개 그렇듯 아버지 역시 철저한 반공주의자였다. 공산주의라면 자다가도 벌떡 일어날 정도였으니 말 다했다. 서북(황해도·평안도·함경도) 실향민 다수가 기독교 신자들인 반면 아버지는 종교가 없었다는 것 정도가 다르다면 다를까. 반공에 앞장선다는 점에서는 아버지 연배의 이북 실향민들, 아니 아버지 세대는 하나같이 똑같았다.
  그 지독한 빨갱이 혐오증, 레드 콤플렉스. 그 앞에서는 사고도 마비되고 논리도 이성도 방향을 잃었다. 대북 선전 프로그램 같은 것이 방영되는 시간이면 아버지는 어김없이 TV 채널을 고정시켰다. 밥상머리에서 시도 때도 없이 아버지에게 반공 교육을 받아야 하는 우리에게는 정말 고문도 그런 고문이 없었다. 아버지가 보이는 북한에 대한 적개심은 정말 의문의 대상이었다. 자신이 떠나온 고향이자 그토록 그리워하는 어머니가 있는 북을 당신은 왜 그리 적대시하는가? 아버지에 대한 반항심이 커지면 커질수록 북한에 대한 적개심에 불타는 아버지에 대한 나의 적대감도 덩달아 커져 갔다.
  그런데 반평생을 그리 살았던 아버지 당신의 한마디.

하필이면 김구 선생이 김일성 장군을 만나려고 지금 해주에 머물고 계셔

서 경비가 삼엄한데 엇찌 38선을 넘겠다는 거냐?

아버지에게 김일성이라는 이름 세 글자는 남북 분단의 원흉이자 당신의 고향을 빼앗고 당신을 고향으로 가지 못하게 만든 빨갱이, 즉 증오와 저주의 대상을 의미했다. 존칭도 경어도 불필요한 그저 놈이거나 새끼이거니 처 죽일 누구에 불과한 존재였거늘. 하지만 어린 시절로 돌아간 아버지에게서 부지불식중에 튀어나온 그 한 단어. '장군.' 그런데 김일성 '장군'이라고? 순간 희한한 기분이 들었다. 동시에 픽 웃음이 나왔다.

어린 시절 배운 것, 한때 당연시했던 것, 또는 과거에 익숙했던 것에 대한 기억은 쉽게 저버리거나 단번에 잊을 수 없다. 설령 까먹고 있었다 하더라도 부지불식간에 튀어나오기 마련이다. 1940년대 혼란스러운 해방 정국. 이북에서는 '장군'이라는 호칭이 누구에게나 익숙했을 테고 어린 아버지에게도 그리 부르는 것이 지극히 당연했을 것이다. 나는 '장군'이라는 호칭을 쓴 늙은 아버지에게서 물정 어둡고 순진했을 어린 그 소년을 떠올린다. 그리고 그 단어 하나에서 얼핏 아버지의 감춰진 민낯을 본다. 평생을 철저한 반공주의자로 살았던 아버지. 그러나 과거의 기억 속에서 무심결에 튀어나온 김일성 '장군'이라는 표현. 그 간극에서 아버지 세대의 분열을 보았다면 지나친 억측일까.

아버지의 이메일

2부. 자주 취해 있던 사람

아버지의
007가방

나는 지난해 2번째 실패하고 나서 몸도 어느 정도 회복되자 그야말로 무
섭도록 집안일을 아버지 형님 대신 힘 닿는 되로 물불 가리지 않고 일했
다. 삼자어 겨울철 땔깜을 위해 산불이난 산에서 10일간을 실러 날라 산
더미처럼 쌓아 놓으니 어머님이 몹시도 즐거워하셨다.

그때 어머님의 기쁨 미소를 보았다. 지난해 두 변씩이나 엄마 속을 썩히
드니 이제 댜 철이 낳는가 보다 하신 것인지 나는 어머님의 그 웃음을 지
금도 깨닫지 못하고 있다.

그렇게 지나 1년을 열심히 일하면서도 나의 장래의 걱정이 앞섰다. 언젱
까지 내가 이 억앞 속에서 배움도 없이 살아갈 것인가? 장래가 참담했다.
그러니 별 도리가 없떠. 그러든 어느 날 학교 선생님이 신성운 형님(천
수 아버지)께서 어쩐 일로 하면서 우선 사랑방으로 모셨다. 너 어떻게 생각

할지 모르지만 네가 그렇게 두 번씩이나 고생을 했는데 내가 참아 말이 안 떨어지는구나 하시며 모든 여비는 장만했으니 너만 좋다면 이 형을 믿고 다시 한 번 시도해 보지 않겠니 하신다. 그러면서 안내자도 구해 놨으니 걱정하지 말고 한 번 생각을 해 봐라. 나는 그렇지 않아도 이 지긋지긋한 북조선을 벗어나고 싶었으니 마다할 리가 없다. 그때가 8월 초순이라 아마 1년 만에 딜북을 시도하는 깃이다.

나는 그날 저녁 우리 네 식구 어머님 인숙이 누나 누이동생 선옥이 이렇게 저녁상을 받아 놓고 나는 참아 말이 떨어지지가 않았으나 어쩌겠는가 이미 성운 형과의 언약을 했으니 침착항게 말을 꺼냈다. 오늘의 서운 형과의 약속한 것을 말이다. 어머님을 말이 없으셨고 막냉 이 선옥이가 입을 열였다. 오빠는 그렇게 고생을 하고도 지겂지가 않아? 마음이 넓은 인숙이 누나는 네가 공부하려 간다는데 누가 말리겠니 햐면서 눈물을 홀렸다.

어머님은 제발 이번만은 성공하기 바란다 하시며 눈시울이 붉어지셨다. 나도 울었다. 그러면서 내가 월남에 성공하면 늦어도 5년 안에 우리 식구 모두를 대리로 올 것을 약속한다. 그러면서 우리는 그날 저녁상을 물린 지 60년의 세월이 흘러도 만나기는커녕 소식 한 통 없다. 나는 두 번의 경험으로 간단한 준비로 다음 날 새벽에 서운 형님을 만나 또 떠남의 아픔을 겪어야 했다. 우리는 곳바로 안내자를 만나기 위해 사라원으로 향했다.

나는 생각하기를 이번에는 안내자 있다니까 80%는 믿었다. 그리괴 또한 형님이 계시니까 설마 이번에 실패하면 나의 인생도 끝장이구나 하는 생

아버지의 이메일

각을 하니 정말 마음은 편치 못했다.

그런저런 생각에 잠겨 있노라니 어느덧 사리원에 도착했따. 우리는 곧바로 안내자가 기다린다는 여관으로 향했다. 여관에 도착하니 우리 인민하교 선생님이 계셨다. 형님과 반가히 포을 하며 우리 잘해 보자구 서로를 격려하며 어려운 결심들을 하였다며 이런전 얘기를 하였다.

그런데 한참 후에 안내자 분이라며 50이 가까운 남자가 들어온다. 그는 미안하다며 요사이 경비가 심헤사 10일간은 기다려야 하겠다는 것이다. 우리는 하는 수 없이 사리원 시냉 구경이나 하자고 시장통을 다니다 우리 인민하고 선새이신 이훈섭 선생을 만났다. 그 선생은 학교를 그만두고 잡화상을 차렸다며 우리에게 도움될 만한 소스가 없어 미안하다고 하며 점심이라도 같이하자며 어느 냉면집으뢰 가서 요기도 하고 이런저런 얘기를 하면서 잠시나마 초조감에서 벗어날 수가 있었다.

그다음 날은 내 인민학교 동창인 이충군을 많났다. 그의 삼촌이 황해도 인밈위원장(도지사)이니까 사리원 제일중학교에 다닌다고 했다. 나는 속으로 너는 좋겠구나 그러나 나는 부러울 께 없다. 애써 자위하면서 그와 헤여져 여곤에 돌아오니 아무도 없었다. 완지 그러면서도 자꾸만 불안함은 떠나지 않았다. 두 변이나 시패하고 이번마저 실패한다면 나는 그렇다 치고 형님은 어떻게 되니 이 생각 저 생가에 머리가 복잡해지며 두통이 일었다.

이렇게 저렇게 지내는 동안 10여 일이 흘러 안재자를 만나는 날이다. 안내자는 자기 일이 있어 1주일 늦겠다는 것이다 이렇게 해서 여관에서 몇 주가 지나자 동행자인 이 선생은 자기는 포기하고 다음을 기약하겠다고 떠나 버렸다. 우리 형제는 점점 초조해졌다. 안내자는 이 핑계 저 핑계 되드니 급기야 자기는 일이 있어 못 가겠으니 다른 안재자를 소개해 주었다.

우리는 점점 더욱 불안하고 초조해만 갔다. 그러기를 한 달이 되니 형님이 지닌 여비도 여관비로 날리고 이제는 어떻게 해 볼 여유조차 없었다. 우리는 사면초가에서 벗어날 방법은 단 한 가지 두 번째 찾았든 광석동 매여의 첩댁을 찾기로 하고 줌머니를 흘터 해주행 열차를 탔다. 밤새 달린 열차는 새벽녁에 해주역에 도착하여 해가 뜨기를 기다려 오전 9시쯤 해서 그 집을 다시 찾았다. 과연 그 여성동맹워원장이란 그분이 우리를 어떻게 대해 줄까 우리는 사색이 되어 그 집 대문을 두두렸다. 그녀는 오서 오라며 왜? 지난번에 왔을 때 솔직히 말하지 않았느냐며 예상외로 반기었다. 그러면서 어서 안으로 들어오라며 우리를 안방으로 안내하며 아침상을 차려 주시며 시간이 없으니 빨리 서둘러야 한다며 그러면 식사들하고 계시라며 밖으로 나가신다. 식사가 끝나자말자 어떤 50대에 가까운 건장한 남자 한 분을 모시고 왔다. 그 남자는 시간이 없으니 일을 서둘러야 한다며 우선 안내바눈 1인당 200원이니까 둘이 합해서 400원을 내면 된다고 하였다. 기차표도 간신히 끊어타고 온 주재에 우리는 어안이 벙벙하여 한참을 기다렸다. 시간을 조금만 달라고 하니 그는 늦어도 오후 한 시까지는 안내비를 마련하고 자기가 올 때까지 기다리라는 것이다.

우리는 그가 나간 후 생각하다 못해 형님이 가지고 온 사전, 사계 등 돈이 될 만한 것이라면 모조리 팔기로 했다. 마침 해주 만물상에는 그런 것을 사는 장마당이 형성되어 있어서 쉽게 팔 수가 있었다. 그러나 모두 팔

아버지의 이메일

아 보아야 일금 200원밖에 안 되었다. 그래서 우리는 집에 돌아와서 우리는 계략을 세웠다. 형이 아내자를 쫓아가면 나는 100여 메타 떨어져 뒤따르기로 하고 그가 오후 1시 정각에 들어왔다. 들어오자마자 빨리 나를 따르라고 하며 그는 배낭 하나를 메고 손살같이 큰길로 나선다. 나는 아주머니에게 인사를 하는 등 마는 등 하고 급히 그 뒤를 따랐다. 큰길에서 500여 메타가량에서 해수도립병원 계단을 오르는 것이다. 나는 힘차게 뛰어 계단에 이르렀을 때는 그들은 70여 개 계단을 지나 벼원으로 향하는 것이다. 난는 죽을힘을 다하여 계단을 올랐다. 그때 그들은 병원 옆을 지나 달동내 같은 동내 골목으로 사라지는 것이였다. 나는 계단을 올라오누라 기진맥진한 상태에서 넓은 운동장을 지나 달동내 오솔길을 들어섰을 때는 그들은 어디로 갔는지 오리무중이다. 전신의 힘이 빠지면서 어쩔 줄을 몰라서 허둥대고 있으려니 그럴 곳이 못 되었다.

이제는 한는 수 없구나 죽기 살기로 가는 데까지 가 보자. 이를 악물고 달동내를 지나 동산으로 오르기 시작했다. 한참을 오르다 보니 숨도 차고 땀이 비 오듯 하니 큰 바위를 위지여 주저앉았다. 나는 갑자기 설음이 북받혀 소리도 못 내가 피눈물을 흘렸다. 하늘이여 저에게 이렇게도 가혹한 형벌을 내리십니까? 한참을 울다 인기척이 나서 산 위를 숨어서 올려다보니 경비병 둘이서 무슨 오략을 하는 듯 온손도손 즐기고 있었다. 나는 밧짝 긴장하여 숨을 죽이며 숲속을 치며 그들을 멀리하며 동산 정상까지 올랐다. 그것은 아프로 어떻게 할 것인가를 관찰하기 위해서다. 앞산을 넘어서 저 멀리 해주 앞바다가 보이고 바다로 흘려가는 파랏 강이 보였다. 저 강에 수렁에 빠져 월남자가 수없이도 죽었다는데 어떻게 저 강을 건늘 소가 있을까. 그러나 어쩌랴. 죽음을 담보한 월남이 아니더냐? 지형을 살피고 나서 동산 정상에서 숲속을 헤치며 동산 밑에까지 내려오니 어느 듯 가울 찬바람이 싸늘했다.

이제부터는 사리원에서 해주까지 오는 저 국도를 어떻게 넘누냐가 문제다. 얼마다를 숲속에서 떠었을까. 국도에는 근데근데 경비병들이 왔다 깠다 하며 보초를 서고 있는데 말이다. 가울바람이 추었넌지 한 녀석이 나부가지를 주어다가 모닥불을 피워 놓고 무어라 중얼대고 있었다. 바로 그때 사리원 쪽에서 투럭 한 데가 모면서 뽀얀 몬지를 내며 검문을 받는 같았다.

나는 이때가 하늘이 주신 기회로 알고 그 몬지 속을 향해서 길을 건너 앞산으로 오르 데 성공했다. 얼마를 기고 뛰었는지 몸이 내 몸이 아니었다. 앞산 정상에 올라보디 흐미한 바다와 파랏 강이 시야에 들어온다. 그때 너무 목이 말라 물을 찾았으나 샘은 보이지 않는다. 하는 수 없이 주머니에서 조고마한 칼을 끄내사 나무 껍질은 버껴 수분을 빨아먹으니 좀 갈중이 가셨다. 이때부터 앞산에서 파랏 강을 향해 내려오기 시작했다. 산을 내여오니 갈대밭과 갯별이 끝이 없이 펼쳐졌다. 얼마를 갈대밭을 스쳤는지 눈앞에 강물이 보였다.

여기가 그 무섭다는 파랏 강이구나 하고 갈대 숲에 숨어서 어떻게 하면 수령을 피해서 이 강을 건늘 수 있을까. 얼마를 망서리는데 어딘선가 인기척이 난다. 나는 숨을 죽여 가며 그들의 동태를 사폈다. 그들은 10여 명 대는데 저들이 경비대원인지 아니면 월경자들인지 알 수가 없었다. 그들은 아무 말이 없었다. 그러면서 강을 건누는데 수렁에 빠지지도 않

아버지의 이메일

고 서슴없이 건넌다. 그때 바로 그들 뒤를 따랐다. 강을 건느고 나서 잔디밭에 선발대가 무거운 짐을 내려놓드니 나에게 닥아와서 경비해원이지 하며 목을 조르려 한다. 그때 어느 아주머니 닥아오덧니 학생 같은데 얘기를 들어 보자며 말린다. 그래서 나의 자치지정을 다 말하니 그럼 좋아 내 시키는 되로만 해! 하며 댓살된 계집아이를 대려와 너 이 애를 업고 따리와 하며 길을 시드른다. 그때부디 논빌을 가리지 않고 얼마를 길었는지 엎어지고 논드랑에서 미끄러져 논바닥 물바닥에 쓸어지길 수도 없이 하며 정말 지옥 같은 시간이 흐로자 어느 야산 앞에 다다르자 안내자는 여기가 최대 위험 지역이니 무두 없드려 벌벌 기라는 것이다. 그야말로 군에서 하는 포복이다. 이렇게 해서 한참을 기는데 경비대가 쏘아 되는 기관총 소리가 우리를 더욱 공포에 떨게 했다. 그렇게 생사의 갈림길에서 정신없이 그 야산을 넘으니 안내자는 이제는 목적을 달성했으니 춤을 추든 마음대로 하시여 하며 자기 무거운 배낭을 바닥에 쿵 하고 내여놓는다. 여기서 한참을 쉬고는 오솔길을 따라 한참을 내여 가니 어저씨 함 분이 초롱불을 들고 마중 나와 우리를 반기면서 고생들 많이 하셨습니다 어서 들방으로 들어오세요 한다. 나는 워낙 지쳐 있어서 이것이 꿈인지 쟁시인지 분간이 않 갔다.

내게 아버지에 대한 첫 기억은 무엇이었던가. 기억의 계단을 조심스레 거슬러 올라간다. 금호동 집. 대여섯 살 즈음이었던가. 어머니는 항상 말했다. '아버지가 싫어하니 방문 열지 마라, 아버지를 방해하지 말라'고. 하지만 어머니의 단속에도 어린 나는 아랑곳하지 않는다. 살그머니 방문을 연다. 철제 캐비닛과 책상 다리가 보인다. 그리고 회전의자에 몸을 파묻고 등을 돌린 채 앉아 있는 아버지가 있다. 매캐한 담배 연기. "아빠." 아버지를 부른다. 목폴라 스웨터를 입은 젊은 아버지가 인기척에 고개를 돌린다. 두꺼운 뿔테안경 너머 나를 향해 말없이 미소를 짓는 아버지. 그러나 아버지의 미소는 어쩐지 슬퍼 보인다.

아버지는 원래 말이 없었다. 언제나 말이 없는 분이었다. 그런 아버지가 어쩌다가 말문을 열 때가 있었다. 술을 마시다 음악을 듣다가 당신이 기분이 좋아지는 날이면 어느 때고 나를 불렀다. 그리고 늘 그랬듯이 당신이 38선을 건너온 이야기를 하기 시작했다. 목숨 걸고 38선을 넘어왔다는 것을 힘주어 강조한 후 막걸리 한 잔으로 목을 축이곤 했다. 아버지의 고정 레퍼토리처럼 반복되던 이야기. 귀가 닳도록 들었던 그 이야기. 초등학교 중학교 고등학교를 거치는 동안 수백 번은 더 들었던 이야기였다. 하도 듣다 보니 신물이 날 정도였다. 아버지의 넋두리가 계속되는 내내 어서어서 시간이 흘러가 주기만을 바랐던 기억이 난다. 지금 돌이켜 보니 그때 나는 아버지의 마음을 헤아리기에는 너무 어렸다.

게다가 술에 취한 아버지는 걸핏하면 당신 다리에 총탄 파편이 남긴 선연한 흉터를 보여 주곤 했다. 목숨을 걸고 38선을 넘어온 바로 그 흔적, 그걸 훈장이라며 뿌듯해 하던 아버지. 아버지 목소리에는 숙연함 아니 자못 비장감마저 감돌았다. 아버지는 싫다는 내 손을 잡아서 굳이 당신의 흉터를 만져 보게 했다. 그럴 때마다 어머니는 또 애를 괴롭힌다며 아버지를 탓했지만 아버지는 들은 척도 하지 않았다. 칼자국처럼 길게 찢어져 있었던 그 흉터. 38선을 넘는 데 성공해 드디어 서울역에 도착한

아버지의 이메일

순간 아버지의 결연한 마음을 담고 있던 그 흉터. 아버지 목숨 값이던 바로 그 흉터.

나는 지금 38선을 넘고 있는 그 어리고 작은 소년의 뒤를 쫓고 있다. 소년은 죽기 살기로 기를 쓰며 갈대밭을 기어가고 있다. 저 갯벌 너머, 저 수렁 너머, 아버지가 죽을지도 모른다고 무서워하던, 38선을 넘으려던 월남자가 수없이 죽었다던 그 파랏 강이 보인다.

나는 갑자기 설움이 북받쳐 소리도 못 내가 피눈물을 흘렸다. 하늘이어 저에게 이렇게도 가혹한 형벌을 내리십니까?

나는 소년이 내지르는 피맺힌 절규를 듣는다. 소년의 고동치는 맥박 그 숨소리를 듣는다. 잔뜩 겁에 질린 소년의 눈빛을 바라본다. 소년이 느꼈을 위급함, 절박함, 두려움이 내게도 전해진다. 나는 생을 향한 불굴의 의지로 죽음을 불사한 소년의 결기에 가슴 졸이고 숨죽이며 눈물을 훔친다. 빗발치는 기관총 소리. 가슴이 조여 온다. 손에 땀이 난다. 저 삼엄한 경비망을 뚫고 소년이 제발 월경에 성공하기를. 전율이 인다. 부디 소년이 살아남기를. 나도 모르게 가지런히 두 손을 모은다.

지금은 이해할 수 있을 것 같다. 아버지가 당신의 흉터를 왜 그토록 자랑스러워했는지를. 그 흉터를 볼 때마다 무슨 생각을 했는지를. 긴긴 오욕의 세월, 절망의 나락으로 추락할 때마다 그 순간마다 아버지가 그 흉터를 내려다보면서 얼마나 스스로를 다그치고 마음을 다잡았을지를. 38선을 넘은 아버지가 자신의 집념과 극기 그리고 그 삶을 얼마나 자랑스럽게 생각했는지를. 매초 매 순간 삶과 죽음의 기로에 놓였던 그 삶을, 바로 그 삶을 말이다.

08. 02. 09 16:47 내가 넘은 38선

천신만고 끝에 자유의 땅에 들어와서 빈초죽음이 되어 안내방에 들어오자마자 남들은 더러워진 옷을 새옷으로 갈아입는데 나는 학생복 그것뿐이니 갈아입을 옷도 없고 해서 우물가에 가서 대강 흙투배기가 된 옷을 대강 흙물만 빼고 옷이 젖은 채로 따뜻한 온돌방에 쓰러지고 말았다.

남들은 밤참을 먹으라고 나를 깨웠으나 목구멍에 편도가 부어 물도 마실 수가 없었다. 미안하다고 하고는 그 자리에 쓸어지다시피 하여 곤히 잠에 떨어졌는데 주인 아저씨가 흔들어 깨운다. 모두 청단으로 떠날 참인데 일어나서 산 술 뜨고 떠나란 것이다. 아침에도 역시 목이 부어서 물도 못 마시고 몸이 천근만근이나 되는 것처럼 무거웠으나 일행과 같이해야만 했다. 모드들 건강한데 나만이 비실되고 있었다.

안식처에서 청단까지는 30여 리가 되는데 청단에 도착한 곳이 청단 경찰서에서 검문을 받기 위해서였다. 줄을 서서 기다리다 내 차에가 됐다. 경찰관은 나를 보드니 어떻게 어린 나이에 혼자 위험한 38선을 넘게 되였느냐면서 너 혹시 미북의 첩자는 아니냐고 호통을 친다. 우리 형님도 인천에서 경찰이라고 했드니 정말이냐고 하면서 내가 그간에 경로를 대강 말하니 그때서야 고생 많았다며 여행중을 내여 주면서 잘 가라라고 한다.

아버지의 이메일

우리는 청단을 떠나 토성으로 기차로 향했다. 거기서 미군을 처음 봤고 우리는 그들의 검색을 받고서 개성으로 향했다. 개성에 도착하니 넓은 운동장에 하얀 텐트를 20여 개 쳐놓고 월남자들을 1주일씩 자고 먹으며 여러 가지 조사도 하고 앞으로의 행선지 등을 물으며 인적 사항에 대해서 많이 물었다.

여유기 있는 사람들은 표가 났다. 그곳에서 먹고 자고 하니 그동안 시켰던 몸도 어느 정도 회복이 되니 성운 형님 생각이 나서 아무리 알아봐도 알 길이 없었다. 나보다 먼저 왔어야 할 텐데 무엇이 잘못된 것이나 않을까. 이제는 형님 걱정이 앞선다.

그럭저럭 1주가 다 되어 수용소 생활도 끝내고 각자가 행선지를 향해 떠나야 했다.

아버지 글 중 가슴에 쿡 박혀서 아무리 해도 떨어지지 않는 글귀가 있었다.

내가 월남에 성공하면 늦어도 5년 안에 우리 식구 모두를 대리로 올 것을 약속한다. 그러면서 우리는 그날 저녁상을 물린 지 60년의 세월이 흘러도 만나기는커녕 소식 한 통 없다.

5년 안에 어머니와 누이들을 다시 만날 수 있을 거라 철석같이 믿었던 아버지. 월남에 성공한 후 인천에서 당신의 아버지를 찾고 나면, 고향에 있는 어머니와 누이들을 반드시 데리러 가리라 결심했던 아버지였다. 그

때까지만 해도 아버지 머릿속에는 3년 뒤 벌어질 6.25전쟁은 없었을 것이다. 전쟁이 터져 사랑하는 식구들과 생이별을 하게 되리라고는, 하늘이 두쪽 나는 일이 실제로 벌어지리라고는 감히 상상도 못했을 것이다. 당시엔 누구나 그랬을 것이다. 살아 있으면 다시 만날 거라고, 고향으로 돌아갈 수 있을 거라고, 전쟁이 끝나면 모든 것이 제자리로 돌아갈 거라고 그렇게 나들 믿었을 것이다.

그러나 그런 일은 한반도에서만큼은 일어나지 않았다. 남북 분단이라는 현실은 가족을 다시 찾고 고향으로 돌아가려는 사람들의 소박한 희망마저도 송두리째 빼앗았다. 그로부터 60여 년의 세월이 흘렀다. 결국 아버지는 살아서는 북에 있는 당신의 피붙이를 만나지 못한 채 그렇게 속절없이 세상을 뜨고 말았다. 한반도 이 땅에서 얼마나 많은 사람이 아버지와 같은 비극을 가슴에 끌어안고 살아왔을까. 그리고 또 얼마나 많은 사람이 그 한을 품고 눈을 감았을 것인가……

1983년에서 84년까지 2년 동안 KBS에서 〈이산가족 찾기〉라는 대국민 방송을 한 적이 있다. 어마어마한 전국적 반향을 일으킨 방송, 아니 그야말로 일대 사건이었다. TV에서 임권택 감독의 영화 〈길소뜸〉을 봤을 때 말로 표현할 수 없는 이상한 감정에 휩싸인 적이 있었다. 이산가족 찾기 운동을 배경으로 했던 이 영화를 보면서 나는 문득 여의도광장을 헤맸던 어린 시절이 떠올랐다.

어느 날 갑자기 아버지가 나와 남동생에게 당신을 따라오라 했다. 우리는 영문도 모른 채 아버지를 따라 여의도광장에 갔다. 지금은 사시사철 꽃이 피고 나무가 우거진 공원으로 탈바꿈했지만 당시 5.16광장이라

여의도광장에서 동생.
이산가족 찾기가 한창일 때 나와 동생은 매일
아버지와 여의도광장으로 향했다. 그러나 끝내 아버지는
그리운 어머니와 누이들을 만나지 못했다.

고도 불렸던 여의도광장은 그냥 허허벌판이었다. 나무 한 그루 벤치 하나 없는 수만 평 아스팔트 광장. 말 그대로 아스팔트 맨땅.

아버지 손에 이끌려 우리는 KBS 방송국 건물, 만남의광장에 섰다. 건물 기둥, 문, 계단, 바닥 조그만 틈이라도 있는 곳이면 어디에나 사람 찾는 글이 붙어 있었다. 모르는 누군가의 사진이 허공에 휘날리고 있었다. '누가 이 사람을 모르시나요?' '이 사람을 찾습니다.' 수많은 사람의 얼굴이 자신을 찾아 달라고 소리 없이 아우성치고 있었다. 우리는 입이 쩍 벌어졌다. 아스팔트 광장에 끝도 없이 줄지어 있는 벽보 행렬. 그런 광경은 정말이지 태어나서 처음이었다.

아버지는 당신의 어머니와 누이들 이름을 가르쳐 주었다. 그리고 벽보를 하나하나 꼼꼼히 살피며 같은 이름을 찾으라 했다. 어머니와 누이들이 혹시 38선을 넘어왔을지도 모른다. 그래서 남한 땅 어딘가에 번듯하게 살고 있을지도 모른다. 살아 있으면 살아만 있다면 언젠가는 반드시 만난다는 말을 주문처럼 되풀이하던 아버지. 아버지는 마치 열병에 걸린 사람 같았다. 아니 미친 사람 같았다.

한여름이었다. 땡볕에 달구어진 아스팔트에서 지글지글 지열이 올라왔다. 머리가 핑 돌고 현기증이 났다. 무더웠고 목이 말랐고 짜증이 났다. 더위에 지친 우리는 길바닥에 주저앉아 쉬고 있었다. 그때 우리를 본 아버지는 버럭 역정을 냈다. 뭣들 하는 거야! 한눈팔지 말고 어서 찾으라우! 아버지의 호통에 깜짝 놀란 나는 울기 직전인 동생 손을 잡고 얼른 자리에서 일어났다.

김○○. 6.25 피난길에 헤어짐… ○○기차역에서 잃어버림. 평북 ○○ 출생. 살아 있다면 현재 나이 50살. 당시 일곱 살. 박○○ 황해도 개성……
1.4후퇴 때…… 헤어짐……. 살아 있다면 현재 나이 30살…….

우리는 얼기설기 이어진 벽보 사이를 헤집으며 할머니와 고모들을 찾아 헤맸다. 벽보를 읽고 또 읽었다. 행여나 놓쳤을까 봐 다시 보고 또 다시 봤다. 혹시나 해서 눈을 비비며 확인하고 또 확인했다. 그러나 아무리 보고 또 보고 아무리 찾고 또 찾아도 아버지가 그토록 애타게 부르는 이름은, 할머니와 고모들 이름은 없었다. 그 어디에도 없었다. 찾을 수 없었다.

TV에서는 이산가족 찾기 방송이 하루가 멀다 하고 계속되었다. 6.25 때 헤어졌으나 극적으로 상봉한 가족들이 서로 얼싸안고 끌어안고 통곡했다. 그치지 않는 눈물 바다가 펼쳐지고 있었다. 전국 팔도가 뜨겁게 달아올랐다. 그러나 이산의 아픔이 아니라 상봉의 기쁨을 누리는 사람이 점점 늘어 갈수록 아버지 말수는 점점 더 줄어들었다.

나와 동생이 여의도광장을 가는 게 마치 하루의 일과가 되었을 무렵, 어느 날 아버지는 더는 광장에 가자는 말을 꺼내지 않았다. 할머니를 찾겠다는 말도 어머니가 그립다는 말도 누이들이 남한에 내려와 있을 거라는 말도 더는 하지 않았다. 아버지는 아무 말도 하지 않았다.

오늘은 우리 광장에 안 가요? 아빠?

이 모든 것이 그저 놀이라고 생각한 어린 동생이 천진하게 물었다. 그러나 아버지는 말없이 고개를 저었다. 그러고는 할머니와 고모들은 북에서 내려오지 않았을 거라고 대답했다. 아니 6.25 난리 통에 이미 죽었다고도 했다. 그 말을 끝으로 아버지는 굳게 입을 닫았다. 방문을 닫고 다시 술을 마시기 시작했다.

08. 02. 10 14:09 내가 넘은 38선

지난 1주일간 수용소에서 먹고 자고 편히 쉬어서 지쳤든 몸이 많이 회복도여 견딜 만했다.

수용소에서 받아 든 외출증 한 장을 받아들고 그때부터는 각자 행동이다. 돈의 여유가 있는 사람들은 38접경 안내소에서 북한 돈과 한국 돈을 바꾸는데 나야 일전도 없는 처지라 빈털터리로 왔기 때문에 앞으로도 행선지까지 수용소 외출증만 있으면 어디든 가는 줄로만 알았든 것이 큰 낭패였다. 수용소에서 나와서 서울행 열차를 타기 위해 개성역에 나와서 보니 외출증 가지고는 차를 탈 수 없다고 하니 나는 놀라고 낭감해졌다. 기차는 오전 11시 30분발이라는데 어디서 구궐할 수도 없고 해서 이 생각 저 생각 해 봐도 뾰족한 방법이 없었다. 역 주변을 맴돌면서 어떤 방법이 없을까 하고 궁리하다 공중변소에 울타리가 보였다. 그 울타리만 넘으면 철길을 건너 차를 탈 수가 있다고 자신하고 서울행 기차가 막 도착했다는 안내방송을 드자마자 그리 높지 않은 나무 울타리를 간신히 넘어 걸음아 날 살려라 하고 서울행 기차를 타고 달렸다. 기차도 객

차가 아니라 화물칸이라 간신히 기어올랐다. 나를 보고 쫓아오든 역무원은 소리를 지루며 뒤딸아왔지만 나는 그를 따돌리기 위해 열차 연결 사이에 매달려 그를 따돌렸다. 그리고 얼마 있으니 기차는 출발했다. 나는 그때야 안심하고 차 안으로 들어오니 화물칸에는 오합지절이였다. 보따리 자사꾼에다 어른 애 할 것 없이 바닥에 짐보따리 등을 늘어놓아 발디딜 틈이 입싰나.

나는 이제야 아버지 형님을 만나겠구나 생각하면서 어누 정도의 마음의 안정을 찾았으나 무임승차하였으니 어떻게나 될지? 앞일이 걱정이 됬다. 그러나 죽음의 38선도 넘었는데 이것쯤이야 하고 자위하며 태연하게 앞으로 나의 장래의 대한 생각이 미치자 격정과 근심이 휩싸인다. 이 생각 저 생각을 하는데 서울역 도착 방송을 한다. 나는 잠시 걱정은 됬지만 우선 사람들을 따라 플렛홈을 빠저 나오는데 차표가 없다니까 나를 여페 서 있서 하고 툭명수럽게 내뱃는다. 사람들이 다 빠져나올 때까지 기다렸다가 그 역무원은 나의 사정을 다 듣고나서야 그럼 기다렸다 져녁 6시 인천행 열차를 타라고 한다. 아직 6시까지는 1시간여의 시간이 남았다.

서울역광장에 나오니 펴야보다는 자동차도 많고 사람들의 옷차림도 세련되 보였다. 내가 나의 모습을 보아도 그야말로 깡통만 안 들었지 오향상으론 완전한 거지였다. 나는 부꾸럼도 마다하고 어떻게 해서 아버님을 찾누냐가 큰 걱정이였다. 남한 학생들은 용고사지(그 당시 옷감으로 최거았음)에 쪽 빼입은 모습과 나의 모습을 보니 너무나 나는 초라했다.

호후 6시가 되자 인천행 열차 개찰을 한다고 방송이 울렸다. 나는 열차

표가 없는 관계로 승객들이 다 나간 후에 어럼저런 앵기를 하여 무임승차를 하였다. 나는 열차 안에서 여러 사람들한테 물었다. 신흥동 18번지가 어디쯤 되느냐고 물으이 어렇게 저렇게 말을 하지만 인천 지리도 모르는 나로서는 그 말이 무슨 말인지 감이 잡히지가 않았다. 시간 반쯤 달렸을까. 열차는 인천역에 도착했다고 한다. 이번에도 승객들이 다 나간 후에 역무원에게 이런전넌 얘기를 해서 역을 빠저나오기는 힜으나 어디로 어떻게 찾아가야 하는 것이 문제다.

그것도 낮이 아니라 밤 7시가 넘은 밤길에다 초행길이니 인천이란 도시에서 신흥동 18번지를 찾기란 난감할 뿐이었다. 그러나 어쩌랴 찾아보는 수밖에 신흘동이 어디냐고 가리켜 주는 되로 무작정 길을 재촉했다. 언덕길을 한참 올라가다 어느 양옥집을 찾아들어 가서 불이 환한 곳을 찾아 들어간 곳이 그 집 뒤뜰이였다. 50여 세쯤 되어 보이는 아저씨가 나오면서 어떻게 뒤뜰까지 왔누냐고 되묻는다. 그래서 사정 얘기를 했드니 그제서야 안심을 했는지 나를 방으로 안내한다. 그러면서 밝은 불빛에 나의 몰골을 보드니 저녁도 굶었그만 하면서 아주머니에게 저녁상을 부탁한다. 아침에 수용소에서 아침 한 그릇 먹고는 그대로 굶은 터라 나는 밥 한 상을 꿀꺽했다. 그때서야 생동감이 났다. 그곳에는 나 또래의 여학생이 있었는데 너 같으면 이 학새처럼 하겠느냐며 물으니 그 학생은 민망스러운 표정이었다. 그러면서 그 아젔는 이 밤에 찾기가 어려우니 찾다가 못 찾으면 자기 지베서 하루밤 쉬고 내일 첯아보라는 감사의 말까지 들으며 그 집을 나왔다. 그러나 주간도 아니고 야간에 남의 집을 찾는 것 자체가 무리였다. 나는 아까 그 집에 가서 하로밤 신세를 질까도 해

아버지의 이메일

봤으나 그때만 해도 너무 순진해서 남에게 신세지는 것이 붕끄러워 인천역 대합실에서 하룻밤을 새우고 내일 다시 찾기로 하고 그 집을 나와 인천역으로 향하던 중 여관이라는 간판이 눈에 들어온다.

백수 학생이지만 한 번 가서 사정이라도 해 볼 작정으로 여관으로 들어스며 방이 있습니까? 네 하고 대답하드니 나의 행색을 보드니 방이 방금 디 나갔다는 것이다. 그리기를 시니 민. 마지막 한 여관을 찾으니 나의 행색을 나의 사정을 듣고 나드니 그럼 우리 아이들(여관에서 일하는 사람) 자는 방에서 자라며 방을 열어 주시었다. 그러면서 여관비는 없어도 좋으니 하로 밤을 쉬어 가란다. 난는 감사하다고 몇 번이나 허리 굽혀 인사했다.

수원 화성의 납골공원. 아버지가 계신 곳. 유골함을 안치하고 난 이듬해, 아버지 기일을 맞아 동생과 함께 어머니를 모시고 갔다. 그곳에 가려면 전철 1호선 병점역에서 내려 버스로 갈아타야 한다. 처음으로 병점역에 내렸던 날. 나는 이메일에서 아버지가 언급했던 그 병점이 바로 여기라는 사실이 퍼뜩 생각났다. 그때 느꼈던 그 알 수 없는 기시감이라니. 그 순간 반세기 전 이곳에 먼저 당도했던 아버지가 떠올랐다. 꾀죄죄한 몰골에 고무신을 짝짝이로 신고 끼니도 굶은 채 서울역에 도착한 그 소년. 밥 한 끼 차표 한 장 살 돈이 없었던 그 무일푼 소년을.

어린 소년 아버지가 도착했었을 1947년의 병점역은 지금과는 천양지차였을 것이다. 영화를 만들려고 이것저것 준비하면서 1940-50년대 인천 풍경을 담은 사진과 동영상 등 기록 자료를 수없이 찾아보았다. 당시 사진 속의 인천과, 고층빌딩에 아파트가 즐비한 현재 인천은 도저히 같은 곳이라고는 볼 수 없었다.

옛 인천을 찍은 빛바랜 사진을 들여다본다. 야트막한 능선을 따라 둥그스름한 지붕을 얹은 초가가 얼키설키 이어져 있는 40-50년대 인천 모습. 하늘과 맞닿은 부드러운 산자락 끝에 손에 잡힐 듯 말 듯 인천항이 있다. 고무신을 신고 길래머리를 띤 계집애기 엿판을 들고 서 있다. 저 멀리 신작로를 내달리는 군용 트럭이 보인다.

아버지 메일에 나온 지명을 하나하나 소리 내어 읊어 본다.

황해도 황주, 해주, 평양, 태탄, 사리원, 개성, 청단, 토성, 병점, 인천 신흥동……

태어나서 지금까지 한 번도 가 본 적 없는 낯선 곳의 이름과 반세기가 더 지난 옛 사진 속 공간이 하나로 연결된다. 그 순간 나는 아버지가 살았던 그 과거로 향하는 기차에 올랐다. 그리고 인천으로 향했던 아버지의 마음을 따라가기 시작했다.

08. 02. 10 16:08 내가 넘은 38선

그 마은 영감님의 온정으로 하로 밤을 무사히 쉬기서 나올 때는 새벽인지라 모두 깊은 잠에 빠져 있는지 인기척이 없어서 고마운 영감님께 감사의 인사 한마디 못하고 떠났다. 오늘에야 어떻게든 찾겠지 하고 어제

아버지의 이메일

1950년대 인천 모습.
월남해 이곳에서 어렵게 마련한 큰 집을 아버지는 허무하게 잃었다.
평생 그 집을 잊지 못했다. (사진 출처: 수도국산 달동네박물관)

들렀든 동내부터 뒤저 보기로 하고 언덕길을 넘어 우선 동사무소부터 찾기로 했따. 너무 일은 아침이라 동사무소는 아침 9시가 되어야 문을 연다고 한다. 이른 아침에 싯장기도 돌고 해서 월미도 다리 선차가로 발길을 돌렸다 오라는 데도 없지만 혹시나 선창가에서 심부름이라도 하고 한 술 때울까 해서였다. 그러나 빈 배들만 우둥실 떠 있지 일한는 곳이 없다. 달리 밑에는 둥구런 뺑이 퉁퉁 불어 둥둥 떠다니고 있으나 그야마로 그림의 떡이였다. 할 일 없이 왔다 갔다 하면서 9시가 되기를 기다려 동사무소로 찾아가서 편지봉투를 내면서 신흥동 18번지가 어디냐고 묻자 사무원은 남감한 표정으로 그런 주소 가지고는 신흥동이 1가 2가 3가 4가까지 있으니 그 주소로는 찾기가 어렵다고 한다. 낙심천만이다.

그러자 생각난 것이 형님이 하숙하든 인천 변드리 제물폿였다. 그곳을 차자아 가면 촌락이니까 아는 사람이 있지 안을까 하는 생각에서 제물포를 찾기로 작정하고 물어물어 제물포를 찾으니 그곳 초등학교가 올 운동회가 한삼이었다.

그때 마침 점심 시간이라 가족들이 모여 앉아 점심 식사가 한창이다. 초라한 학생복 차림으로 지나가니 안되 보였든지 아주머니 하 분이 앉아서 점심을 같이하자고 끌어 앉인다.

나는 나의 입장을 얘기하며 형님 일본 이름을 되었더니 아이구 고생 많이 하였구만 하시면서 참 잘 왔다며 아주 다정하게도 위로하시면서 형님을 잘 안다는 것이다. 그러시면서 손수 형님 하숙집까지 다려다주시는 것이다.

하숙집 아주머니는 우리 집에 한 번 다녀간 일이 있어서 나를 금방 알아

아버지의 이메일

보았다. 그동안 얼마나 고생이 많았냐고 등을 쓰다듬으며 형님은 지금 부평경찰서에 근무하니까 연락하면 금방 달려올 꺼라며 전화 연락을 하였다.

한참 후에 미군 헌병차를 타고 오셨다. 고생 많았그나!

우리는 얼싸않고 후느꼈다. 얼마 후 아버지한테 가지고 하면서 달동네 향은동으로 향했다. 조고미한 양철집에 곁방 히니를 월세로 살공 계셨다. 아버님은 나를 보자 깜짝 놀라면서 우시기까지 하신다. 아버님은 그때 월남민이 다 그렇듯 가난 속에서 무궁화 담배말이로 생개를 이어 가고 있었다. 나는 성운 형님이 궁금해서 아직 소식이 없누냐고 물으니 모두 으아한 표정들이었다. 그 후 2일 후에 형님 역시 고생 많이 하고 왔다며 개성 수용소 와서 월남자 명단을 보고 내 이름을 확인하고 안심이 됐다고 한다. 그간의 고생담이야 무궁무진하지만 필설로 하기에는 너무나 부족한 점이 않다. 이렇게 파란만장했든 죽음의 38선을 마치면서 내가 가장 서운하고 서글픈 것은 그 형편에 학교란 생각지도 못하기 때문이다.

상처 없는 삶이란 사실 존재하지 않는다. 살면서 우리는 크고 작은 상처를 남에게 주거나 받는다. 그중 어떤 사람은 죽을 만큼 감내하기 힘든 고통이나 치유가 불가능할 정도로 상처를 받는 경우도 있다. 하지만 대부분 사람이 살면서 받는 상처는 대개 아주 사소한 것에서 비롯된다. 작지만 서서히 사람의 영혼을 후비고 아프게 하고 조금씩 갈아먹는 그런 상처들. 가난과 굶주림. 타인이 준 모욕, 모멸감. 어린 시절에 받은 깊은 상처. 열등감과 트라우마. 부모가 친구가 생각 없이 던진 한마디, 선생의 무관심한 시선, 남들의 손가락질…….

아버지는 밥상에서도 술에 취해서도 틈만 나면 당신이 어린 시절 이북에서 받았던 인민재판에 대해 거듭거듭 이야기했다. 그럴 때마다 아버지는 과거에서 길을 잃고 헤매는 것처럼 보였다. 아버지는 말했다. 친아버지가 이남에 있다고 반동분자의 자식이라고 그렇게 모진 차별을 받았다고. 학교에만 가면 자아비판을 받고 선생과 동무들의 차가운 시선을 홀로 견뎌야 했다고. 감수성이 예민하고 자존심이 강했을 어린 소년이 받았던 상처. 수십 년이 흘렀어도 그때 그 기억은 아버지를 여전히 과거에 붙잡아 놓았던 것인지도 모르겠다.

'공부만 하는 학생의 손바닥이 아니었다'며 당신의 거친 손에 대해 고백하는 아버지를 통해 나는 인민학교 동창을 부러워하는 어린 소년의 마음을 읽는다. 탈북을 시도하다 잡혔을 때 남의 집 머슴이라고 거짓말을 했던 아버지. 그 아버지의 임기응변을 믿어 주었다는 대목에서, 학생의 고운 손이 아니라 고된 농사일에 굳은살이 잔뜩 박인 제 손 덕분에, 구사일생으로 살아나게 된 것에 깊이 안도했다는 아버지의 말에서, 어린 아버지가 느꼈을 부끄러움을, 그리고 가난에 대한 서러움을, 그 슬픔을 읽는다.

이렇게 파란만장했던 죽음의 38선을 마치면서 내가 가장 서운하고 서글픈 것은 그 형편에 학교란 생각지도 못하기 때문이다.

아버지는 배움을 찾아서 월남했다고 메일에 썼다. 인천에 있던 당신의

아버지와 형을 찾아가 북에서 못다 한 공부를 계속하겠다는 굳은 결심. 남에서 학업을 끝까지 마치고 싶어서였노라고 아버지는 말했다. 배움에 대한 열망이 그토록 간절했던 아버지였다. 목숨을 걸고 38선을 넘었을 때 어린 아버지의 머릿속에 그 마음 깊숙한 곳에 또렷이 자리 잡고 있었을 두 글자. '공부'와 '성공'. 그랬다. 배우겠다는 집념과 성공하겠다는 욕망이 생존을 향한 강한 의지를 지속시켰으리라. 더욱이 배움에 목말랐던 아버지 앞에 놓인 가난이란 현실은 얼마나 가혹했으며 얼마나 깊은 슬픔이었을까.

잠시 나를 돌아본다. 나는 목숨을 걸고 무언가를 해 본 적이 있나. 없었다. 무엇보다 목숨을 내놓을 만큼 절박한 궁지에 몰려 본 적도 목숨을 걸어야 하는 절체절명의 상황에 처해 본 적도 없었다. 무엇보다 아버지처럼 어린 나이에 수용소에 갇히고 이질에 걸리고 주린 배를 움켜쥐며 맨발로 수천 리를 걸어 본 적도, 기관총을 피해 가며 이를 악물며 38선을 넘어 본 적도 없었다. 풍족하게 살진 못했지만 우리 집은 적어도 끼니를 굶을 정도로 가난하진 않았다.

생전에 아버지는 자식들에게 공부를 해라 마라 또는 무슨 얼어죽을 대학이나 돈이나 벌어라 하고 말한 적이 한 번도 없었다. 내가 중고생이던 80년대에는 여전히 남녀차별이 심했다. 그래서 딸은 살림 밑천이니 대학에 보낼 필요가 없다고 생각하는 부모가 여전히 많았다. 고등학교 친구들 중에는 어쩔 수 없이 대학 진학을 포기하는 장녀가 꽤 있었다. 형제자매가 많은 데다 가정 형편도 여의치 않아 동생들을 위해, 오빠나 남동생을 위해서라는 이유였다.

우리 집 역시 형편이 넉넉하진 않았다. 하지만 나는 아버지에게서 여자에게 공부 따윈 필요 없다 시집이나 가라는 말을 들어 본 적이 없다. 그랬던 아버지였다. 대학을 졸업한 후 한참을 방황하다가 영화학교에 들어가겠다고 다시 공부를 하겠노라고 운을 떼었을 때도 별다른 말씀이 없었다. 문득 나를 대 놓고 말리지도, 그렇다고 응원하지도 못했던 부모님의 칙칙한 표정이 떠오른다. 아버지나 어머니나 그저 돈을 대 주지 못해 미안하다고만 했다.

아버지가 돌아가신 후 어머니는 아버지 물건을 정리했다. 유품으로 007가방이 두 개 있었다. 그중 하나에는 아버지가 각 시기별로 찍은 증명사진들과 다양한 자격증 묶음 그리고 고등학교 졸업장이 있었다. 나는 깜짝 놀랐다. 아버지의 졸업장. 아버지는 졸업장을 당신만의 비밀처럼 007가방에 그리고 통에 넣어 평생토록 고이 간직했던 것이다.

고등학교 졸업식 이후로 나는 졸업식에 참석한 적이 없다. 대학교나 영화학교를 졸업했을 때도 마찬가지였다. 학업을 마쳤다는 것 외에 졸업장이나 졸업식은 내게 별반 의미가 없었다. 졸업을 했다고 호들갑을 떠는 게 거추장스러웠다. 그래서 졸업식에 부모를 부르지도 않았다. 나는 그런 자식이었다. 모질고 정 없는 자식이었다. 부모님은 내가 졸업식에 참석하지 않은 사실에 특히나 졸업식에 대해 한마디 언급조차 하지 않은 사실에 무척이나 실망하고 속상해 했다.

졸업장에 똑똑히 적힌 아버지 이름 석 자를 보니 문득 궁금해진다. 졸업장이나 졸업식을 그처럼 하찮게 여긴 나를 이토록 졸업장을 소중히 간직한 아버지는 도대체 어떻게 생각했을까. 살림이 곤궁해 학교는 생각할

아버지의 이메일

수조차 없었다던 형편에도 아버지는 악착같이 공부해 제 힘으로 학교를 졸업했던 것인가. 그렇지만 아버지 발목을 잡은 그 가난 때문에 결국 학업을 잇지 못한 채 돈벌이에 나섰던 것인가. 행여 구겨질세라 졸업장을 돌돌 말아 소중히 보관했던 아버지. 나는 그런 아버지의 졸업장을 한참 동안 들여다보았다.

빨갱이라면
이를 간
사람

달동네에서 배다리 시장까지는 그리 멀지 않았다. 오후 3시경에 장을 보러 시장에 가서 바찬거리를 사려는 순간이었다. 갑자기 내가 방금 나온 골목길에서 총성이 여러 발 탕탕 하고 적막을 깨웠다. 밤도 아니고 한 대낮에 서부 활극처럼 요란한 총성이 나다니 하고 사람들이 모여서 웅성거리는 곳으로 달려갔다. 한 남자가 가슴에 권총을 찬 체 선혈이 낭자한 체 쓰러져 있다. 어찌된 일일까?
겁도 나고 무섭기도 해서 모여 있는 사람들 애기를 들으니 쓰러진 사람은 간첩을 잡는 사찰형사계 형사란다. 나는 그 말을 듣고 너무나 놀랐다. 북조선 같으면 감히 생각도 할 것이 못 되기 때문이다. 총을 쏘고 달아난 사람은 남로당 당원이란 것이다. 결국 그곳에서 2km 떨어진 공설운동장 언덕에서 잡혔다고 어떤 사람이 말한다.

한국은 내가 와서 보니 공휴일에는 군인들이 정장을 하고 휴가를 나오는 것을 보았지만 북조선에선 휴일 따위는 없고 일단 인민군에 입대되면 10여 년간을 밤낮으로 땀에 찌든 전투복을 입고 밤낮으로 전투훈련에 눈코 뜰 사이가 없는데 한국에서는 무사태평이었다.

나는 이 광경을 보고 많이 실망했다. 그리고 얼마 않 되어 여수순천반란 사건이 났다고 영화관에 형들과 갓을 때 뉴스에 빈란군을 향해 비행기가 폭격을 하는가 하면 얼마 후에 제주도에서 한라산 빨찌산 공비가 마을에 내려와서 결찰서는 말할 것도 없고 마을에서는 무작정 총질을 하여 많은 죄 없는 희생자가 발생했단다.

그 후에 국군이 투입되 공비 소탕 작전을 벌이며 이때도 양민 희생자가 발생했단다.

그 후에도 한라산 빨찌산 공비들은 밤이면 마을을 습격하여 남자는 어린이 영감을 빼놓고는 몽주리 잡아가는 악순환이 여러 차례 겪으면서 우리가 제주에 갔을 땐는 거이가 사람이라곤 여자뿐이고 남정내는 볼 수가 없었다. 그때 더러는 일본으로 망명하고 나니 제주에는 온통 여자 세상이 됐단다. 그래서 하는 말이 제주를 삼다도라고 부르게 됐단다. 이렇게 어수룩하고 안보가 허술한 한국을 김일성이 적화통일의 목표가 되는 것은 당연하다고 생각했는데 아닌 게 아니라 내가 1948년 9월에 월남했으니 1950년 미군이 철수하자마자 1950년 6월 25일 그것도 국군이 공일이면 대부분 휴가를 떠난다는 것을 잘 아는 김일성이 새벽 4시에 소련제 탱크를 앞세워 38선을 일시에 밀고 내려와 서울을 3일 만에 함락했던 것이다.

그때 한국군은 비행기라야 연습용 잠자리 같은 몇 대밖에 없었고 탱크는 한 대도 없고 일제가 버리고 간 구식과 미군에서 주고 산 ml소총과 칼빈 몇 자루 수류탄 몇 개뿐이니 인민군을 당해 낼 수가 없었단다. 그 바람에 수류탄을 들고 몰려드는 인민군 탱크를 향해 돌격전을 폈으나 주먹으로 바위돌을 부시는 격이니 결국 남침한 지 3일 만에 서울이 함락되고 말았다. 그 지긋지긋한 인민군을 2년 만에 또 만나게 됐으니 억장이 무너져 내렸다.

나는 아버지와 함께 피난길을 떠나서 해바다 해변가에 한적한 마을을 찾아 낮에는 산에 숨고 밤에만 집에 들어와 자는 생활을 석 달간이나 하다가 맥아더 원수의 인천상륙작전의 성공으로 다시 부평으로 돌아와 보니 폐허가 된 집에 갈 수도 없고 해서 아는 아저씨 집에서 숙식을 하며 미군 부태 하역부로 생계를 이었다. 이제 내가 넘은 38선은 그 밖에 사연도 많지만 이만 줄이기로 하고 다음에는 그 이후의 애기를 시간나는 되로 전하기로 하고 아쉬운 되로 이만 줄인다..........아버지

1950년 6월 25일 전쟁 발발.

내가 책에서 기록물에서 TV에서 영화에서 마주한 6.25와 아버지가 실제로 목도한 6.25. 내가 알고 있는 6.25와 아버지 기억 속에 존재하는 한국전쟁은 얼마나 같고 또 얼마나 다를까.

아버지는 메일에 '그 지긋지긋한 인민군을 다시 만나게 되었다'고 썼다. 아버지는 특히 그랬다. 자유와 민주주의를 외치는 사람들만 보면 불같이 화를 냈다. TV에서 반독재 민주화를 요구하는 학생들과 시위대를

향해, 파업을 하는 노동자들을 볼 때마다 빨갱이라 했다. 툭하면 아버지는 저것들은 공산주의가 뭔지 몰라서 그런다며 죄다 수용소에 처넣어 버려야 한다 했다. 저 빨갱이들을 모조리 쓸어서 북조선에 보내 버려야 한다고 온갖 욕을 퍼부어 댔다.

아버지가 그럴 때마다 "공산주의가 뭔데요? 빨갱이가 뭔데요?" 어린 나는 물었다. 그러나 아버지는 빨갱이가 누구인지 공산주의가 무엇인지 한 번도 제대로 대답하지 못했다. 그저 전쟁 때 빨갱이들이 사람을 죽였다라고만 했다. 국군도 미군도 사람을 죽였는데요 하고 반문하면 아버지는 여지없이 또 화를 냈다. 머리가 굵어지자 나는 더는 아버지에게 질문하지 않았다. 대답을 기대하지도 않았다. 그 대신 스스로 그 이유를 찾아 나섰다. 혼자서 책을 파기 시작했다. 아버지도 선생도 어느 누구도 말해 주지 않았던 대답을 찾아 공부를 시작했다. 대학에 들어가서부터는 아버지가 빨갱이 운운할 때마다 반박하기 시작했다. 아버지가 치를 떠는 바로 그 민주주의 아니 사회주의가 오히려 참혹한 전쟁을 막을 수 있는 수단이라고. 그러면 아버지는 길길이 날뛰었다.

너 따위는 전쟁을 겪어 보지 못해서 그런다. 밥 굶어 본 적도 없고, 사람 죽는 거 본 적도 없는 너희가 뭘 알아. 너 같은 것들이 정신을 차리려면 전쟁을 겪어 봐야 한다.

기가 막혔다. 그 말에 욱해서 나는 대들었다.

그게 끔찍한 전쟁을 겪었다는 분이 할 소리예요? 다시는 전쟁이 일어나지 않게 남북한이 평화통일을 해야 할 마당에 전쟁이라뇨?

1940-50년대 당시 세계를 분할하고 있던 미국과 소련이 사실상 합의해 한반도에 냉전 체제를 강요한 것이 분단이었고, 이런 강력한 외적 요인이 없었디면 아무리 이념 갈등이 신가했더라도 한반도는 내전이라는 극단적 상황으로 치닫지는 않았을지도 모른다. 그러나 이런 배경은 아버지에게 전혀 고려의 대상이 아니었다. 6.25가 어디에서 비롯되었는가는 하나도 중요하지 않았다. 아버지에게 한국전쟁은 오로지 증오. 증오는 곧 빨갱이. 그 하나만으로 정리될 뿐이었다.

아버지가 알고 있는 4.3도 내가 알고 있는 4.3과 확연히 달랐다. 아버지에게 4.3은 오로지 공비 빨갱이들이 저지른 만행이자 폭동이었다. 그러나 내게는 4.3항쟁이었다.

아버지, 4.3 때 빨치산 무장 공비가 민간인을 죽인 게 아닙니다. 국군이 미군이 우익이 서북청년단이 빨갱이 토벌을 내세워 민간인 학살을 자행한 겁니다.

나는 겁 없이 대들었다. 그 순간 밥상이 뒤집어지고 아버지 손이 올라갔다. 그때마다 나는 아버지를 피해 집을 뛰쳐나와야 했다.

1940년대 혼란스러운 해방 정국 그리고 한국전쟁 난리 통에 퍼져 나가던 흉흉한 유언비어를 진실로 믿고 있는 순진한 아버지. 국군이 공비

소탕 작전을 벌이다 그만 양민 희생자가 발생했다고 알고 있는 미련한 아버지. 빨치산이 무고한 양민을 그중에서도 남자를 다 잡아가는 바람에 제주도에 여자가 많아졌다고 그래서 삼다도라 불리게 되었다고 이메일에 쓴 한심한 아버지. 내 슬픈 아버지.

이렇듯 아버지와 나 사이에는 아무리 노력해도 좁혀지지 않는 간극이, 결코 섞일 수 없는 깊은 심연이 존재했다. 그리고 그 심연은 언제 터질지 모르는 화약고와 다를 바 없었다.

그의
첫사랑

나는 1963년에 억울하게도 그렇게도 힘드려 마련한 큰 집을 헐값으로 팔아 3등분하고 남은 돈을 가지고 무작정 정든 부평을 떠나 무작정 서울로 향했다. 불광동 달동네에 월세집을 마련하고 살길을 찾아 동분서주하다가 신문광고를 보니 제빵공장을 헐값에 급히 매각한다는 것이다. 전화를 걸어 보니 우선 만나서 상의하자고 해서 다음 날 주인을 만나 보니 50대로 보이는 독실한 기독교 장로라고 자기를 소대하면서 자기는 젊어서 금광을 하다 파산을 하고 이것저것 하다 제빵공장을 중부 시장에서 몇 년간 잘했는데 다른 사업을 하기 위해서 제빵공장을 처분하게 된다는 것이다. 그러면서 자기가 공장과 사람들을 모두 넘겨줄 테니까 같은 이북 사람이니까 나를 믿고 해 보라는 것이다.

나는 그보다도 해외로 나갈 생각이여서 거기에 대해서 크게 관심이 없었다. 그러나 그는 수차례에 걸쳐서 나에게 애원하다시피 하였다. 나는 그래도 마음이 내키지 않아 망서리다 이 공장이 잘되면 가정이 어려운 형님에게 물려주고 나는 해외로 떠나는 것이 좋겠다고 생각이 들자 얼마 후에 그 공장을 인계받기로 결심을 하고 나는 홀몸으로 어리석게도 그 공장을 인수받았다. 그러나 막상 일을 저질러 놓고 보니 여간 어려운 점이 한두 가지가 아니었다. 5명의 숙식을 공장 안에서 해결하자니 먹는 것도 그렇고 빵을 만들어 소매도 하고 중고등학교에 납품을 하며 최선의 노력을 기울였으나 한 달을 지내 놓고 결산을 보니 적자였다. 앞으로는 좀더 좋아지겠지 하는 믿음으로 몇 달을 버티었으나 도저히 버틸 수가 없었다. 후회막급이였다. 하는 수 없이 그 공장을 접고 기술자 한 사람만 끌고서 성동구 도선동 입구에 인구 이동이 많으면서 주택가로 자리를 옮겨 조고만 다과점을 차려서 기술자와 단 둘이서 다과점을 해 봤다.

그때 제빵 기술자가 마포 이모님 이웃에 살았기 때문에 사장이 총각이라는 말을 듣고 옥천에 삼양국민학교 선생이 조카딸이라며 중매를 하기에 이루렀다. 어느 날 장인과 이모부님 두 분이 나를 만나자고 해서 가까운 다방에서 만났다. 몇일 후에 옥천으로 내려와서 따님도 만나 보고 집안도 둘러보라는 것이다. 그래서 이모님 아들인 처남과 같이 옥천으로 내려가셨지. 허름한 차고집에서 버스 차표 판매소를 경영하고 있었다.

그리고 얼마 후에 김 선생 아가씨가 서울로 올라온다는 것이다. 우리는 성동경찰서 앞에 다방에서 수원 큰엄마와 같이 만나 선을 보고 좋다고 해서 너의 엄마와 만나게 되었다. 결혼은 다음 해 65년 4월 3일에 했다. 우리는 주말 부부가 되어 일요일이면 엄마가 불편한 교통을 감수하면서

일 년 이상을 이런 식으로 살았다. 다과점도 접고 대한통운 본사 중량품 사업소에 입사하여 홀로 자취 생활을 하며 지내다 그때 월남 바람이 한창이여서 너도나도 월남을 가려고 심지어 어떤 사람은 시골에서 논밭을 팔아서 서울에서 여관 하숙을 하면서까지 월남행에 미치다시피 할 때였다. 나는 대한토운 좋은 일자리를 버리고 그 어렵다는 시험을 쳐서 150대 6이라는 관문을 뚫고 당당히 1위로 합격히였디.

자! 이제는 억울하개 잃어버린 내 집도 찾게 되겠구나 생각하니 나는 날아갈 듯 기뻐서 어쩔 줄을 몰랐다. 내 생애 그토록 기뻣던 날이 없었다. 그래서 엄마를 서울로 끄러올려서 내가 떠나기 전에 웅봉동 나의 셋방으로 오라왔다. 그때 주희는 아마 8개월쯤 되었을 꺼다.

드디어 1968년 8월에 돈 벌려고 전쟁터로 떠났든 것이다.

오늘은 이만하고 다음을 기대해 다오.......아버지

　　그다지 행복했노라고 할 수 없는 결혼 생활이었다. 내 눈에 비친 부모의 결혼 생활은 불행했다. 즉 우리 집은, 광고나 드라마에 나오는 알콩달콩 깨가 쏟아지는 '행복한 우리 집'이란 이미지에 전혀 어울리지 않았다. 철들고 나서부터 의문은 많아지고 고민은 깊어졌다. 그럴수록 더욱더 나는 부모에게 되묻고 싶었다. 당신들은 왜 결혼했으며 자식을 낳았단 말인가.

　　빛바랜 사진첩을 펼쳐 본다. 세월에 누렇게 변색되어 버린 흑백사진. 부모님의 결혼식 사진이다. 하얀 웨딩드레스를 입고 살짝 고개를 숙인 어머니. 어머니와 맞절을 하고 있는 양복 입은 아버지. '1965년 4월 3일'

　　　　　　　　　　　　　　　　　　　아버지의 이메일

이라는 글자가 눈에 들어온다.

제빵공장을 하다 망한 가난한 달동네 노총각과 시골에서 허름한 버스 매표소를 하는 가난한 집의 노처녀 선생. 당시 아버지 나이 서른두 살. 어머니는 스물아홉이었다. 요즘에야 학업과 취직에 매진하는 이십대를 지나 서른을 넘어 결혼하는 것이 보편적이지만 1960년대에는 남자는 이십대 초 어쩌면 빠르면 십대 후반에 이뤘든 남녀 공히 이십대 초에 결혼을 했다. 그에 비하면 아버지나 어머니는 당시로서는 늦어도 한참이나 늦었던 만혼을 한 것이었다.

신혼여행 사진을 들여다본다. 당시에는 제주도 가는 것도 흔하지 않았고 대개 온양 온천이나 경주로 신혼여행을 갔다고 한다. 온천 호텔을 배경으로 찍은 사진이다. 두 손을 가지런히 모으고 아버지 옆에 다소곳이 앉아 있는 어머니. 사진 속의 어머니는 젊다. 중년이 된 내가 보기엔 아주 앳되다. 앞으로 자신의 인생에 무엇이 펼쳐질지 전혀 모르는 순진하고 어린 여성, 결혼에 대한 막연한 기대감과 불안감이 뒤섞인 얼굴로 이 남자와 좋은 가정을 꾸려 보겠노라고 다짐하는 한 젊은 여성이 있다. 그리고 어머니 옆에서 바위에 다리를 걸치고 폼을 잡고 있는 한 사내, 단정한 매무새를 한 젊은 아버지가 서 있다. 앙다문 입술, 도전적인 눈빛으로 카메라를 응시하고 있는 아버지. 아버지는 이제 막 제 아내가 된 여자의 옆에 서서 무슨 생각을 하고 있었을까. 자신의 결혼 생활이 앞으로 어떻게 펼쳐질지 짐작이나 했을까.

어머니가 과거를 회상할 때마다 단골로 등장하는 이야기가 있다. 바로 당신의 결혼식 그리고 신혼여행.

신혼여행지에서 부모님.

중매로 결혼한 두 분은 서로에게 별 애정은 없어 보였다.

어머니는 그 시절엔 다 그렇게 만나 살았노라 하셨다.

호텔방. 어머니는 이제 막 당신의 지아비가 된 아버지를 혼자서 기다리고 있었다.

밖에 나갔다 들어온 네 아버지가 말이야. 그새 술을 마셨는지 얼굴이 벌게가지구. 봉지에서 소주 한 병을 꺼내더라구. 그리고는 북쪽을 향해 소주 한 잔 따라 놓고 질을 하는 거야. 북에 두고 온 자기 어머니에게 이렇게 고하는 거야. 오마니 저 결혼했습니다 하고.

어머니는 기가 차다는 듯 또 이렇게 말했다.

근데 사실 첫날밤 떡이 되도록 취해서 들어왔어, 네 아버지…….

첫날밤. 그렇게 어머니는 술에 골아떨어진 지아비라는 이름의 남자 옆을 지켰다. 신혼여행 내내 아버지는 항상 술에 절어 있었고 어머니를 한 번도 안지 않았다고 했다. 그렇게 어머니는 아버지의 아내가 되었고 아버지는 어머니의 남편이 되었다.

신혼 첫날밤 얘기를 듣고 나는 화가 났다. 아무리 그래도 그렇지. 첫날밤 신부를 안지도 품지도 않을 거라면 도대체 왜 어머니와 결혼을 한 건가. 내가 성토를 하자 어머니는 그때 옛날 남자들은 다 그랬다며 말도 없고 무뚝뚝했다고 아버지를 두둔했다. 그래도 내가 수긍하지 않자 어머니는 둘 다 맞선 보고 결혼했기 때문이라고 궁색한 변명을 늘어놓았다.

그럴수록 나는 더 궁금해졌다. 솔직히 의심스러웠다. 이 남자, 아버지

의 마음속에는 도대체 무엇이 들어 있었던 것일까. 글쎄 알 수 없다. 아
버지의 이메일을 뒤져 보았다. 샅샅이 훑고 읽고 또 읽었다. 그러나 아무
리 살펴봐도 속마음을 표현한 대목은 없었다. 어머니에 대한 당신의 감
정을 드러낸 구절은 찾을 수가 없었다. 어디에도 없었다. 어머니를 왜 배
우자로 선택했는지 어머니를 사랑했는지에 대해서 한마디도 언급하지
않았다. 그서 운 나쁘게 당신의 아내로 산 어머니에 대해 미안한 마음뿐
이라는 것 그리고 속죄한다는 말뿐. 용서를 구하는 당신 말고는 어머니
를 사랑한 사내, 그 남자는 어디에서도 찾을 수 없었다.

선을 보고 좋다고 해서 너의 엄마와 만나게 되었다. 결혼은 다음 해 65년
4월 3일에 했다.

끝. 어머니에 대한 언급은 단 몇 줄에 불과했다.

08. 03. 25 16:42

아버지도 한때는 첫사랑이 있었단다.
아버지가 다섯째 계모 술하에 있을 때 우리 집 옆에 금성극장과 부평극
정이 있었는데 나는 금성극장 선전부장을 하며 즐거운 나날을 보내고 있
을 때였다. 극장매표소에 근무하던 미스 안이 있어서 우리는 친하게 지
내다 서로 사랑하게 되었고 장래를 약속하는 사이로까지 발전했었지. 그
러면서도 나는 계모 술하에서는 결혼 따위를 결코 할 수가 없었다. 그녀

는 인천 박문여고를 나와 숙대 2년을 다니다 가정 형편으로 학업을 접고 사장의 배려로 돈벌이에 나섰다고 했다. 그래서 집에서는 빨리 출가시키고자 했으나 미스 안은 한사코 결혼은 마다하고 돈벌이에 올인하여 부모님의 속도 많이 썩였다고 했다.

금성극장이나 부평극장은 사장들이나 임원들이 대부분 북한 출신으로 미스 안 여시도 평안도 출신이었다. 그래서 우리는 더욱 가까워졌는지도 모르지 극장이란 아침부터 밤늦게까지 근무하지만 매표소만은 만원 사례가 되든가 이나면 밤 8시까지는 끝이 나기 때문에 우리는 주로 밤에 만나 다방에서 시간을 보냈지. 나는 항상 해외로 진출하는 것이 꿈이였기에 그녀에게도 우회적으로 넌저시 운을 띠워 밧지. 그랬더니 그녀 역시나 나와 같은 생각이였다. 60년대 초만 해도 해외 진출이란 매우 어렵고 힘든 일이였으나 우리는 여로 모로 해외 진출의 길을 모색하던 중 서독 파견 광부와 간호원 모집 공고가 나왔다. 우리는 그때부터 마음이 설레이며 때가 왔구나 하고 그때부터 시간 나는 되로 준비하기 시작됐다. 그런데 나는 서류 구비에 문제가 생겼다.

북한 출신은 가호적을 했는데 형님이 어림잡아 나의 생년월일을 써 넣어서 나의 병적이나 학적과는 4년이나 차이가 생겨 호적을 바로잡는다느 것은 너무나 어려운 일이라 거위 불가능에 가까웠다. 나는 장탄식을 하고 있을 때 미스 안은 아무런 하자 없이 수월하게 되어 결국 몇 달 후 미스 안은 독일로 출국하게 되었고 나는 후일을 기약하고 그녀를 떠나보내게 되었다.

나는 허전한 마으보다 하루 속히 가호적을 바로잡고자 갖은 고통을 감수하며 그 일에 매달렸으나 용이한 일이 아니였다. 1년이 넘어서야 바로잡기는 했으나 그때는 이미 독일 파견 광부는 눈물을 먹음고 꿈을 접어야 했다.

나는 군에 자원입대하여 군 복무를 하고 있을 때 아버님이 돌아가셨다는 부고를 받아서 아버님의 마지막 임종도 보지 못하고 불효 막급한 자식이 되었디.

미스 안으로부터 몇 차례 편지를 받았으나 나의 사정을 듣고는 우리는 소식이 두절되고 말았다. 들리는 소식에 위하면 미스 안은 독일에서 파견 광부와 배필을 만나 독일에서 몇 년 살다가 미국으로 이민을 갔다는 소식을 들었다.

아버지가 돌아가시자 계모는 변호사와 몇 놈의 브러커들을 동원해서 우리 집을 자기 소유로 하겠다면서 이것은 아버님의 유언이라고 하였다. 그래서 나는 내가 피땀 흘려 벌어서 마련한 나이 집이 이처럼 처참하게 빼앗길 수는 없어서 소송이 진행되기 전에 헐값에 급히 팔아벌이고 말았다.

그 후 몇 푼 안 되는 돈을 가지고 한 많은 부평 땅을 떠나게 되었다......다음에

　내 그럴 줄 알았다. 아버지가 사랑한 여자가 어머니가 아닐 줄. 사랑했다면 아버지가 어머니를 그렇게까지 미워하고 학대하지는 않았겠지. 적어도 마음이 이끌리는 대로 죽도록 사랑해서 결혼한 여자라면 조금이라도 다르게 대했겠지.

　　　　　　　　　　　　　　아버지의 이메일

아버지도 한때는 첫사랑이 있었단다. …… 우리는 친하게 지내다 서로 사
랑하게 되었고 장래를 약속하는 사이로까지 발전했었지.

아버지는 이메일에서 절절했던 당신의 첫사랑에 대해 썼다. 어머니에
게는 한 번도 쓰지 않았던 '사랑'이라는 단어가 미스 안에게는 저절로 흘
러나왔다.

미스 안. 아버지는 그녀의 이름은 적지 않았다. 이름도 모르는 그분, 미
스 안. 아버지가 미래를 약속했던 그분. 죽기 전 써 내려간 이메일에서
고백한 그분. 당신이 평생 마음에 둔 분, 미스 안.

나는 상상한다. 극장에서 일을 끝낸 뒤 아버지와 미스 안이 다방에 마
주앉아 즐겁게 담소를 나누는 장면을. 남의 눈을 피해 두 사람이 살포시
손을 맞잡고 첫 키스를 나누는 모습을. 사랑하는 사람이 타국으로 떠나
가는 것을 하염없이 바라만 보고 있을 수밖에 없었던 아버지를. 그렇게
사랑하는 아버지 곁을 떠나갔을 미스 안을. 꼭 다시 만나자며 눈물로 기
약했을 두 사람을 상상한다.

생전에 아버지는 뜬금없이 가끔 이런 말을 한 적이 있었다. 이남 여자
들은 착하기만 했지 이북 여자들처럼 강하지 않다고. 물론 이는 아버지
의 터무니없는 편견일 뿐이다. 하지만 아버지의 이메일을 읽고 나니 불
쑥 엉뚱한 생각이 떠오른다. 아버지는 그 말을 하면서 미스 안을 생각했
던 게 아닐까 하고.

미스 안은 결혼을 마다하고 돈을 벌겠다고 직업 전선에 뛰어들었다.
비슷한 처지에 놓였던 두 사람, 사랑에 빠진 두 사람에게는 북에서 내려

온 실향민이라는 배경도, 가난 때문에 학업을 중단할 수밖에 없었던 사정조차도 서로에게 의지가 되고 힘이 되고 희망이 되지 않았을까. 아버지가 평생 꿈꾸었던 해외 진출 그리고 이민의 꿈. 남한 땅에서 뿌리도 없고 가진 것도 잃을 것도 없는 존재였던 아버지. 어차피 맨주먹으로 시작할 바에야 여기가 아닌 어디든 가고자 했던 아버지. 그리고 미스 안. 아버지의 비슷한 배경에 동병상련을 느끼며 아버지와 같은 꿈을 꾼 사람. 형편 때문에 대학교도 접은 채 돈벌이에 발 벗고 나선 미스 안은 왠지 젊은 날 아버지와 비슷했을 거라는 생각이 든다. 그런 상상을 하자 왠지 모르지만 한 번도 본 적 없고 알지도 못하는 미지의 인물, 미스 안이 친근하게 느껴졌다.

그래서 나는 또 상상한다. 황해도 출신인 아버지와 평안도 출신인 미스 안. 만일 아버지와 미스 안이 광부와 간호사로 함께 독일로 떠났더라면 그 후에 두 사람은 어떻게 되었을까. 믿는 건 제 머리이고 가진 건 용기뿐이지만 꿈과 투지로 가득했던 두 젊은이의 앞날은 과연 어떻게 바뀌었을까.

아버지는 메일에 또 이렇게 썼다.

들리는 소식에 위하면 미스 안은 독일에서 파견 광부와 배필을 만나 독일에서 몇 년 살다가 미국으로 이민을 갔다는 소식을 들었다.

아버지를 남겨 두고 미스 안이 혼자 비행기에 올랐을 때 젊디젊은 청년 아버지의 마음은 찢어지듯 아팠을 것이다. 미스 안의 편지를 받고 자신은 독일로 갈 수 없게 되었다는 답장을 쓰면서 쓰라린 눈물을 흘렸을 아버지 모습이 떠오른다. 아버지가 군대에 자원입대한 까닭은 아마도 독일 광부로 가는 꿈을 접은 것, 결국 미스 안 그녀를 포기한 현실이 견디기 힘들어서였던 것은 아니었을까. 그 기억은 두고두고 당신을 괴롭혔을 것이다. 아마도 천추의 한이 되었을 것이다.

지금처럼 인터넷이나 메일도 SNS도 화상채팅도 없던 시절. 유일하게 인편과 손편지밖에 없던 그 시절. 아버지는 미스 안이 파견 광부와 결혼을 하고 미국으로 이민을 갔다는 소식을 듣고 얼마나 가슴이 아팠을 것인가. 아아, 미스 안의 옆자리에 서 있어야 할 사람은 바로 아버지였어야 하는 데 말이다. 그랬는데 말이다. 더구나 아버지가 그토록 염원하던 해외 진출의 꿈과 이민의 꿈을 미스 안이 모두 이루었다는 사실을 알았을 때 아버지 마음에 어떤 감정의 파고가 일었을까.

삶은 아이러니하다. 아니 때로 지독하게 잔인하다. 정말 기막힌 운명의 장난이 아닌가. 미스 안과는 달리 그 뒤로 아버지 삶은 곤두박질쳤다. 아버지가 군대에 있는 동안 할아버지가 갑작스레 세상을 떴다. 그 와중에 아버지가 피땀으로 일군 재산이 공중분해되고 말았다. 그 후 아버지는 추억이자 사랑이었으며 기회의 땅이기도 했던 인천 땅을 홀연히 떠났다. 아버지 표현대로 '한' 맺힌 부평 땅을 미련 없이 등진 것이다. 한, 회한이라는 단어는 바로 이럴 때 쓰는 말일지도 모른다. 아마 그런 것일 게다. 자신의 탓도 실수도 실패도 아닌, 시대가 운명이 가로막은 자신의 현실을 도저히 받아들일 수 없지만 끝내 체념할 수밖에 없는 그 슬픔. 바로 '한'이라 불리는 그것.

남자는 늘 여자의 첫사랑이 되고 싶어 하고, 여자는 남자의 마지막 여자가 되고 싶어 한다는 속설이 있다. 아버지의 글을 읽으며 나는 무심코 그 말을 떠올렸다. 아마도 미스 안은 아버지에게 그런 존재가 되었을지도 모른다. 미스 안과 나눈 첫사랑. 그게 아버지의 마지막 로맨스였는지도 모른다. 그렇게 생각하니 참 마음이 짠했다.

　아버지의 첫사랑. 그 추억과 상처. 희한하게 들릴지 모르나 나는 아버지의 첫사랑 고백에 충격을 먹지도 화가 나지도 않았다. 그와 달리 아버지 속내를 알게 되어서, 그동안 내가 몰랐던 아버지의 다른 면을 보게 되었다는 사실에 살아 있을 때보다 오히려 더 가깝게 느껴졌다. 사랑이라는 고통에 고뇌하던 젊은 청년, 한 사내를 만난 것만 같아서, '아버지'라는 추상적인 존재가 아니라 피와 땀이 펄떡대며 감정이 살아 있는 한 인간을 본 것만 같아서 말이다.

　첫사랑은 짧고 운명의 장난은 길다. 나는 그렇게 아버지의 첫사랑 그 장을 덮었다.

　　　　　　　　　　　아버지의 이메일

그녀의
첫사랑

한 번은 금호동을 방문했을 때 어머니에게 넌지시 물어보았다.

엄마, 아빠 첫사랑 부분 읽어 봤어?

응. 읽었어. 아버지가 사랑한 미스 안이 네 애비가 꿈꿨던 미국 이민을 갔

다며.

기분 어땠어?

뭐가 어떻긴 어때.

아무렇지도 않았단 말예요?

흥, 누군 첫사랑이 없는 줄 아나. 나도 덴버 언니네 갔을 때 혹시나 게서

그 사람 만날까 했는데.

네? 누구요?

누구긴 네 엄마 첫사랑이지.

젊은 시절 어머니.
아버지 대신 평생 가계를 책임지셨다.
그 누구보다 용서라는 고통을
가장 잘 이해한 분이다.

어머니에게도 첫사랑이 있었다. 교사로 재직했을 때 동료 교사였다는 어머니의 첫사랑. 공교롭게도 그분 또한 미국 이민을 갔다는 것이다. 아아, 아버지와 어머니의 첫사랑은 둘 다 그렇게 '미국인'이 되었던 것이다. 이 또 무슨 운명의 장난이란 말인가. 헛웃음이 절로 나왔다.

세상에, 엄마. 그 할아버지가 미국 어디 사는 줄도 모른다면서? 미국 땅이 얼마나 넓은데 그 사람을 거기서 어떻게 만나?
그래도 누구 알아? 혹시 만날지?
아니 그래서 슈퍼 갈 때마다 화장하신 거예요?

내가 반문하자 어머니는 시치미를 뚝 뗐다. 1990년대 후반 이십대에 미국으로 유학을 간 언니는 미국인과 결혼해 덴버에 정착해 살고 있다. 어머니는 언니가 첫아이를 낳았을 때를 포함해서 미국에 두어 차례 간 적이 있다. 그때마다 엄마 마음은 설렜던 걸까. 덴버에서 혹시라도 당신의 첫사랑을 만날지도 모른다고 기대에 부풀었던 걸까. 그래서 밖에 나갈 때마다 곱게 단장을 하셨던 거였나. 세상에나. 일흔 살 넘은 어머니가 그때만큼 귀여워 보인 적도 없었다.

어머니는 갑자기 내 앞에 아버지의 증명사진을 턱하니 내밀었다. 동시에 지갑에서 옛날 흑백 증명사진 한 장을 꺼냈다. 사진 속에 낯모르는 젊은 사내가 있었다. 서글서글한 인상을 한 훈남이었다.

어? 이 사람…… 누구예요?

엄마는 대답 없이 빙그레 미소를 지었다. 평생 고이 간직한 사진. 사진 속 남자는 엄마의 첫사랑이었다. "김○○ 씨." 엄마는 남자의 이름 석 자까지 똑똑히 읊조렸다. 두 사진을 비교하며 엄마는 말문을 열었다.

네 아버진 첫인상이 별로야. 무섭잖아. 눈빛이 차고 매섭고. 하지만 이 사람은 참…… 부드럽고 다정하고 따뜻했어.

첫사랑을 이야기하는 엄마의 눈빛은 이미 먼 과거로 돌아가 있었다. 설렘으로 반짝거리는 꿈꾸는 눈동자. 풋풋한 사랑에 달아올라 볼이 발그레해진 처녀가 거기 있었다. 홍조 띤 낯빛으로 어머니는 계속 말을 이었다.

6.25 동란으로 가세가 급격히 기울자 선생이었던 어머니는 가장으로 가계를 책임져야 했다. 그 바람에 혼기를 놓친 어머니는 결혼을 단념하고 평생 처녀 선생으로 늙어 죽을 결심까지 했다고 한다. 그러나 손아래 동생들이 차례로 결혼을 할 나이가 되자 결혼 적령기를 놓쳐 버린 손위 어머니의 존재가 걸림돌이 되었다. 누나가, 언니가 시집을 가야 자신들도 가겠다며 우애를 핑계 삼은 동생들. 어머니는 더 늦기 전에 결혼하라는 가족들과 주변의 시선에 안팎으로 시달려야 했다. 급기야 남들에게 떠밀려 선을 보게 되었다는 말. 아버지와 선을 보게 되었으나 어머니는 처음에 아버지가 그다지 마음에 들지 않았다. 그러나 아버지가 재차 결혼을 권하고 가족들이 아버지를 마음에 들어 하자 자신의 의사와는 무관하게 결국 결혼을 승낙하게 됐다고 말을 맺었다.

아버지의 이메일

아버진 첫인상도 별로였다며? 차라리 첫사랑 그 남자랑 결혼하지 왜?
그랬으면 네가 여기 있겠냐?

어머니는 버럭 했다.

그게 이서랑 뭔 상관이담.
나도 참…… 괜찮던 혼사 자리 죄 버리고 결국엔 네 아버지랑 결혼했으
니…….

나는 우겼다.

아버진 미스 안을 사랑했다잖아요!
이것아! 사랑해서 죽고 못 살아서 결혼한 사람이 세상에 몇이나 돼? 요즘
너희 세대는 이해 못하겠지만 그 당시엔 다 때 되면 선보고 맞춰서 혼인하
고 애 낳고 남편 아내 도리 하고 그렇게 살면 부모한테 효도하는 거다 그
러고 살았어. 우리 부모님은 중매로 결혼했어도 서로 존경하고 배려하고
아끼고 그랬거든. 우리 아버지는 어머니를 무시한 적이 한 번도 없어. 그
래서 나도 네 아버지랑 그리 살 줄 알았지.

나는 다시 우겼다.

엄마는 완전 꽝 뽑은 거야. 복불복도 몰라요? 어떻게 남자가 다 자기 아버

지 같겠어?

어머니는 마치 남 이야기 하듯 담담히 말했다.

하긴 그러게. 6.25 때 우리 집이 망하지만 않았어도…… 내가 네 아버지랑 결혼을 안 했을지 모르지. 인생 모르는 거야. 결혼하고 나니까 네 아버지가 그러더라. 서울에도 여자가 많은데 자기가 왜 시골 여자랑 결혼했겠냐고. 가정교육도 잘 받은 거 같고 내가 직장도 있고 선생을 하고 있으니까. 직업여성이니까 그래서…….

나는 그래도 우겼다.

그러니까 두 분 다 서로 사랑한 게 아니란 소리잖아요?

어머니는 슬쩍 눈물을 훔쳤다.

네 말이 맞아. 그래……. 그래서 우리 사이에는 정이 없었어. 정이 없었지.

어머니 눈물에 나는 그만 마음이 약해졌다. 더는 어머니를 채근할 수 없었다. 아버지나 어머니나 사랑을 잃은 대신 배우자를 그리고 자식을 얻었으나 그 순간부터 두 사람의 삶은 고통이 됐다. 그렇지만 아버지보다 더 고통스러웠던 사람은 마음에 다른 여자를 품고 산 남자와 살아야 했던 어머니였을 것이다. 게다가 그 사실을 아버지가 죽고 나서야 메일을 통해서 알게 된 여자의 마음은, 어머니의 마음은…….

어쩌면 어머니야말로 그 누구보다도 용서라는 고통을 가장 잘 이해하고 있는 사람일지도 모른다는 생각이 들었다. 이미 부질없는 지난 일 돌이키면 무엇하리. 죽을 날이 멀지 않은 지금 그저 속절없이 가 버린 세월이 야속하구나. 어머니는 노래를 불렀다. 구성지고 구슬프고 애달프기도 한 그 가락. 낭창낭창한 어머니 목소리가 집 안에 울려 퍼졌다. 이윽고 어머니는 당신이 답답할 때나 기쁠 때, 슬플 때나 즐거울 때 늘 그랬듯이 자리에서 일어나 흥겹게 춤을 추기 시작했다.

증오할 수도
이해할 수도
없었다

첫딸을 임신한 어머니에게 아버지는 이렇게 말했다. "나는 낳을 생각이 없었다."고. 그리고 둘째인 나를 가진 어머니가 출산이 임박해서 병원으로 가는 길. 아버지는 또 이렇게 말했다고 한다. "하필 이 더운 복날에 애를 낳으러 가야 하냐."고. 어머니 뇌리에 박혀 죽어도 지워지지 않을, 죽는 날까지 잊을 수 없을 아버지의 그 말. 그 순간 아버지는 어머니 가슴에 평생 지워지지 않을 대못을 박았다. 여자가 한을 품으면 오뉴월에 서리가 맺힌다는 속담은 이럴 때를 두고 하는 말일 게다. 어머니는 두고두고 이 이야기를 했다.

나는 기가 막혔다. 열불이 났다.

아니 애를 여자 혼자 만들어? 장난해? 아버지는 책임이 없대? 그럼 피임을 하지 그게 뭐야?

임신은 엄연히 여자와 남자가 함께하는 것이다. 그런데도 아버지의 무정함은 도를 지나쳤다. 아버지는 참으로 무심하고 정나미가 뚝 떨어지는 못된 남편이었다. 요즘 말로 간이 배 밖으로 튀어나와도 한참 튀어나온 간 큰 남편이었다. 지독히도 보수적이고 권위적인 남자. 임신과 출산 그리고 육아는 오로지 여성이자 아내의 몫일뿐 남성이자 남편의 일이 아니라고 자기와 무관하다고 생각한 봉건적인 아비지 모습. 나는 아비지의 말 속에 애정 없음과 무관심의 어두운 그림자, 그 그늘을 보았다.

아버지를 비난하자 어머니는 덧붙였다. 다만 한 인간으로서 그렇게 살수밖에 없었던 아버지, 아니 당신의 남편이었던 그 사람을 미워하지 않는다고. 그는 그저 인생이 잘 안 풀린 불쌍한 사람이었다고. 어머니는 서로 맞지 않는 사람끼리라도 애정이 없다 하더라도 일단 부부가 됐으면 함께 사는 게 도리라며 당시 사람들은 누구나 그리 살았노라고 자신을 그리고 아버지를 두둔했다.

하지만 나는 수긍할 수 없었다. 도저히 이해할 수 없었다. 여자는 배울 필요도 없고 시집이나 가면 된다고 생각했던 보수적인 시대 분위기에서 파격적으로 신식 고등교육을 받고 선생이 되었던 어머니가 그런 생각을 하고 있다는 것에 쉽사리 동의할 수가 없었다.

'현모양처.' 그게 결혼한 여자가 지켜야 할 도리이자 덕목이라고 생각했다는 어머니. 어머니는 평생 여자도 인간도 아닌 오로지 아내로 어머니로 살았다. 어린 시절 내가 가장 혐오했던 단어는 바로 이 네 글자. 현모양처였다. 어진 어머니이자 착하고 순한 아내가 돼라. 그게 여자의 의무라고 가르친 봉건적인 시대. 사랑받지도 못했고 자신을 사랑하지도 않는 남자를 위해 그리고 자식을 위해 제 삶을 깡그리 희생한 어머니. 헌신과 체념 그리고 인고의 세월이었던 당신의 불행한 삶이 곧 도덕이자 미덕이라고 굳게 믿었던 내 어머니.

어린 시절 내내 나는 의문을 품었다. 결혼, 출산, 자녀 양육이 사람들 말처럼 그토록 성스럽고 위대한 일이라면 어느 한쪽 성만이 아니라 남성도 아버지도 그것에 동참해야 하는 게 아닌가. 어머니는 자식들을 씻기고 먹이고 돌보고 가르치고 살림을 꾸려 나가느라 항상 종종거렸다.

그러나 온종일 집에 있었던 아버지는 아무것도 하지 않았다. 그렇다고 다른 일을 한 것도 아니었다. 오로지 술만 마셨다. 설령 당신이 일을 하러 나간다 해도 아내와 함께 만든 가정과 자식에 대해서 아무런 관심을 기울이지 않는다는 것, 육아에도 살림에도 전혀 손을 대지 않겠다는 건 도대체 무슨 의미인가. 당신이 외국에서 벌어 온 돈에 대한 유세인가. 계집이나 하는 집안일까지는 할 수 없다는 당신의 마지막 남은 유일한 자존심, 수컷으로서의 허세인가.

나는 결심했다. 난 엄마처럼 살지 않을 거야. 스스로에게 주문을 건 말. 난 아빠처럼 되지 않을 거야. 두 주먹을 불끈 쥐며 수천 수만 번 다짐한 말. 그러나 엄마처럼 살지 않으려면 어떻게 살아야 하는지 아버지처럼 되지 않으려면 무엇을 해야 하는지 도무지 알 수 없었다. 배우지도 못했고 가르쳐 주는 이도 없었다. 아버지는 당신의 아들에게 어떤 남자가 되어야 하는지 딸인 나에게도 '아버지'들이 판치는 이 사회에서 어떻게 살아남아야 하는지 아무것도 가르쳐 주지 못했다. 어머니 역시 별반 다르지 않았다. 우리는 맨땅에 몸으로 부딪혀 헤쳐 나가야 했다. 모든 것을

아버지의 이메일

스스로 깨우쳐야만 했다.

첫 월경을 하게 되면서부터 또 한 번 내가 바라보는 세상이 달라지기 시작했다. 내 자신이 누구인가를 그리고 내가 어디에 서 있는가를 스스로에게 끊임없이 물어보게 된 것이다. 좋던 싫던 나는 '아들'이 아니라 '딸'이었다. 남성이 아니라 여성이었다. 나는 언제나 남성과 여성이라는 그 경계를 위태롭게 넘나들었다. 나는 아버지의 피를 받은 자식이며 그의 딸인 동시에 어머니와 같은 여자이기도 했기 때문이다. 나는 어머니를 타자화하고픈 명예 남성이었지만 동시에 어머니와 동일시할 수밖에 없는 여성이었다. 그랬다. 아버지를 증오하면서도 한편으로는 이해하고 싶었고 어머니를 이해하면서도 외면했다. 그랬다. 나는 분열하는 자식이었다. 나는 반항하고 부정하고 좌충우돌하면서 어린 시절을 사춘기를 이십대를 온몸으로 통과했다.

그게 바로 나였다.

08. 02. 17 14:19

재희야!

바쁘지? 메일 읽을 시간도 없이 바쁜 것이 좋은 거야. 나는 너무 한가해서 걱정이다.

무엇인가 돈벌이를 하려고 해도 써 주는 데가 없구나. 그래서 늙으면 죽어야 한는가 부다. 노인대학도 그렇고 등산도 그렇고 나에게 이것이 좋겠다 한는 것이 별로 없구나. 공인중개사 면허증도 그되로 썩히고 있잖

삼남매.
어두운 집안 분위기.
자라면서 우리는 각자의 세계로 흩어졌다.

니. 그것이 모두 내가 무능력한 탓이라 자책한다.

이재 나이는 어쩔 수 없는가 보다. 눈도 어둡고 치아도 하나둘 빠지는 것을 보니 이제는 이승을 떠날 날이 멀지 많았음을 감으로 느낄 수가 있구나. 70 평생 뭘 잘한 것 있다고 이제 와서 할 말이 무엇이 있겠니? 이제 아버지도 늙었는가 보다.

내가 요람에서 무덤까지 가지고 가려 했든 너외 대한 얘기를 하고지 함이다.

너는 1971년 7월 3일 새벽 3시에 태어났지. 아주 예쁘게 말이다. 그리고 아주 건강하게 3.2kg으로 누구보다도 예쁘게 말이다. 그런데 자세히 전신을 살펴보니 홍문에 신경성 용정이 밤톨만 하게 붙어 있는 게 아닌가. 선생한테 달려가서 이게 웬일입니까 하고 물으니 선생은 대수롭지 않게 가끔 그런 아기들이 있다고 한다. 그러니 걱정 말고 빠를수록 좋으니 날이 새면 고려대 우석병원으로 찾아가란다. 그것이 그냥 두면 신경계에 이상이 생긴다는 것이다. 그러나 엇찌 그 어린 것을 수술대에 올려놓는다는 말인가? 나는 한참을 생각하다 결심을 하고 형수를 불러 아침 9시경 우석병원으로 향했다. 우선 신경외과의 갔드니 아기가 몇 개월 되느냐고 묻기에 생후 5시간이라고 하였드니 1개월 지나거든 오라고 한다.

나는 그대로 포기할 수가 없어서 여기저기 몇 군데 종합별원을 찾았으나 너무 어려서 받아 줄 수 없다는 말만 듣고 돌아서 오면서 어딘가 받아 주는 데까지 가 보자는 각오로 찾은 곳이 국립 메디칼 센터였다. 얌전하게 생긴 40대로 보인 김 박사라는 사람이 아기를 이리저리 진맥을 하드니 마침 잘 오셨습니다. 이 신경성은 그대로 자라게 놓아드면 자라면서 신경에 이상이 생길 수도 있다며 참 일찍이 잘 오셨다며 수술에는 걱정 없으니 대기실에서 기다리라는 것이다.

나는 그때서야 한시름 놓고 수술이 무사히 끝나기만을 기다렸다. 아마 3시간쯤 해서 주치의 김 박사라는 분이 나오면서 수술은 잘되었으니 걱정 말고 입원실로 안내한다. 수술 전에는 그렇게 통통하던 네가 수분이 빠지고 나니 그전 모습이 없이 말라 있었다. 그래도 3시간의 수술을 받고 나서 젖병을 드리대니 신기하게도 그래도 먹고 살겠다고 젖병을 힘차게 빨아먹는 것이 아닌간! 이제는 너는 살았구나 하고 나는 긴 한숨을 내쉬며 안심이 됐다. 너의 이름도 없어 명패에는 홍아기라고만 적었다. 그 후 링겔 주사와 우유를 잘 먹으니 금방 살이 붙어 수술 전 모습에 가까울 정도로 예쁜 모습을 보였다. 약 20일의 입원을 마치고 집에 돌아와 엄마의 젖도 먹고 우유도 먹으니 제법 살이 붙어 방긋방긋 웃으며 옹어리도 곧 잘했다. 그 후 3살이 되기까지는 잔병치레가 많아 너의 엄마가 고생을 무척이나 했다.

어찌됐건 너의 신장이 작은 것 빼고는 머리 좋고 영리하니 무엇 하나 나무랄 것 없으니 열심히 살아보아라. 그리고 우리가 죽도라고 너의 3남매 똘똘 뭉쳐서 잘살기를 바란다.

나는 아픈 몸으로 태어났다. 말이 좋아 용종이지 어머니 표현으로 말하면 혹, 신경에 종양을 달고 태어난 것이다. 어머니는 말했다. 태어난 내 꼴을 보고 아버지가 꺼이꺼이 울었다고. 당신이 죄가 많아서 아내에게 못되게 해서 천벌을 받았다고.

아버지의 이메일

아버지가 정말 그렇게 말했어요? 엄마 속 썩여서 죄 값이라고?

그럼. 그때는 나한테 엎드려 싹싹 빌더니만.

그래서?

뭐가 그래서야! 빌 땐 언제고 그래 놓고는 시간 지나니까 술 마시고 똑같지. 반성은 무슨! 너 키우고 매일 병원 데려가고 토하면 또 먹이고 또 약 먹이고 ~~허구한 날 속 대운~~ 긴 나지.

히! 그럼 그렇지…….

나는 돌이 지나도 걸음마를 떼지도 앉지도 못했다. 사진을 보면 항상 무언가에 주린 듯이 고통스럽고 처량한 표정을 짓고 있다. 눈가에는 눈물이 그렁그렁 콧물이 덕지덕지 묻어 있다. 바닥에 엎드려 있거나 간신히 목을 가누고 있는, 한때 나라고 불렸던 '홍아기'가 있다. 나는 태어날 때부터 고생, 수술 후유증으로 고생, 갖은 병치레로 고생, 그래서 항상 마음을 놓을 수가 없었던 자식이었다. 탈만 났다 하면 어머니는 부리나케 나를 데리고 병원에 갔다. 그러다가 네다섯 살이 된 후부터 밥도 잘 먹고 살도 오르고 더는 아프지 않게 되었다. 그제야 걱정을 한시름 놨다고 했다.

어렸을 때 나는 기적의 아기로 불렸다. 당시 나처럼 제때 수술을 받지 않고 수술이 늦어진 아이들 중에는 죽은 아이도 있고 종양이 점점 커져서 신경마비가 온 아이도 그대로 반신불수가 된 아이마저 있었다고 한다.

내가 그 사실을 잊을 만하면 어머니는 콕 집어서 이렇게 말하곤 했다.

수술이 무사히 끝난 후에도 널 데리고 병원에 한참 다녀야 했어. 마지막으로 널 데리고 국립의료원에 간 날이었을 거야. 게서 그때 너랑 똑같은 병이 있었던 애 엄마를 만났지. 그 애는 수술 시기를 놓쳐서 손을 쓸 수 없다는 거야. 이미 종양이랑 신경이 엉켜서 수술이 불가능하다고. 애 엄마가 날 붙잡고 서럽게 우는데 참 마음이 아파서⋯⋯.

기억난다. 가물가물한 기억의 실타래 속에 풀려 니오는 장면 하나. 국립의료원. 나는 엄마 손을 잡고 아장아장 걷고 있다. 간호사들이 우리에게 박수를 치며 다가온다. 내 볼을 꼬집고 나를 안으며 함박웃음을 짓는 그들. 어머나! 건강해졌구나. 통통해졌구나. 예뻐졌구나. 낯선 사람들의 열광적인 반응에 어리둥절하지만 기분이 나쁘진 않다. 으쓱해진다. 몸이 둥둥 하늘로 떠오르는 것만 같다.

그 순간 어머니의 한마디가 불쑥 기억 사이를 비집고 끼어든다. 그리고 과거에서 나를 끄집어내 현실로 돌려놓는다.

하여튼 넌 말야. 네 애비한테 고마워해야 해. 아버지가 그 안 해 준다는 수술하려고 얼마나 백방으로 뛰어다녔는지 알아? 죽어도 책임 묻지 않는다는 각서까지 쓰고 수술한 거야. 자식 아파 봐라. 부모 눈에 피눈물 나. 그런데 이 배은망덕한 년! 네가 부모 맘을 알기나 해!

아버지는 자식 중에 유독 나를 편애했다. 어머니는 아마도 아버지가 나를 당신이 노심초사하며 키워 봐서 그럴 거라고 했다.

아버지의 이메일

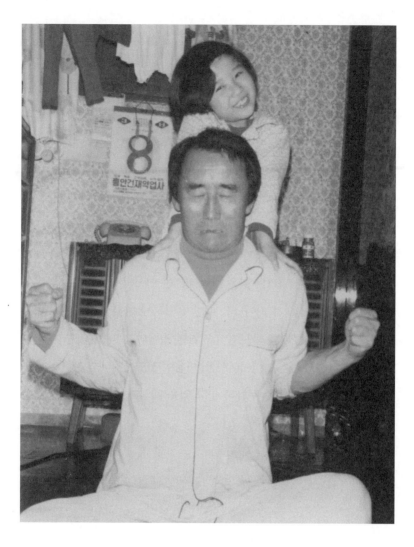

아버지와 나.
아버지가 가장 편애한 자식이었지만
그에게서 가장 엇나간 자식이 되었다.

남자는 말이야. 제 배를 찢고 피 흘리며 애를 낳는 여자랑 달라. 제 아내가 애를 낳을 때 제 손으로 자식을 받고 저도 애를 키워 봐야 해. 그 고생을 몸소 겪어 봐야 남자도 자식 사랑할 줄 알지. 안 그럼 남자는 몰라. 요만큼도 모른다고. 머릿속으로만 생각할 줄 알지. 제 애가 내 애구나 사랑해 줘야지. 그게 다야. 머리로야 책임진다 하지 살정이 없어서 서먹해.

살정. 어머니는 아버지가 나를 아끼는 이유가 바로 그것이라 했다. 눈을 맞추고 손을 잡고 얼굴을 맞대고 뺨을 부비는 것. 살을 나누는 정. 어머니가 첫딸 언니를 낳자마자 아버지는 베트남으로 떠났고 어머니 뱃속에서 아들인 막내가 자라고 있을 때 아버지는 열사의 땅 사우디아라비아에 있었다. 둘째인 내가 태어났을 때만 유일하게 나를 수술대에 누이고 병치레에 시달리는 나를 돌보면서 지켰던 것이다. 게다가 내가 자식 중에 특히 허약하고 아픈 자식이어서 더 마음이 쓰였으리라.

어렸을 적, 골목에서 동무들과 놀고 있을 때였다. 지나가는 이웃들은 나를 볼 때마다 한마디씩 했다.

너 때문에 부모가 얼마나 고생했는지 아니? 커서 부모님한테 꼭 효도해라.
죽을 애가 살았네. 나중에 커서 좋은 일 많이 하렴.
네가 바로 그 애구나. 넌 이담에 크면 보시 많이 해야 해.

뭔 말인지 몰랐지만 하여간 "네."라고 대답은 넙죽넙죽 잘했던 기억이 난다. 그러면 어른들은 착하지라며 내 머리를 쓰다듬어 주고 갔다.

아버지의 이메일

어머니는 나에게 입버릇처럼 푸념을 늘어놓았다.

하여간 태어날 때부터 고생시킨 자식은 평생 속 썩이고 죽을 때까지도 걱
정이 안 떠난다더니. 그게 다 너보고 하는 소리야.

빈박할 수기 없었다. 내가 효도를 하겠다는 밀은 단지 밀뿐이고 사
실 인생은 말처럼 쉽게 흘러가는 것도 아니며 어린 시절은 너무도 빨리
잊힌다. 나는 효도와는 무관한 길을 걸었고 어머니 말대로 정말 그렇게
살아왔으니 말이다.

이메일에서 아버지는 당신이 죽더라도 삼남매가 똘똘 뭉쳐 열심히 살
라고 당부했다. 그러나 과거를 돌이켜 보면 우리는 각자 혼자만의 힘겨
운 투쟁을 하고 있었던 것 같다. 잠시 찬란했던 유년 시절 이후 우리는
언제나 암울하고 불행했다. 갈피를 잡지 못하고 방황하면서 희망 없는
하루를 보내야 했던 청소년기. 우리는 저마다 불우했으며 그래서 각자
뿔뿔이 흩어졌다. 겹겹이 방어벽을 쌓아 둔 채 자신만의 방으로 도피했
다. 우리는 너무 나약했으며 무엇보다 가정이라는 굴레 안에서 제 고통
만을 상대하기에도 벅찼다. 서로를 바라볼 여유도 서로를 챙기고 돌보고
의지할 대상이 되어 줄 여력조차 없었다. 아버지는 아마 그 사실을 뼈저
리게 깨우치고 있었던 것 같다. 과거를 돌아보며 아버지로서 책임을 다
하지 못했다는 자격지심에 자신을 책망했는지도 모른다. 그래서 더더욱
자식들에게 글로나마 당신의 마음을 털어놓고 싶었을 거라는 생각이 잠
시 뇌리를 스친다.

3부. 빨갱이, 전라도라면 이를 갈다

돈벌이
수단이었던
베트남전

큰돈 벌려고 기세등등하여 월남에 가서 무더움도 마다하지 않고 열심히 일을 했다. 급여는 대한통운에서 받는 것에 비해 무려 15배나 되는 많은 돈을 받았으니 일한는 것도 아무리 힘이 들어도 힘드는 줄 모르고 오로지 돈을 벌어서 헐값에 팔아 버린 내 집을 다시 찾겠다는 의욕에 넘쳤다. 그래서 10년만 일하면 되겠다는 생각이 나날이 즐거웠다. 그러나 나의 운이 않 딸아 주었는지 내가 파월된 지 2년을 넘기지 못하고 월남전에서 미군이 철수하기 시작하자 우리 기술자들도 감원이 됐다. 나는 너무나 마연자실했다.

큰마음 먹고 좋은 직장을 사직하고 이곳에 큰돈 벌려고 왔는데 이게 웬 말이냐? 나는 몹시 낙심하여 몸부림쳤다. 결국 2년 만에 귀국하는 신세가 되어 돌아오니 매사에 의욕을 잃고 술에 젖었다. 동료들 중에는 귀국하자마자 미국 이민 수속을 밟기 위해 동분서주한는데 나는 취업이민이라도 해 볼려고 여기저기 쫓아다녔으나 일이 여의치 못해 허송세월만 흘렀다. 직장에 복직하려고 쫓차다녔으나 그것도 뜻되로 되지 않고 해서 몇 달간을 안절부절하고 지내는 동안 너의 엄마는 많은 마음고생을 했단다.

하는 수 없이 용달차라도 끌어 볼려고 중고차를 사서 용딜차를 끌게 되었다. 용달차를 끌다가 목재상에서 목재를 한 차 싫고 밧줄로 동여매는데 고무줄 짐바가 끊어지면서 나이 왼쪽 눈을 강타하였다.

그 자리에 주저앉아 기절을 했다. 그러자 같이 갔던 목재소 일꾼이 나를 이루켜 세우는데 앞이 보이지 않는 것이다. 급히 차를 불러 그가 나를 대려간 곳이 목재소 인근에 조고마한 안과병원이었다.

난는 앞을 보지 못하니까 어떤 병원인지 알지도 못하고 그 병원에서 두 눈에 응급 처치를 하고 그가 우리 집까지 대려다주어 집에 돌아오니 엄마는 두 눈을 가리고 들어오는 나를 보고 아마 기절하다시피 혼이 났었겠지. 밤새도록 두통이 심해서 잠을 이루지 못하고 다음 날 동내 안과에 갔더니 상처가 심하니 성심병원으로 가라고 해서 성심병원에서 10여 일을 치료받았으나 별 차도가 없어 안과의 유명하다는 청계천 신예용 안과로 입원했는데 담당의사가 우리 이웃에 사는 사람이었다. 그곳에서 2주간 치료받으며 최선을 다했다고 하는데 시력은 0.3밖에 나오지 않았다.

이젠 운전면허가 죽을 테니 앞으로 살길이 막막했다. 1개월여 만에 몸을 추수려 다시 운전대를 잡았으나 한심하기만 했다. 그럭저럭 용달차 운전도 3년간을 하다 중동 바람이 불어 사우디로 가게 되었다. 신체검사 때

아버지의 용달차.
아버지는 기어이 살아내려 했지만 성공하는 일은 없었다.

는 눈 때문에 별 수단을 다 부려 시력 검사르 무사히 넘기기도 하였다. 사우디 정말 뜨겁더라. 한 가지 다행인 것은 술이 없는 나라인지라 자연히 금주를 하게 되어서 좋았지. 그러면서도 차라리 대한통운에 그대로 있었을걸 하는 회한도 해 보았지만 이미 버스는 떠나 버렸으니 후회한들 무었하랴! 내가 사우디서 돌아오니 나의 고등학교 동창인 백 기자가 너는 영어도 잘하니 이번에 자기가 코리아헤럴드에서 일하고 있으니 같이 일하자고 해서 이력서까지 내서 몇일 다녔지만 도저히 적성에 맞지 않아 때려치고 말았는데 그때 나에게 매우 실망이 컸으리라 느꼈다.

나는 귀국해서도 마음을 못 잡고 술타령으로 아까운 시간을 허비했으니 어떠한 벌이라도 달게 받아야지.......지금 돌이켜 보니 나는 시작부터가 잘못된 삶을 살았나 보다. 지금 와서 자책한들 무슨 소용이 있겠느냐?.......다음에 또

월남 파견 기술자 시험에서 1등으로 합격했다는 아버지. 아버지는 잘 다니던 직장까지 때려치우고 베트남으로 향하는 비행기에 올랐다. 베트남에서 아버지는 한국보다 무려 15배나 많은 월급을 받으며 크레인 기사로 일했다.

일명 '월남(베트남) 특수.' 과거의 역사를 되돌아본다.

월남에 파병된 한국군은 1964년 9월 22일부터 시작되어 약 8년 동안 총 34만여 명에 이르렀다가 71년 12월부터 73년 3월까지 단계적으로 철수했다. 65년 9월 처음으로 한국 기술자 42명이 사이공(지금의 호치민시티)에 파견된 것을 시작으로 국내 기업의 베트남 진출이 활발하게 전개되면

서 점점 더 많은 한국 기술자가 베트남에서 일했다.

전쟁의 여파가 가시지 않았던 전후 60년대 초 국내에서는 아무리 일해도 입에 풀칠할 돈을 벌기 힘들었다. 말 그대로 끼니를 때우기도 어려웠다. 그래서 베트남에 가면 떼돈을 벌 수 있다는 말에 너도나도 베트남에 가려고 야단법석이었다. 아버지가 이메일에 쓴 대로 베트남전을 돈을 벌 수 있는 절호의 기회라 여긴 사람이 무지기수였다. 생전에 아버지는 베트남전 참전으로 우리나라가 가난에서 벗어나 잘살게 될 수 있었다고 입버릇처럼 말했다. 당시 일했던 기술자들의 경험과 건설에 쓰인 장비가 이후 중동 특수에까지 이르렀으니 월남 특수 덕에 우리가 돈을 벌게 되었다는 아버지 말이 틀린 건 아니었다.

그러나 나는 베트남전을 돈벌이 대상으로만 여긴 아버지에게 전적으로 동의할 수 없었다. 내가 알고 있는 베트남전의 실상은 아버지가 알고 있는 것과는 많이 달랐다. 베트남전은 6.25와 크게 다르지 않았다. 제국주의 프랑스가 인도차이나 반도에서 영향력을 잃고 식민지였던 베트남에서 철수한 후 벌어진 내전이었다. 거기에 20세기 냉전 체제가 작동하고 아시아 지역에서 공산주의 확대를 저지하려 한 미국이 불법적으로 개입해 격화된 전쟁이었다.

내 눈에 아버지는 베트남인과 하나도 다르지 않았다. 둘 다 20세기 식민지 지배 체제와 냉전 이데올로기의 피해자였다. 대한민국과 베트남은 동전의 앞뒤처럼 닮은꼴이었다. 하지만 아버지는 베트남의 처지에 공감하기는커녕 오히려 미국이라는 가해자 편에 섰다. 나는 6.25라는 동족상잔의 비극을 몸소 체험하고 전쟁의 상흔에 시달리는 아버지가 골육상쟁

베트남에서 아버지.
한국전쟁을 겪었으면서도 아버지는
베트남에서 전쟁의 상흔보다 돈을 더 생각했다.

을 벌이고 있는 베트남의 현실에 눈을 감고 있다는 사실에 큰 충격을 받았다. 아버지는 미군 손에 죽어 가는 베트남인들과 미국의 부도덕한 전쟁 범죄에 대해서는 침묵했다. 나는 그런 아버지가 경멸스러웠다.

아버지가 베트남에서 찍은 사진을 본다. 숨이 턱턱 막히는 열대의 혹서. 당시 아버지가 운전한 크레인 안에는 선풍기도 에어컨도 없었다고 한다. 그러니 아무리 무더워도 아무리 힘들어도 힘든 줄 몰랐다는 아버지. 아버지는 크레인 안에서 환히 웃고 있다. 웃통을 벗어젖힌 근육질 미군들과 어깨동무를 한 사진도 있다. 사진 속 아버지는 당당하다. 자신감에 차 있다. 베트남인들과 미군들 사이, 어느 쪽에도 속하지 않는 이방인이면서도 위축되지도 중뿔나게도 하지 않으면서 그들과 어울려서 하나가 되어 있다. 이국의 풍경 속에서도 아버지는 전혀 낯설어 보이지 않는다. 그런 아버지에게서는 네이팜탄에 불타는 정글도 피비린내 나는 전쟁의 흔적도 전혀 읽을 수가 없다. 어디에도 전쟁은 보이지 않는다. 아니 아버지가 전쟁 중인 나라에 있다는 사실 자체를 떠올릴 수조차 없다.

아버지의 머릿속에 남의 나라 전쟁은 존재하지 않았다. 열심히 일해 하루 빨리 돈을 많이 벌겠다는 열망 그것밖에는 없었다. '베트남에서 십년만 일하면 헐값에 팔아 버린 집을 찾을 수 있을 거'라며 희망에 부풀어 있던 아버지. 오로지 돈뿐이었다. 그리고 그 돈에 대한 열망의 밑바탕에는 잃어버린 당신의 부평 땅 그 집을 되찾겠다는 강한 집념이 도사리고 있었다.

베트남인들에게 전쟁은 천인공노할 비극이었다. 반면 아버지에게 베트남전은 일생일대를 건 도박이었으며, 베트남은 재기와 회생의 땅이었다. 당시 베트남전에 직간접적으로 참여한 대개의 한국인이 아버지와 같았을 것이다. 배고픔에서 벗어나겠다는 원초적 욕구, 가난에서 탈출하겠다는 지독한 욕망, 잘살아 보겠다는 개개인의 집념과 당시 대한민국의 국가 주도형 독재가 합쳐져 만들어 낸 대한민국인(人). 이 모순적 인간형. 바로 국가-노동기계였던 아버지. 내 아버지.

누구에게는 전쟁이 지옥 그 자체지만 다른 이에게는 돈벌이 대상이거나 역전의 기회가 될 수도 있다. 참혹한 전쟁도 멀리서 바라보면 조화로운 풍경으로 보일 수 있다는 부조리. 그러나 어떤 이유를 들이대더라도 전쟁의 본질은 추악한 것이다. 미사여구로 아무리 치장한들 어떤 명분을 내세우든 모든 전쟁에는 평화도 정당성도 없다. 이를 인식하지 못한다는 것은 현실을 직시하지 않겠다는 것이며, 이를 인정하지 않은 언어적 수사는 진실을 감추려는 한낱 변명에 불과하다.

대한민국에게 베트남전이란 미국이 아시아의 패권과 자본을 장악하기 위해 벌인 명분 없는 전쟁에 돈을 벌고자 용병으로 고용되었던 또 다른 차원의 비극이었다. 결국 우리는 병사들의 피와 기술자들의 땀, 다시 말해 전쟁에서 죽은 셀 수 없는 사람들의 피, 그 죽음을 돈과 맞바꾼 것이다. 6.25전쟁과 베트남전을 대할 때 보이는 아버지 세대의 이중성은 바로 이 사실을 인정하지 않는 데서 비롯되는 것은 아닐까. 6.25전쟁과 베트남전, 전쟁 이야기만 나오면 아버지와 내가 끊임없이 말다툼을 벌였던 이유가 바로 거기에 있었다. 아버지 세대가 자신의 이중성을 철저히 자각하지 않는 한, 반성하고 성찰하며 참회하지 않는 한, 아마도 아버지 세대와 나의 간극은 좁혀질 수 없을지도 모른다. 그 생각을 하면 마음이 착

아버지의 이메일

잡해진다.

베트남에서 미군이 철수하게 되면서 아버지도 귀국길에 올랐다. 그러나 귀국한 아버지는 좀처럼 마음을 잡지 못했다.

큰마음 먹고 좋은 직장을 사직하고 이곳에 큰돈 벌려고 왔는데 이게 웬말이냐? 나는 몹시 낙심하여 몸부림쳤다.

아버지의 간절한 욕망은 급변하는 시대, 변화의 격랑 앞에서 언제라도 뒤집어질 수 있는 실낱같은 희망이었다. 그러나 불행하게도 아버지만 그 사실을 몰랐다. 아니 아버지는 그 사실을 인정하지 못했다. 낙담하고 좌절하여 밑바닥으로 추락한 아버지. 걷잡을 수 없는 허랑한 마음을 달래 주는 것은 오로지 술밖에 없었다. 스스로 인정하듯이 아버지는 알코올 중독에 걸렸다. 아버지는 이 땅에 뿌리를 내리고 성실하게 일하며 하루하루 먹고사는 평범한 일개미가 되지 못했다. 아버지는 또다시 미국으로 취업이민을 가려고 발이 닳도록 뛰어다녔다. 그러나 굳게 닫힌 이민의 문은 아버지에게는 열리지 않았다. 재취업도 되지 않고 이민도 실패하고 거기다 실명의 위기에까지 몰렸던 아버지. 가여운 아버지. 불쌍한 아버지.

지지리 운도 없는 사내. 아버지 글을 읽으면서 불쑥 떠오른 생각이었다. 화려한 성공을 약속했던 찬란한 이십대가 지나가 버린 후 아버지의 인생은 조금씩 어긋나기 시작했다. 시도를 하면 할수록 자꾸만 어그러지고 가지 않은 길에 대한 후회가 점점 깊어지고 있었다. 아버지는 서서히 무너져 내리고 있었다. 나는 가슴이 답답해졌다. 같은 방식으로 돌파할 수 없을 때는 다른 길을 모색해 봐야 하는데 아버지는 그러지 못했다. 똑같은 길을 계속 같은 방식으로 이겨 보려고 붙잡아 보려고 성공해 보려고 안간힘을 썼다. 이것은 불굴의 의지인가 무모한 집념인가 출구 없는 집착인가 대관절 무엇인가.

집념이 너무 강하면 패배를 인정힐 수 없고 야망이 너무 크면 실패를 용납할 수 없다. 높을수록 추락할 때 상처는 더 깊고 희망이 크면 절망도 깊다. 게다가 절망은 냉철한 이성을 가진 사람보다는 우유부단하고 나약한 성격의 소유자에게 더 자주 찾아오는 감정이다. 자기중심적인 환상, 그 판타지를 견고한 성곽이라고 믿고 의지할 때 절망은 더 자주 찾아온다. 절망에 잠식당한 한 사람. 그 이름, 아버지.

어린 시절 어느 날 언니가 지나가듯 말했다.

아빠가 회사를 그만두지 않았다면 만일 신문사에 계속 다녔더라면 엄마가 계속 교사를 했더라면 우리 집은 이렇게 살지 않아도 됐을 거야. 그랬으면 우리 집은 정말 잘살았을 거야. 마당 넓은 멋진 양옥집에 자가용도 있었을 거야.

한마디로 몽상이었다. 나는 언니의 헛된 '만약에'를 일축했다.

바보 같은 소리 집어치워.

아버지의 이메일

이미 엎질러진 물은 주워 담을 수 없는 것이다. 눈앞의 현실에 눈을 감은들 그 현실이 저절로 사라질 리 만무했다. 하지만 나는 부질없다는 걸 알면서도 언니가 왜 그런 실없는 소리를 하는지 그 이유를 누구보다 더 잘 알고 있었다. 그 마음을 모르는 게 아니었다. 평소에도 자존심이 강하고 깔끔한 성격인 언니는 아버지의 추락이 몰고 온 환경의 몰락을 견딜 수 없어 했다. 언니는 학교 다니는 내내 자신의 친구들에게도 우리 집 사정이나 형편을 절대로 이야기하지 않았다. 그랬던 언니였기 때문에 현실을 있는 그대로 받아들이기가 더 힘들었을 것이다.

하지만 '그랬기 때문에' 나는 더더욱 언니의 말을 부정했다. 물질적으로 잘산다고 화목하고 단란한 가정일 거라고 믿는 건 커다란 착각이야. 겉보기에 부자여도 그 안이 곪아 터지지 않으리란 법은 없는 거야. 세상의 모든 가족에게는 저마다 불행이 있고 불행한 가족에게는 그 나름대로 이유가 있기 마련인 거라고. 나는 매사에 냉소적이었다. 아버지를, 이 현실을 받아들이는 것이 고통스러웠다. 나는 역으로 그 모든 것을 비웃었다.

언니가 외면과 침묵으로 현실에 저항했다면 나는 분노와 냉소로 현실을 되받아쳤던 것이다.

그의
낡은
카메라

나는 1976년 8월에 어려웠든 용당차를 페차시키고 또다시 해외로 나가
기로 작정하고 중동 붐이 한창이던 때에 사우디를 가게 되었다. 그런데
문제는 신체검사 때 다친 눈 때문에 타격이 많았다. 요령껏 그때마다 고
비를 넘겼지만 말이 아니였다. 또한 문제는 국제적 회사인 매캔지와 한
국 회사인 경남기업 등 두 곳을 시험을 봐서 빨리 출국하는 되로 갈 작정
으로 약빠른 수단을 썼는데 이것이 비자 문제로 말썽이 될 줄은 미쳐 몰
랐지. 경남기업에서 먼저 출국 통보르 받고 출국수속을 해고 나니 그 후
몇일 후에 매캔지에서도 출국 통보가 왔다. 그런데 이미 경남기업에 출
국 수속을 해서 여권과 비지가 나온 상태여서 경남기업에서 발부한 여
권 비자를 취소해야 되는데 방법을 생각하다 결심을 하고 경남기업을 찾
아가서 나는 미국으로 이민을 가려고 수속 중이니 여권을 달라고 하니

담당자는 별말 없이 여권을 내여 준는 것이다. 그래서 그 여권을 비자와 함께 말소하고 다시 매캔지 회사 여권과 비자를 발급받아야 하는데 급한 마음에 그 경남 여권을 개발공사에 제출했든 것이 잘못이었다. 그때만 해도 지원들이나 나 역시 여권법에 대해 잘 몰랐든 것이 화근이었다. 아무리 급해도 여권을 새로 내서 비자도 새로 받아야 되는 것을 경남 여권 비자를 가지고 배캔시로 갔으니 사우디 한국영사관에서는 나의 여권을 경남기업으로 보낸 것이다. 얼마 후 경남기업이 사우디에 와서 바로 우리 숙소에서 멀지 안은 곳에 인접해 있어서 경남기업에서는 자기네 사우디 비자를 가지고 타 회사로 왔다고 나를 한국영사관에 고발을 하여서 영사관에서 호출이 왔다. 나는 강제 귀국 시키지나 않을까 하고 노심초사하던 중 영사관을 잘 안다는 사람이 자주 우리 숙소에 놀려 오는 사람을 부탁해 양주 2병을 선원한테 사들고 영사를 찾아갔드니 귀한 것을 사오셨군요 하면서 걱정 말라고 해서 돌아와서 몇일 있으니 경남기업에서 연락이 와서 갔드니 왜 여권 말소를 하지 않고 남의 회사 여권 비자를 가지고 왔누냐고 쓴소리를 하면서 여권을 내여 주었다.

매캔지에는 한국, 미국, 영국, 파키스탄, 필립핀, 인도 등 다국적 기업이어서 날씨는 무더웠지만 재미있게 지냈다. 나는 여기서도 호주로 취업이민을 떠나기 위해 동료 몇 사람이 호주대사관을 몇 번 찾아가서 취업이민을 문의했으나 나중애 연락주겠다며 돌려보내곤 했다.

남들은 집으로 휴가를 한 달간 다녀오는데 나는 여권 비자 때문에 휴가도 못 갔으니, 이제 여권을 찾았으니 휴가를 나오기로 하고 휴가 신청을 내고 가울에 집에 왔다. 그런데 뭉제가 생겼다. 사우디 재입국을 하지 못한다고 개발공사에서는 상부에 지시라며 여권을 주지 않는 것이다. 나는 여러 방면으로 재입국을 시도해 봤으나 한 달이 가고 두 달이 가도 재입국은 절망이였다. 참으로 낭감했다.

공연히 돈과 시간만 낭비만 하고 포기하고 말았다. 차라리 휴가를 오지 말고 끝까지 버티면서 호주 취업이민을 추진했으면 좋았을것을 하고 후회 막급이였다. 내가 사우디를 떠나온 시 반 넘쯤 됬을까 힁때 같이 있던 동료가 우리 집을 찾아와서 그간에 밀린 퇴직금이라고 하면서 개발공사에 가면 수표로 $5000가 왔으니 찾아오라는 연락을 주었다. 그 사람은 인천이 집이였는데 우리는 그곳에서 반장 일을 하면서 밤낮으로 교대 근무를 했기 때문에 절친하게 지냈는데 또한 사람의 반장은 서울 놈이였는데 동료들이 좋게 안 봐서 그곳에서도 편파적 알력이 심해서 항상 우르릉 되며 밤목이 심했다. 김 반장 말에 의하면 끝판에는 서러 치고받고 싸움질이 대단했다고 했다는 생각했다. 휴갈를 오지 말고 끝까지 힘들더라도 참고 있었으면 취업이민도 가능하지 안았을까 하는 생각이 지금도 머리에 스친다.

몇 명이 호주로 취업이민을 떠났다고 하는 소식을 들었을 때 더욱 그랬다. 몇 년 전 처계천 풍물시장에서 그때 타워크렌을 운전하든 김씨를 만났는데 호주에 가서 10년 만에 돌아왔다고 한다. 나는 왜 일이 그렇게 꼬이는지 모르겠다. 이것이 나의 어보려니 생각하고 마음을 비우려고 노력한다.......오늘은 이만

아버지가 사우디에서 찍은 사진을 들여다본다. 아버지 사진에는 유독

아버지의 이메일

독사진이 많았다. 어디에도 속하지 못하고 홀로 침잠한 고독했던 아버지 모습을 보는 것만 같았다. 낙타에 올라탄 아버지. 카우보이모자를 쓴 아버지. 사막 한가운데 픽업트럭에 기대어 선 아버지. 눈부시게 하얀 와이셔츠를 입고 레이밴 선글라스를 낀 아버지가 흙벽을 등지고 서 있다. 이글거리는 태양. 사진에서 바람이 인다. 금방이라도 모래 폭풍이 휘몰아칠 것만 같다. 온통 사막의 냄새가 난다.

아버지는 사우디아라비아에서 세 차례 건설노동자로 일했다. 외화벌이 산업 역군이었던 아버지. 그 아버지가 일했던 열사의 땅. 이국의 낯선 도시들. 그리운 이의 이름을 부르듯 그 도시의 이름을 하나둘 나직이 불러본다. 제다, 리야드, 담만……

아버지가 돌아가신 후 금호동 재개발 비대위 사무실에 들렀을 때다. 그곳에서 나는 1970-80년대에 아버지처럼 사우디아라비아에서 건설노동자로 일했다는 이웃을 만났다. 그분들은 이구동성으로 말했다. 당시에는 아무나 해외에 나갈 수가 없었다. 특별한 사유나 배경이 있지 않는 한, 정부나 기관에 줄을 대고 있지 않는 한, 소위 '빽'이 있지 않는 한 평범한 사람들은 본인이 원한다고 해도 여권이 나오지 않았던 것이다. 즉 보통 사람들은 어떤 이유로든 외국에 나갈 수 없었다는 것이다.

냉전 이데올로기가 극단적으로 위력을 발휘하는 세계 유일의 분단국가 한국. 특히 1960년에서 1987년에 이르는 군사독재 정권 시기, 박정희에서 전두환에 이르는 권위주의 정권은 '반공주의'로 국민들을 물리적으로 사상적으로 통제했다. 당시는 한마디로 개인의 자유와 선택이 허용되지 않는 전체주의 사회와 다를 바 없었다. 한국의 근현대사, 아버지가 살

사우디아라비아에서 아버지.
해외취업으로든 이민으로든 그는
늘 더 큰 세상으로 먼 이국으로 날아가고 싶어 했다.
연좌제에 발이 묶이지만 않았다면 아마도 그리되었을 것이다.

았던 시대가 그렇다는 것은 이미 알고 있었다. 그런데도 군사정권 시절에서 중·장년을 보낸 분들이 개인적으로 내뱉는 시대에 대한 증언은 내게 더 큰 충격으로 다가왔다. 정치적인 것 중 개인의 삶에 영향을 미치지 않는 것은 없으며 동시에 개인적인 것 또한 정치적이라는 사실을 깨닫는 순간이었다.

80년대 말 드디어 해외여행 규제가 풀리고 여권은 신청하면 자동으로 나오는 시대가 열렸다. 군사정권이 막을 내리고 문민정부가 시작된 90년대부터 봇물 터지듯 해외여행과 어학연수 유학이 호황을 이루기 시작했다. 지금의 나는 외국에 자유롭게 나갈 수 있고 유학도 이민도 갈 수 있다. 내게 그 자유는 개인에게 너무도 '당연'하게 주어지는 것이었다. 그 자유를 '당연하게도' 내 의지로 스스로 선택했노라고 믿었다. 그 자유가 국가나 정부의 통제와 간섭으로 제약받거나 때로는 금지될 수도 있다는 걸 지금까지 한 번도 피부로 인식한 적이 없었던 것이다. 당연하게 여겨지는 것들 중에 실제로 '당연'한 것은 하나도 없었다.

그 순간 나는 항상 해외로 진출하는 것이 꿈이었던 아버지를 떠올렸다. 독일, 미국, 호주, 브라질. 해외취업으로 이민으로 새로운 인생을 개척하려고 아버지가 그토록 가고자 했던 나라들. 그러나 더 큰 세상으로 먼 이국으로 훨훨 날아가고 싶었던 아버지는 결국 날개가 꺾였고 발이 잘렸고 사슬에 묶여 떠나지 못했다.

아버지 유품 007가방에서 증명사진 한 묶음을 꺼낸다.

아버지 사진을 차례로 넘긴다. 사진은 십대에서 이십대, 장년, 중년 그리고 노년으로 옮겨 간다. 사진 속에서 무려 40여 년의 세월이 쏜살같이 흘러간다. 매섭고 강렬한 눈빛으로 카메라를 바라보던 젊은 아버지는 어느덧 사라지고 초췌한 늙은이가 흐릿하고 힘없는 눈빛으로 나를 응시하고 있다. 똑똑하고 패기 넘쳤던 아름다운 청년은 이제 축 처진 눈매에 주름이 자글자글한 노인이 되어 있다.

처음 아버지 가방에서 이 사진을 발견했을 때가 생각난다. 아버지가 평생 고이 간직했던 증명사진. 젊은 날부터 시작해서 칠순을 넘어 갱신한 여권사진까지 각종 증명사진이 수십 장이 넘었다. 시기별로 나이별로 크기별로 한 묶음씩 상당한 양이었다. 똑같은 얼굴로 복사된 아버지가 거기 있었다. 끝도 없었다.

아버지의 증명사진은 당신이 평생 증명하고자 투쟁했던 삶의 궤적이자 당신의 내밀한 꿈과 욕망이었다. 아버지 개인이 그토록 꿈꿨지만 차마 이루지 못하고, 차마 버리지도 못했던 그 꿈이 무엇이었는지를, 아버지가 당신에게 주어진 삶을 지탱하기 위해 평생 얼마나 분투했는지를 소리 없이 보여 주고 있었다.

아버지는 사진 찍는 게 취미였다. 아니 일과였다. 아기 때부터 삼남매 일상을 찍어 놓은 아버지. 고궁으로 유원지로 자식들을 데리고 가 사진을 찍는 게 낙이었다는 아버지. 그랬다. 유년 시절에는 아버지가 찍어 주는 사진이 좋았다. 그러나 언제부턴가 우리는 아버지의 카메라를 멀리하기 시작했다.

머리가 굵어진 후부터 사진 찍기가 싫었다. 찍히기 싫었다는 말이 더 정확할 것이다. 특히 아버지 카메라 앞에 서는 건 죽기보다 싫었다. 카메라 앞에 선 가족들은 괴롭기 그지없었다. 그럴 때마다 아버지는 성을 냈

아버지의 이메일

아버지 변천사.

유품 007가방에 들어 있던 증명사진 묶음이다.

그가 삶을 지탱하기 위해 평생 얼마나 분투했는지를 증명하는 사진들이다.

다. 어렸을 때는 사진 찍기를 그렇게 좋아하더니 이제는 왜 싫어하냐며.

가족사진을 들여다본다. 가위질이 된 채 다시 붙여진 사진이 있다. 과거의 한 장면이 떠오른다. 어머니 몰래 조각난 사진을 붙여 보겠다고 용을 썼던 기억. 나는 어머니가 가족사진에서 당신의 얼굴을 오려 내는 것을 보았다.

왜 엄마 얼굴을 없애는 거야?
넌 알 필요 없어.

하지만 나는 그 이유를 알고 있었다. 다만 말하지 않았을 뿐.

가족사진을 들여다본다. 유년 시절의 우리는 해맑게 웃고 있다. 그러나 아버지의 알코올 중독이 심해지고 가정불화가 끊이지 않으면서 가족들 표정이 달라져 있다. 가족 어느 누구도 더는 웃지 않는다. 아버지가 실패한 욕망에 매달리면 매달릴수록 나머지 가족들은 피폐해질 대로 피폐해졌다. 때때로 사진은 말보다 더 많은 것을 전해 준다. 가족사진은 우리에게 행복하고 화목한 가정을 상징하지만은 않았다. 사진은 우리 집의 변천사, 행복과 불행의 시계추가 마구 흔들리던 세월을 침묵으로 증명하는 셈이었다. 사진을 한 장 한 장 넘길 때마다 내 머릿속에서는 어두웠던 그 시절이 쉴 새 없이 지나갔다. 무엇이 어디서부터 어긋나기 시작했던 것일까. 도대체 시간은 세월은 우리를 얼마나 멀리 데리고 왔을까.

아버지가 돌아가신 후 엄마는 아버지 방을 깨끗이 치웠다. 망자의 물

아버지의 이메일

언니와 나.
아버지는 고궁이나 유원지로 자식들을 데려가 사진 찍는 걸 좋아하셨다.
물론 머리가 커지면서 우리는 찍히는 것을 싫어하게 되었지만 말이다.
유품으로 남은 카메라를 보면서 생각했다.
어쩌면 그것이 아버지가 가족을 사랑한 방식은 아니었을까 하고.

건과 옷가지를 정리했다. 유품 중에 오래되어 귀퉁이가 녹이 슨 낡은 카메라가방이 있었다. 어머니는 그 가방을 내 앞으로 남겨 두었다. 카메라가방 안에는 지금은 단종된 고물 수동카메라 몇 대와 삼각대, 필터, 릴리즈 같은 카메라 부속품 그리고 아버지가 늘 쓰던 선글라스, 라이방이라는 이름으로 불리던 레이밴 선글라스가 들어 있었다.

삽자기 아버지가 세상을 뜬 그해 어느 닐 오후가 띠올렸다. 가메라를 들고 우연히 금호동을 방문한 날. 아버지는 내 어깨에 멘 카메라가방을 보더니 무심코 한마디를 던졌다. "너도 사진을 찍는구나." 그러더니 난데없이 당신을 찍어 달라고 했다. 그러고 보니 여태껏 아버지를 찍는 적은 한 번도 없었다. 살다 보니 이런 날도 있는 건가. 항상 아버지가 나를 찍었는데 이제 내가 아버지를 찍는구나. 카메라 초점을 맞추는 동안 아버지는 조용히 자세를 잡았다. 뷰파인더를 통해 바라본 아버지 모습이 조금은 낯설고 어색했다. 말도 없고 웃지도 않고 언제나 무표정했던 아버지. 그랬던 아버지가 카메라를 향해 희미하게 웃었다. 찰칵. 아버지 입가에 보일 듯 말듯 미소가 감돌았다. 그때는 몰랐다. 그 사진이 난생처음이자 마지막으로 찍은 아버지 사진이 되리라는 것을. 영정사진이 되리라는 것을.

그리고 여기, 아버지의 손때가 묻은 카메라, 아버지처럼 늙어 버린 카메라가 내 손에 있다. 아마도 아버지에게 사진 촬영이란 친구 이상으로 애지중지한 취미였거나 적적한 일상의 시간을 때울 수 있는 하찮은 소일거리에 불과했는지도 모른다. 아버지는 평소에 말이 없었다. 아니 말보다 사진 찍는 걸 더 좋아했다. 가족들과 대화를 나누기보다 가족을 카메라

난생처음 아버지를 찍었다.
그땐 몰랐다.
이 사진이 영정사진이 되리라는 것을.
깨달음은 왜 늘 늦게 오는 걸까.

앞에 세우는 걸 더 좋아한 당신이었다. 불현듯 이런 생각이 머리를 스친다. 그게 아마도 아버지가 가족을 사랑한 방식이었던 건 아니었을까. 이해받을 수 없을지라도 어쩌면 그렇게 아버지는 당신만의 방식으로 우리를 사랑했던 것이 아닐까 하는.

아버지의 이메일

반짝
행복했다

사우디에서 돌아와서 얼마 안 있어 엄마가 디스크로 순천행 병원에 입원
하는 집안에 우환을 맞아 한 달간 입원 치료를 받고 나와서는 꼼짝도 못
하고 누어 있으니 내가 취사를 해야만 했다. 너도 아마 기억이 날 꺼다.
밥은 그런되로 할 수 있으나 반찬 만드느 것이 어려워 김치 담그는 것은
이웃집 아주머님의 손을 빌리는 어려움이 있었다.
아침이면 너이들의 도시락 싸야 하는데 어려움은 반찬이였다.
그렇게 지내기를 한 달여 만에 엄마는 간신히 거동을 했지.
사람 사는 것이 왜 그렇게 어려운지 나는 그럴 때마다 술에다 의지하려
는 나쁜 습성이 있어서 어두운 집안 분위기를 더욱 어둡게 만들었지. 생
각하면 가장인 나이 잘못이 너무나 컸다....
그렇게 힘들고 어두운 세월을 몇 달간 보내고 나는 또 사우디로 떠났다.

3부. 빨갱이, 전라도라면 이를 갈다   149

이번에는 다국적 기업인 발레스트 네담이라는 건설회사와 한국에 동국 종합건설회사와 쪼인트 벤쳐를 한 곳으로 취업을 했다.

가능하면 오래 있을 작정으로 떠나기는 했으나 그것은 나의 희망이고, 여기 역시 오래 있지 못하고 겨우 2년 반에 만족해야 했다.

나는 중장비로 직종을 택해서 갔으나 현지에 가 보니 장비 운전 자리는 없고 나에게 브럭제작공장으로 보내서 날더로 자동으로 찍는 집채만 하기계를 가리켜 이 공장 기계도 운전하고 감독을 겸하라는 것이다.

그곳에 총책임자는 폴랜드 사람인데 아주 고약한 놈이었다. 그러니 못한다고 할 수도 없고 해서 몇일을 두고 말라빠진 체구에 왕방을 눈에다 노란머리를 길게 기른 신경질적인 놈이 나를 가리키는 기술자였다.

공장 전체가 모두 자동화되어 있어서 여간 위험한 것이 아니었다. 스윗치만 누르면 씨끄러운 소음과 함께 정신이 없다. 몇일 동안 그 녀석과 씨름을 하여 겨우 숙달하여 기계를 맡아서 혼자 해 보니 완전하지는 못하지만 그런되로 불럭이 찍혀 나오는데 어떤 때는 잘되다가도 조고마한 실수만 해도 부럭이 뭉그러지면 그것은 폐기 처분된다.

그렇게 한 달여 지나니까 할 만하게 되어 갔다.

그 공장에는 한국 사람이 20여 명이 일했는데 매일 조고마한 사고가 빈번히 일어나고 했는데 그때마다 나에게 양놈은 야단이다. 당장 때려치고 딴 부서로 옮기려 해도 고약한 총감독 녀석은 나를 뇌주지를 않는 것이다.

나는 점점 의욕을 잃었다. 그렇게 몇 달을 지나는데 한국에서 새 사람들이 몇 면 새로 왔는데 우리 공장에도 5명이 추가 배치받았다. 그중에는 나에게 아부하려고 고려인삼을 주는 놈에다 담배를 사 주는 놈 등 처음 오는 놈들은 감독에게 잘 보일려고 애들을 쓰는 모습이 처량하기도 했다.

그중에는 over time을 해서 돈을 많이 벌어야 한다면서 야간 일이라고 항게 해 달라고 성화였다.

그래서 총감독에게 말하여 야간 일을 하루 3시간씩 하기로 허락을 받고, 밤낮으로 열심히 일을 했다. 그렇게 몇 달을 장했는데 호사다마라드니 드디어 야간작업을 하다 인사사고가 나고야 말았다.

지게차를 운전하든 녀석이 리후트를 길게 올린 채로 공중에서 콩크리트 운반차를 미쳐 보지 못하고 운전하다, 그 콩크리트차에 밀리면서 지게차에서 내려 흩어진 브럭을 바로 놓으려고 기계 앞에서 얼찐거리다, 지게차에 밀려 두 다리가 우스러졌다.

바로 별원으로 옮겼으나 그중에 나에게 불만을 가졌든 전라도 광주 녀석이 새긴 것도 털부성이며 성질이 고약했든 놈이 홍 감독이 밤일은 많이 시키다 인사사고가 나서 다리가 부러졌다고 밤 10시경에 숙소에 돌아 다니면서 떠드는 바람에 천여 명이나 되는 동료들이 모두 나와서 구름떼처럼 모였다.

그러면서 나를 인민재판하는 식으로 많은 사람 앞에서 홍 감독을 심판하자고 고래고래 소리를 지르는 것이다. 그중에도 나를 에워싸고 위해를 당하지 않게 도와주는 사람이 있었는가 하면 알지 못하는 녀석들은 홍 감독 죽여라!..... 하고 소리소리 치는 놈도 있었고 해서 그날 밤은 그렇게 홍역을 치르고 잠 한숨 못 자고 치를 떨었다.

그 다음 날부터는 부럭공장에서 나와 장비 정비 공장으로 옮겼다.

결국 그 일로 인해 나는 인민재판을 받은 꼴이 됐다.

그때부터 나는 전라도라면 치를 떨게 되었다. 아주 비열하고 악란한 놈들이 전라도 놈들이란 걸 그때 비로서 뼈저리게 느꼈다. 그 녀석이 처음 왔을 때는 감독님 감독님하고 찾떡처럼 달라붙더니 그렇게 발악을 할 줄은 미처 몰랐다. 지이들이 돈을 한푼이라고 더 벌겠다고 해서 사정을 해서 야간작업을 하다가 저이들이 실수로 사고를 당하고 내가 일을 많이 시켜서 그랬다고 말도 안 되는 소리로 야밤중에 나를 군중 앞에 세워 놓고 인민재판은 벌인 놈이다.

나는 그 후 몇일 안 되어 귀국을 하니까. 재희네가 아버지가 왜 저렇게 늙으셨누냐고 했다면서..... 사실인죽은 일이 그렇게 돼서 그렇게 몇일 사이에 늙었든 것이다.

나는 그때 집에 돌아왔어도 그때의 악몽을 꾸면서 술에 의존하는 나약함을 너희들에게 보여 준 비겁한 아빠였다. 그뿐이랴 속인들 얼마나 썩혀 들였니. 지나 놓고 보니 나는 너무나 나약하고 무능한 아버지였다. 이제와서 용서를 빈다.......오늘은 이만

  망각의 한구석으로 멀찍이 밀어 두었던 과거가 수면 위로 서서히 떠오른다. 부엌을 서성이던 아버지가 기억난다. 철딱서니 없었던 어린 자식들 대신에 당신의 생애 처음 살림을 도맡게 되었던 아버지. 아픈 아내 대신 밥을 하고 자식들 도시락 반찬 걱정을 한 아버지.

  아버지 말이 맞다. 때때로 산다는 것은 왜 그리 어려운 것일까. 어머니

152   아버지의 이메일

가 허리디스크로 병원에 입원했던 기간은 가뜩이나 집안 형편이 어려웠던 때였다. 엎친 데 덮친 격이었다. 안 좋은 일들은 왜 항상 연달아 오는 것인지. 참 알 수 없는 일이다.

어머니는 병상에 누워 있었다. 다리에 추를 매달고 교정 치료를 받고 있었다. 병문안을 간 자식들 앞에서 울지 않으려고 고통을 참으려고 무던히 애쓰던 어머니 모습이 아직도 생생하다. 어머니는 디스크가 발병한 그때 이후로 팔순이 된 지금까지도 허리디스크에 시달리고 있다. 죽을 때까지 따라다니는 고질병이 된 셈이다.

병상에 누워서도 어머니는 항상 집 걱정을 했다. 밥은 누가 해 먹이는지 어떻게 집안일을 하고 있는지 우리에게 묻고 또 물었다. 어머니는 장녀인 언니에게 집안일을 신신당부했다. 내 기억 속에서는 아버지보다 언니가 더 자주 부엌에 있었다. 가계부를 쓴다고 반찬을 만든다고 살림을 꾸린답시고 애를 쓰던 언니가 눈에 선하다. 지금 돌이켜 보면 그때 언니는 고작 중학생, 예민한 사춘기 소녀였다. 첫째라는 이유만으로 어머니의 빈자리를 대신하면서 얼마나 스트레스를 받았을까. 그 생각을 하니 언니가 대단하고 또 애처롭게 느껴진다.

한 번은 아버지가 빵을 만들어 주셨다. 당신이 외국에서 사 온 제빵기로 당신이 외국에서 먹었다는 식빵과 도넛을 자식들을 위해 만든 것이다. 반죽을 치대고 달걀을 풀고 거품기로 젓고 기름에 튀기고 그 모든 과정이 우리에게는 즐거운 놀이였다. 아버지도 그 순간만큼은 당신을 괴롭힌 우울에서 당신을 지배한 알코올에서 벗어난 듯했다. 그때 우리는 모두 즐겁고 행복했다. 긴긴 장마에 몸도 마음도 지쳐 갈 무렵 구름 사이로 잠깐 비친 햇살 한 줌처럼. 너무나 사소하지만 그 사소한 평온마저 절실했던 우리였기에 그래서 더욱 소중한 추억.

　어머니가 입원한 후 집에는 오랜만에 평화가 찾아왔다. 어머니의 부재는 부부싸움도 불화도 욕설도 폭력도 사라지게 만들었다. 병문안을 가는 길은 소풍 같았고 조용한 집은 쉼터 같았다. 그래서 어머니가 병원에 있는 게 좋았다. 하루 빨리 어머니 병이 낫기를 바랐지만 동시에 죄책감을 느끼면서도 어머니가 오래오래 병원에 입원해 있기를 바랐다. 그때의 나는 얼마나 천둥벌거숭이 같았던가. 어머니 고통이나 아버지 마음을 헤아리기엔 어리고 유치했다. 한마디로 나는 철이 없었다.

　　　　　　　　　　　　　　　　　　　아버지의 이메일

사우디에서의
좌절

기억이 되감기된다.

딩동~. 현관 벨이 울린다. 키가 껑충한 남자가 대문 앞에 서 있다. 사우디아라비아에서 돌아온 아버지다. 문이 열린다. 고개를 숙이며 들어온 남자는 할아버지처럼 머리가 허옇다. 어머니는 어서 인사를 하라고 재촉한다. 그러나 우리는 아버지에게 다가가지 못하고 쭈볏거린다. 우리 앞에 서 있는 이 남자는 우리가 매일 편지를 쓰며 머릿속에서 상상한 그 아버지가 아니다. 우리 상상 속의 아버지는 젊디젊고 잘생긴 아버지다. 그러나 우리 앞에 서 있는 이 남자는 늙고 지쳐 버린 아버지다.

다른 장면. 아버지가 중동에서 가져온 트렁크가 열린다. 그 안에는 듣도 보도 못한 진기한 물건이 가득하다. 낙타가 그려진 양탄자, 철로 위를 달리는 장난감 기차, 알록달록한 입체 카드가 줄줄이 쏟아져 나온다. 그리고 음악 테이프가 한가득이다. 나는 영어, 아랍어, 일본어가 쓰인 테이프 중에 하나를 집어 든다. 테이프를 카세트에 밀어 넣고 재생 버튼을 누른다. 그러자 알 수 없는 나라의 묘한 음악이 흘러나온다. 우리 삼남매는 신이 났다. 아랍 전통 옷을 입고 두건을 쓰고 양탄자 위에서 신밧드의 모험 놀이를 하느라 정신이 없다.

그러다 문득 뒤를 돌아본다. 미처 다 풀지도 못한 아버지의 짐이 보인다. 아버지는 짐을 한구석에 밀어 놓은 채 술을 마시고 있다. 짐 따위 어떻게 되든 말든 상관없는 듯하다. 마걸리 잔을 벌컥벌컥 들이켜고 있는 아버지. 내가 빤히 쳐다보자 늙어 버린 아버지는 이렇게 말한다.

사막에는 물이 없거든. 아빠는 무더운 사막에 있었거든. 그래서 물이 귀해서 물을 많이 못 마셔서. 목이 말라서 그래.

나는 의아해진다.

그런데 물이랑 술이랑 같은 거야?

바로 그 순간 카메라가 정지한다.

한순간에 급격히 늙어 버린 아버지의 그 얼굴. 그래 봤자 당시 아버지는 쉰 살이 채 되지도 않았다. 그런데도 그리 늙어 버린 듯 보였던 까닭은 가족끼리 떨어져 있던 시간이 길었던 탓도 있었지만 바로 사우디아라비아에서 있었던 바로 그 사건 때문이었다.

그러면서 나를 인민재판하는 식으로 많은 사람 앞에서 홍 감독을 심판하자고 고래고래 소리를 지르는 것이다. 그중에도 나를 에워싸고 위해를 당하지 않게 도와주는 사람이 있었는가 하면 알지 못하는 녀석들은 홍 감독 죽여라!...... 하고 소리소리 치는 놈도 있었고 해서 그날 밤은 그렇게 홍역을 치르고 잠 한숨 못 자고 치를 떨었다.

근무 중에 일어난 뜻밖의 산재. 사고가 일어난 그날 밤. 아버지와 사이가 좋지 않았던 동료는 사고 원인을 감독인 아버지 탓으로 돌리고 아버지는 천여 명이나 되는 동료들 앞에 끌려 나가는 수모를 당한다. 아버지는 사우디에서 처했던 상황을 '인민재판'을 받는 것과 같다 했다. 아버지의 어린 시절을 생각해 보면 아버지가 그렇게 여기는 것도 무리는 아니다. 아니 당연할지도 모른다. 그래, 충분히 이해할 수 있다.

인민재판에 대한 공포. 북에 있을 때 어린 소년이었던 아버지가 겪었던 고초. 당신의 아버지와 형이 남쪽에 있다는 이유로 월남한 가족이 있다는 이유로 학교에서 받아야 했던 혹독한 사상교육 그리고 자아비판 시간. 나는 인민재판에 대한 아버지의 트라우마가 그 정도로 심각할 줄은 상상도 못했다. 사우디 건설 현장에서 아버지가 겪었던 사건은 아버지의 기억 속에 잠재되어 있던 트라우마를 폭발시킨 도화선이 된 셈이었다.

세상에는 선한 사람만 있는 것이 아니다. 살면서 나를 좋아하고 사랑하고 이해해 주는 사람만 만나면 좋겠지만 인생은 그렇지 못하다. 나는 예외라고 생각하는 사람도 있을 테지만 대개는 그렇지 않은 게 삶이다. 세상 어디에든 비열하고 사악하며 때로는 악랄한 사람이 있다. 살면서 우리는 언제든지 그런 사람을 만날 수 있고 아버지와 비슷한 상황에 처할 수도 있다. 그런 의미에서 나는 아버지를 이해했다. 아버지가 동료들에게 얼마나 큰 배신감을 느꼈을지 그리고 자신에게 삿대질을 하고 욕을 하는 사람들 앞에서 얼마나 큰 공포를 느꼈을지 알 것 같았다. 그랬다. 아버지 글을 읽는데 아버지가 느꼈을 모욕감과 수치심이 내게도 고스란히 느껴졌다. 나 역시 아버지가 무릎을 꿇었어야 했을 그 불합리한 상황에 엄청난 분노를 느꼈다. 그것은 부당한 모함이자 인신공격이었으며 백색테러나 다를 바 없었다.

생전에 아버지는 전라도라면 치를 떨었다. 직접적이고 결정적인 이유는 바로 사우디에서 겪었던 이 일 때문이다. 아버지는 당신을 해코지한 그 사람이 '전라도' 출신이라 했다. 그래서 그 후부터 전라도 사람이라면 치를 떨게 되었다고 썼다. 아버지 논리대로라면 전라도 사람은 모두 비열하고 악랄하며 믿을 수 없는 존재가 된다.

하지만 아버지는 틀렸다.

아버지를 괴롭힌 그 사람은 전라도 출신이라서 그런 게 아니다. 그냥 그런 사람이기 때문이다. 그는 개인으로서 아버지에게 비열한 행동을 했고 아버지를 모함한 것뿐이다. 그가 비열하게 군 것은 전라도 출신인 것과는 무관하다.

한 사람의 성격이나 가치관 또는 행동과 선택이 곧 그 사람의 배경 때문이라 탓하는 것은 어리석다. 무지의 소산이다. 더구나 어떤 개인이 저지른 일의 원인을 그의 출신에서 찾아 일반화할 수는 없다. 어느 특정 지역 사람들이 모두 같은 성향과 행동 특성을 지니고 있다면 이는 얼마나 이상한 일인가. 이는 혈액형이 같은 사람은 모두 똑같거나 똑같아야 한

아버지의 이메일

다는 말과 다르지 않다. 만일 내게 사기를 친 사람이 미국인이라면 그때부터 나는 미국인이라면 전부 비열하고 못 믿을 인간이라고 여겨야 하나. 그리고 일생에 몇 번이나 같은 지역 출신 사람에게 계속 배신과 해코지를 당할 수 있을까. 어불성설이다. 논리적으로나 현실적으로도 말이 되지 않는다. 그런데도 아버지는 왜 그 한 개인에 국한된 문제를 특정 지역으로까지 확대하고 그 사람의 출신에 대한 강한 편견에 사로잡혀 있었을까. 이런 비논리적이고 비이성적인 편견은 도대체 어디에서 비롯되었을까.

레드 콤플렉스와
전라도 혐오증

아버지는 황해도, 어머니는 충청도 출신이다. 두 분은 전라도와 아무런 접점이 없다. 아버지는 개인적으로 겪은 사건 때문에 피해의식이 있어서 그렇다 치더라도 사적인 이해관계가 얽힌 적도 없는 어머니가 전라도 출신을 폄하할 타당한 이유는 어디에도 없었다. 그럼에도 불구하고 어머니는 아버지와 마치 입을 맞춘 듯이 똑같았다.

한번은 어머니가 내 친구를 품행이 방정하고 행실이 바르며 성실하다고 칭찬했다. 나는 일부러 짓궂게 물었다.

엄마, 알고 있었어요? 엄마가 좋아하는 내 친구 걔 전라도 앤데? 엄마 전라도 사람 싫다며? 거짓말 잘해서 못 믿는다며? 간사하다며?

어머니가 싫어하는 사람이 있으면 나는 또 이렇게 되물었다.

엄마가 살살거려서 싫어하는 그 앤 경상도거든. 그럼 전라도를 싫어하는 것처럼 경상도 사람도 싫어해야 하는 거 아냐?

그러면 어머니는 화급히 화제를 돌리거나 못 들은 척 딴전을 피웠다. 어머니도 당신 말에 모순이 있는 것을 잘 알고 있는 것이 분명했다. 그렇지만 아버지도 어머니도 그 사실을 절대로 인정하지 않았다.

일명 전라도 혐오증(전라도 포비아). 아버지와 어머니는 둘 다 빨갱이와 전라도 이야기만 나오면 이구동성으로 욕을 했다. 대한민국에서 특히 아버지 세대에게 빨갱이와 전라도는 바늘과 실이다. 내가 그 이유를 파고들려 하면 갑자기 말문을 닫고 외면하거나 버럭 화를 낸 아버지. 이유도 모르면서 덩달아 아버지에게 편승하던 어머니. 이해할 수 없었다. 전라도 혐오증이라는 근거 없는 편견에 사로잡힌 부모를 대할 때마다 나는 기가 막혔다. 전라도를 언급하며 얼토당토않은 억지를 부릴 때마다, 뭐든 싸잡아 전라도로 비난의 화살을 돌리는 부모를 볼 때마다 혐오스러웠다. 추했다.

인간은 그다지 포용력이 넓거나 이해력이 깊은 존재가 아니다. 내가 아닌 타인에 대해서는 이해보다는 오해가 빠르며 공감보다는 적대가 더 쉽다. 타인과 낯섦에 대한 두려움과 적대감은 인간이라면 누구에게나 있다. 그러나 이를 의도적으로 조장하거나 부풀리는 것은 아주 비열하고 더러운 짓이다. 어떤 상황에서든 발생한 문제를 해결할 수 있는 가장 빠르고 손쉬운 방법 그러나 정당하지 않을뿐더러 가장 비겁한 방법은 문제를 덮어씌울 다른 희생양을 찾는 것이다. 집단이 한 개인에게 또는 소수자, 약자에게 책임을 전가하는 것, 특히 문제 원인을 규명하기 어려울 때 누군가에게 그 과실을 덮어씌우거나 해코지하는 것만큼 손쉬운 방법은 없다. 게다가 대부분 사람은 반감이 있거나 자기가 미워하고 시기하는 사람을 악의적으로 희생양으로 몰기가 쉽다. 또한 평등한 삶에 대한 소박한 희망과 바람이 부정당할 때 그것이 개인의 고통스러운 기억과 결합하면 금방 피해의식으로 치환된다. 그리고 피해의식은 그게 자신이든 타인이든 간에 필연적으로 희생양을 찾게 된다.

노예 또는 노비가 주인의 폭정에 항거하려면 먼저 자신이 노비라는 것을 자각해야 한다. 그러고 나서 자신에게 강요된 노예라는 정체성을 거부해야 한다. 그렇지 못하면 노비는 노예근성을 자신의 정체성으로 체화하는 법이다. 아버지는 한국전쟁의 피해자이며 남북 분단의 희생양이며 더구나 당신 스스로가 인민재판을 받았던 소수자, 약자였다. 아버지는 피해자로서 자신을 인식하고 가해자에게 저항했어야 옳았다. 그러나 가해자가 만들어 놓은 프레임 안에서 아버지는 자신을 가해자와 동일시했다. 불행하게도 아버지는 자신의 처지를 자각하지도 직시하지도 못했다. 그 대신에 전라도를 비하하고 혐오함으로써 자신이 또 다른 가해자가 되는 길을 선택했다. 아버지를 해코지한 동료들과 다를 바가 없었다.

레드 콤플렉스가 서슬 퍼런 위력을 발휘하는 극우 반공국가 대한민국에서 빨갱이들의 나라인 북에서 내려온 실향민인 아버지는 항상 자신의 불안정한 정체성과 사상성을 확인하고 확인받아야 했다. 그런 아버지에게 전라도는 당신의 두려움과 불안을 잠재울 수 있고 책임을 전가할 수 있는 타자였으며 희생양으로 삼기에 가장 손쉬운 표적이었다. 더구나 개인적으로 전라도 사람과 직접적으로 관련이 없으면 없을수록 더욱 양심의 가책과 심리적 부담을 덜 수 있었다. 그래서 아버지는 전라도를 혐오하고 비난하며 공격하는 데 아무 거리낌이 없었던 것이다.

마찬가지로 가정 안에서 아버지에게 학대받는 피해자였던 어머니 역시 자신의 고통을 투사할 또 다른 희생양이 필요했을 것이다. 가해자인 아버지를 거역할 수 없는 당신의 불합리한 처지. 그 처지에서 벗어날 방법을 알지 못했던 어머니에게는 아버지에게 무조건 동조하는 것만이 당신이 살길이었다. 그것만이 어머니가 살 수 있는 유일한 방편이었던 것이다. 만약 아버지나 어머니가 개인적으로 가까웠거나 동락했거나 가족 관계로 묶인 사람이 전라도 출신이었다면 그처럼 쉽게 비난의 화살을 돌릴 수 있었을까. 아닐 것이다. 전라도 때문이라는 이유를 함부로 갖다 붙이지는 못했을 것이다.

내 부모의 전라도 혐오증은 정말 부끄러운 일이다. 비겁하고 저열한 짓이다. 하지만 한편으로는 이런 생각도 든다. 어쩌면 아버지도 어머니도 힘없고 가난하고 평범했기 때문에 무지했기 때문에 그럴 수밖에 없었으리라. 사적인 영역이라면 누군가를 혐오한다는 것은 그저 한 개인의 문제 이상 이하도 아닐 것이다. 아니면 이를 인간 존재가 지닌 나약함의 증거로 이해할 수도 있다. 그런 의미에서 나는 더는 아버지를 혐오하지 않는다. 아버지의 이메일을 통해 그럴 수밖에 없었던 또는 그런 식으로밖에 생각하지 못했던 미욱하고 나약한 한 개인을 읽었기 때문이다.

그러나 그 대신 다른 차원의 분노가 일었다. 저열하고 저급한 전라도 혐오증과 레드 콤플렉스를 사골처럼 우려먹는 사회. 호남이라는 이름과 빨갱이라는 세 글자가 마치 주홍글씨처럼 따라다니는 사회. 바로 이 땅의 아버지들이 만든 대한민국. 우리가 만든 괴물을 향한 분노 말이나.

1980년 5월 18일. 광주 민주화항쟁이 일어났다. 광주에서 군사독재에 저항하는 시위가 계속되었을 때 쿠데타로 정권을 장악한 전두환은 무력으로 시민항쟁을 진압했다. 그러고는 전라도 광주와 빨갱이 혐오증을 보란 듯이 한 세트로 묶었다. 빨갱이 혐오증이 전라도 혐오증과 짝을 이루고 전라도 사람은 전부 빨갱이라는 도식이 하나 더 생겨난 것이다. 대한민국을 폭압적으로 유지, 통제하는 기제로 사용했으며 국민을 봉건적인 전근대에 고착화하고 집단 공포로 철저히 세뇌시킨 반공 이데올로기가 전라도까지로 확대된 것이다. 그 결과 한국 사회에서 전라도 혐오증은 레드 콤플렉스처럼 기득권의 이익에 봉사하는 이데올로기가 되었다.

전라도 혐오증은 역사적으로 기원이 있는 것도 아니며 원래부터 존재했던 것도 아니다. 오히려 70년대 급격한 산업화와 도시화 그리고 계급 분화, 영남의 지지를 바탕으로 권력 기반을 다진 기득권 세력이 작위적으로 만들어 낸 것에 불과하다.

한 개인의 무지와 편견은 그 사람의 한계라고 여기면 그만이다. 개인이 지닌 한계는 그 사람만의 문제다. 그러나 만일 그 개인이 자신의 약함을 감추기 위해 타인에게 폭력을 행사하거나 무지와 편견에 사로잡힌 인간 또는 집단이 권력을 남용해서 타인과 다른 집단에게 폭력을 행사하게 된다면 이는 단지 사적인 문제로 머물지 않는다. 그것은 용납할 수 없는 범죄다. 어떤 이유로든 정당화될 수 없는 범죄인 것이다. 그런데 한국 사회에서는 정치권과 언론 미디어가 특정 지역에 대한 혐오증을 오히려

　　　　　　　　　아버지의 이메일

의도적으로 조장하고 있다. 그리고 내 아버지와 어머니처럼 많은 사람이 이런 편견을 여전히 '사실'로 믿고 있다. 그게 현실이다.

한국 사회에서 전라도 혐오증은 사람들이 흔히 말하듯 단순한 지역주의 따위가 아니다. 본질은 더 위험하고 심각하다. 한국 사회의 이면에 도사리고 있는 전라도 혐오증은 2차 세계대전 때 전 유럽을 휩쓸었던 제노사이드, 홀로코스트를 일으켰던 나치의 유대인 혐오증과 하나도 다르지 않다. 전라도 혐오증은 우리 사회에 드리워진 야만의 얼굴이며 집단 광기며 어두운 악의 그늘이다.

그리고 슬프게도 이 같은 혐오증을 공공연하게 드러내는 아버지 세대를 나는 지금도 언제 어디에서나 마주친다. 자신의 편견이 부끄럽고 창피한 게 아니라 당연한 사실이라고 믿어 의심치 않는 내 부모를 비롯해 자신의 무지를 반성하고 성찰하기는커녕 뻔뻔하게 독선과 우격다짐으로 일관하는 아버지 세대와 말이다.

4부 아버지 이름은 홍성섭

아무도
찾지 않는
집

나는 귀가해서 매일같이 술에 젖어 살았고 너의 엄마는 나의 이런 몰골을 보면서 말로 형언할 수 없는 환멸을 느꼈으리라.....

그런 것으로 인하여 엄마는 지금 가슴에 화병이 나서 발과 안면에 열이 치밀어 여름이면 냉수에 발을 담그는 것이 모두 이 애비의 행패로 비롯된 것이다.

지금 와서 되돌아보면 왜? 먼 나라로 떠나서 오래도록 머물며 집에는 가끔씩 휴가를 나오도록 못했는지 생각할수록 나도 속이 탄다. 처음 사우디 갔을 때 휴가를 나오는 것이 아니였는데 무엇이 그리워서 호주로 취업이민을 갈 수 있는 좋은 기회를 놓치고 말았으니 후회 막급이다.

그래도 그렇게 혼이 나고도 다시 사우디로 돌아가야 하는데 매일처럼 술이나 퍼 마시면서 한 달 휴가가 닥아오는데 간신히 거동을 하였으나 일

4부. 아버지 이름은 홍성섭   169

이 여의치 않으면 엄마에게 야당이나 치며 말도 않 되는 짓거리를 하고 있으니 엄마는 동분서주하며 출국 수속을 밟으려 뛰여 다녔다. 귀국하여 회사에서 사고 난 녀석을 직접 만나지는 못했으나 그의 친구들이 나를 찾아와서 시비를 걸면서 회사에 가서 다친 사람의 보상을 받도록 말을 해 달라는 것이다.

그래서 그들과 회사에도 같이 가서 보상 문제를 말했드니 일언지하에 거절하면서 그것은 회사에서가 아니라 보험회사에서 처리될 것이니 더 이상 회사에 와서 보상 문제를 거론하지 말라는 것이다. 그들도 별수가 없는지 두말 못하고 물러스는 것이었다.

나는 그들이 우리 집에까지 찾아와서 행패나 부리지 않을까, 염여했는데 그 뒤로는 아무 소식이 없었다. 공장에서 다친 사람은 인조 접골을 해서 보행을 할 수 있게 된다는 소식을 듣고 나는 그나마 안심이 되었다. 휴가 한 달간을 술에 젖어 살았으니 해골 같은 나의 몸은 말이 아니였다. 엄마는 그래도 남편이라고 출국을 몇일 앞두고 종로 한의원에 가서 진찰이나 하자고 하여 진찰을 받았더니 간이 나빠졌으니 간장약을 복용하라고 해서 한 달분의 간장 약을 지어 왔다. 그 지긋지긋한 사우디를 또 가야 하니 이 몸둥이로 과연 버틸 수 있을까도 걱정이였다. 떠나는 날 아침에도 회사 근처에 구멍가계에서 막걸리 한 병을 마시고야 간신히 비행기에 올랐다. 사우디 중간 숙소에 도착하여 걸음을 것는데 눈이 잘 보이지 않아 땅이 높은지 얕은지 높고 얕음을 분간할 수가 없었다. 그런 몸으로 갔으니 앞으로 무엇을 시킬지 그것이 걱정이였다. 3일간의 휴식을 거처 내가 배당받은 것은 기중기였다.

아버지의 이메일

원근을 잘 구별을 못하니 일이 원할할 수가 없었다. 그래서 창피도 많이 당하고 그러기를 한 달이 지나 약과 술을 금하니 차차 시력이 돌아와서 간신히 어려운 고비를 넘겼다. 생각하면 나도 미련하기 짝이 없는 놈이었다.……오늘은 이만

더는 팡팡한 젊음으로 무장한 청년도 아니었고 머리의 힘을 같이 쓸 수 있는 장년도 아니었다. 불혹이라는 중년을 훨씬 넘어선 나이였다. 그것도 알코올로 망가져 가는 중이었다. 그 몸을 추스르기도 전에 아버지는 다시 건설 현장으로 나갔다. 한푼이라도 벌기 위해 그나마 당신이 죽해 왔던 일이니까라는 안일한 생각으로 무모하게 덤빈 일이었다. 당신의 나이와 체력을 생각하지 않은 섣부른 과욕이었다. 그 결과는 몹시 비참했다. 알코올 중독자가 된 아버지는 어떻게 손쓸 수도 없이 무너졌다.

술에 취해 쓰러졌던 아버지. 속을 게워 내며 고통 속에 신음하던 아버지. 그런 아버지를 속수무책으로 지켜봐야 했던 어머니. 그리고 그 옆의 우리. 가슴이 시커멓게 타들어 갔다. 얼마나 많은 시간을 울고 또 울고 울음을 삼키고 보냈을까. 더는 흘릴 눈물이 없었다. 눈물조차 메말라 나오지 않았다.

어린 시절, 자존심이 몹시 상했던 기억 하나가 떠오른다.

초등학교 4학년 때였다. 수업 중에 남동생이 찾아왔다. 어떻게 교실을 찾아왔는지 모를 일이었다. 하지만 정말 동생이었다. 당시 동생은 여섯 살이나 되었을까. 교실 문 옆에서 손가락을 빨면서 꼬질꼬질한 베개를 들고 서 있었다. 당황해서 어쩔 줄 몰라 하는 내게 선생님은 기왕 왔으니

옆에 앉히라 했다. 조용히 말을 잘 들으면 있어도 좋다 했다. 동생은 나와 짝꿍 사이에 앉아 수업도 듣고 밥도 같이 먹었다. 기특하게도 떠들지도 않았고 아주 얌전했다. 나는 기뻤고 내심 안도했다. 그렇게 동생이 매일 학교로 찾아왔고 며칠이 지났다.

선생님이 넌지시 내게 말했다.

그런데 어머니는 뭐 하고 계시니? 동생이 학교 오는 거 알고 있니?
네?

가슴속에서 무언가가 툭 끊어졌다. 그 순간 나는 선생님이 무슨 말을 하고 있는지 깨달았다.

집에 보낼게요. 죄송합니다.

동생을 교실에서 데리고 나갔다. 동생의 손을 잡고 텅 빈 운동장을 가로질렀다. 그 순간 자기를 집에 보내려는 걸 알았는지 동생이 안 가겠다고 버티기 시작했다. 나는 동생을 막무가내로 잡아끌고는 교문 밖으로 밀어냈다. 문을 닫자 동생이 울먹이며 교문에 매달렸다. 하지만 나는 빗장을 지르고 버럭 소리를 질렀다.

다시는 학교에 오지 마! 또 오면 가만 안 둘 거야! 때릴 거야!

울지 않으려고 주먹을 불끈 쥐었다. 홀쩍거리던 동생은 베개를 질질 끌고 언덕배기를 내려갔다. 나는 동생이 사라질 때까지 그 모습을 지켜봤다. 눈물을 훔치며 한참을 그렇게 서 있었던 기억. 울먹이던 동생을 끝까지 지켜 주지 못하고 돌아섰던 그 기억. 그 순간 나는 동생을 이렇게 보내도 몰랐을 어머니가 미웠으며 술에 절어 정신을 잃었을 아버지가 미웠으며 이 모든 사실을 알면서도 모르는 척 굴었던 담임선생님이 미웠다. 그리고 아무것도 모르는 철없는 동생에게 모진 말을 해서 돌려보낸 나를 미워하고 또 미워했다. 교실로 돌아가기 싫었다. 그대로 교문 밖을 나가 학교를 영영 떠나 버리고 싶었다. 아무도 없는 운동장 구석에 앉아 멍하니 하늘을 바라보았다. 얼마나 시간이 흘렀을까. 나는 수돗가에서 벌게진 눈을 씻고 눈물을 닦았다. 그리고 아무 일도 없었다는 듯이 교실을 향해 걸었다.

언젠가 어머니에게 지나가듯 이 일에 대해 물어본 적이 있다.

나 초등학교 때 동생이 학교로 찾아왔었어. 걔가 집에서 없어졌는데 엄마 알고 있었어?

엄마는 당황했다. 그러더니 에둘러 이렇게 대답했다.

누나 보고 싶다고 칭얼대길래……. 그런데 너랑 집에 함께 오길래 학교에 가도 되는 줄 알았지…….

나는 재차 물었다.

엄마 내 말은, 걔가 집에서 나가는 걸, 없어진 걸 알고 계셨냐고요?

엄마는 잠시 말을 잇지 못했다. 할 말을 찾고 있는지 할 말이 없어서인지는 알 수 없었다.

미안하다. 몰랐다. 내가 그때 제정신이 아니었나 보다.

예상했던 대로였다. 나는 빙그레 웃었다.

별거 아냐. 그 덕에 동생이랑 학교에서 재밌게 놀았어요. 선생님도 좋아했구요. 애들도 귀여워했어요. 동생이 떠들지도 않고 보채지도 않고 얌전히 있어서 다들 참 착하다고 했어요.

그랬을 것이다. 아마도 어머니는 몰랐을 것이다. 아니다. 알고 있었지만 모른 체하고 싶었을 것이다. 동생이 학교에서 나와 있다는 걸 알고서 차라리 안심했을 것이다. 그때 어머니라고 정신이 있었을 터인가. 나는 알고 있었다. 당시 이민이 좌절되어 실의에 빠진 아버지를 보다 못한 어머니는 아버지가 중동에 갈 수 있도록 백방으로 노력했다. 하루가 멀다 하고 구청으로 대사관으로 친척집으로 혹시라도 힘을 써 줄 사람이 있을까 싶어 발이 닳도록 돌아다니고 있었다. 나는 알고 있었다. 언니와 나를 등교시키고 나서 엄마가 어린 동생을 오늘은 이 집에 내일은 저 집에 맡기고는 사방팔방으로 뛰어다녔다는 것을. 자포자기한 채 술독에 빠져 사는 남편을 바라보는 어머니 가슴은 시커멓게 타들어 가고 있었을 것이다. 어머니는 지푸라기라도 잡고 싶은 심정이었을 것이다. 할 수만 있다면 남편 대신 그 어떤 벌이라도 달게 받고픈 마음이었을 것이다.

사우디아라비아에서 돌아온 후 아버지는 집 밖으로 나가지 않았다. 다시 술에 손을 대고 전보다 더 중증 알코올 중독자가 되었을 뿐이다. 이후 내게 아버지라는 말은 다름 아닌 술주정뱅이를 의미했다.

집에는 항상 아버지가 있었다. 아침에 등교할 때도 아버지는 방에 있었다. 방과 후 집에 와도 있었다. 토요일에도 일요일에도 언제나 아버지가 있었다. 아버지는 어머니처럼 살림을 하지 않았다. 우리에게 도시락을 싸 주지도 설거지를 하지도 빨래를 하지도 않았다. 아무것도 하지 않았다. 그냥 거기 있을 뿐이었다.

내가 친구들을 집으로 데려오면 아버지는 조용히 방문을 닫았다. 친구들이 내게 물었다.

너희 아빠는 왜 집에 있어?
왜 그럼 안 돼?
우리 아빠는 일하러 나가는데…….
안 그런 아빠도 있어. 있다구.
너희 아빠는 노는 거니?
노는 거 아니야!

혹시나 아버지가 들었을까 봐 아버지 방을 쳐다보았다. 그러나 닫힌 문은 미동도 없었다. 어린 마음에도 왜 그런 생각이 들었는지 모른다. 아버지가 속상해 할까 봐 몹시 걱정되면서도 동시에 이런 거짓말을 하게 만드는 아버지에게 화가 나고 자꾸만 눈물이 나고 그랬다.

아빠는 술민 마시고 왜 아무깃도 인 해요?

내 질문에 어머니는 외면했고 아버지는 방문을 닫았다. 나는 닫혀 있는 아버지 방문을 바라보았다.

나는 자문하기 시작했다. 이해하고 싶었으나 그러나 도저히 이해할 수 없는 사람. 자주 집을 비웠으나 이제 방 안에만 틀어박혀 있는, 항상 어디론가 사라졌다가 멀리서 돌아오곤 했던 '아버지'라는 사람에 대해 그리고 가족이라는 이름에 대해서.

아버지가 방에서 두문불출한 긴 세월 동안 어머니는 생계를 위한 궁여지책으로 방을 세놓고 과외 선생으로 부업으로 아버지 대신 돈을 벌며 가족을 책임졌다. 아버지가 사우디에서 귀국한 후부터 우리 가족은 함께 여행을 간 적도 극장에 간 적도 심지어 외식조차 해 본 적이 없었다. 어떡하든 생계비를 줄여 보고자 허리띠를 졸라매고 살았다. 아마 그때부터였을 것이다. 우리는 학업에 필요한 것이 아니면 돈 이야기를 꺼내면 안된다는 것을 암묵적으로 깨닫고 있었다. 우리 집의 금기. 누구든 절대 먼저 말을 꺼내면 안 되는 것, 돈. 그리고 왜라는 질문.

그리고 어느 틈엔가 우리는 모두 묻지 않아도 알게 되었다. 아버지는

아버지의 이메일

아무 데도 가지 않고 일하지도 않고 저 방에만 있을 거라는 사실을. 계속 술을 마시고 있을 거라는 사실을. 누군가 말로 꺼내지 않아도 저절로 알게 되었다. 또한 아버지에게 절대로 그 사실을 이야기해서도, 아버지에게 그 어떤 질문을 해서도 안 된다는 것을.

우리는 점점 말수가 적어졌다. 급기야 말문을 닫게 되었다. 그리고 누가 먼저랄 것도 없이 자연스럽게 더는 친구를 집에 데려오지 않게 되었다.

그렇게 우리 집은 누구도 데려오지 않는 집, 아무도 찾지 않는 집이 되었다.

연좌제에
묶이다

나의 사랑하는 재희야^^^

대구에는 잘 다녀왔누냐?

그래 네가 갈망하는 영화는 얼마나 가능성이 있는지 궁금하다.

너의 꿈이 그것이라면 끝까지 포기 말고 최선을 다하다 보면 언젠가는 꿈이 현실로 이루어질 수도 있겠지. 그것이 돈이 많이 드는 것이라 별 볼 일 없는 애비로서는 무어라 할 말이 없다.

사람이 산다는 것이 우엇인지 부와 빈의 차이는 별것도 아닌데 젊어서 힘이 있을 때 많이 벌어 늙음에서 편이 살 수 있는 여력을 갖추어야 하는데 애비는 한여름의 매미처럼 노래만 불렀나 보다.

그러다 보니 부부애란 것이 멀어졌고 실업자 남편이 아내로써 원만할 수가 없고 너의들 사춘기에 부부싸움을 지겹또록 체험했으리라. 나 역시 가슴 저리게 후회한다. 이제 와서 후회한들 이제 다 흘러간 옛일들 얼마 남지 않은 여생을 지난날을 회한하면서 살아가련다.

나는 큰돈 벌려 해외에 몇 번 나가서 고생보다 목숨을 건 돈벌이였다. 그도안 너이들은 어려서 잘 모르겠지만 신원 조회에서 처남이 6,25 때 적색단체인 정치보위부에 가담했다는 이유로 해외 출국 금지를 당했다. 그래서 미국이나 브라질 이민의 꿈도 접고 한동안 방탕 생활을 한 깃이다. 너히들이 이해하든 말든 상관없이 나는 나의 지난날을 회상하며 이 글을 끝맺는다..........애비가 씀

사우디에서 세 번째로 귀국한 아버지는 국내 현실에 적응하지 못하고 또다시 해외로 나가려 했다. 그러나 다시는 나가지 못했다. 무엇 때문이었는지는 성인이 된 아주 나중에야 어머니께 직접 들을 수 있었다. 아버지 생전에는 한 번도 대 놓고 물어보지 못했다. 아버지 역시 그 이유에 대해 한 번도 언급한 적이 없었다.

신원 조회에서 처남이 6,25때 적색단체인 정치보위부에 가담했다는 이유로 해외 출국 금지를 당했다. 그래서 미국이나 브라질 이민의 꿈도 접고 한동안 방탕 생활을 한 것이다.

아버지는 술에 취해 이성을 잃으면 어머니를 어머니의 집안을 빨갱이라고 욕했다. 빨갱이가 싫어서 북에서 도망쳤는데 다시 빨갱이 집이랑 결혼했다고 비난했다. 아버지의 분노와 폭력을 견디다 못한 어머니는 이

혼을 하자고 간청했다. 자식들은 당신이 키우겠으니 홀로 자유롭게 떠나라 했다. 그러나 아버지는 차마 이혼하지도 그렇다고 가장이라는 책임을 내려놓지도 못했다. 아버지는 그렇게 주저앉고 말았다. 아버지는 당신이 감내해야 할 가혹한 현실을 두고두고 원망했을 것이다. 꼬일 대로 꼬인 자신의 운명을 죽도록 저주했을 것이다.

하루는 어딜 갔다 오더니 우리 친정 본적에 가서 떼어 왔더라고. 그러더니 죽었다던 오빠들이 왜 실종 신고가 되어 있냐고 따지는 거야. 나도 몰랐어, 정말. 오빠들이 사망신고가 되어 있는 줄로만 알았지. 그때부터 네 아버지가 나한테 빨갱이 집안이라고 윽박지르는 거야. 술 마시고 그때부터.

어머니는 눈물로 고백했다.

엄마의 두 오빠. 내게는 외삼촌인 엄마의 두 오빠는 한국전쟁 당시 행방불명되었다. 전쟁 후에도 소식을 알 수 없었다. 그러나 외조부모는 실종된 아들들이 살아 돌아올지도 모른다는 기대를 품고 사망신고를 하지 않았다. 결국 두 사람의 생사는 확인하지 못한 채 그렇게 수십 년의 세월이 흘렀던 것이다. 그런데 보도연맹에 연루된 두 외삼촌의 좌익 활동 전력이 문제가 되었다. 실종 처리된 두 외삼촌의 존재는 납북이나 월북자와 하등 다를 바가 없었다. 남북이 분단된 현실에서 서슬 퍼런 레드 콤플렉스가 작동하는 대한민국에서는 이미 죽었을 사람의 좌익 전력이 연좌제라는 족쇄로 살아 있는 사람의 미래마저 옥죄기에 충분했다.

아버지의 이메일

끝내 행방을 알 수 없었던 외삼촌들.
두 분의 좌익 활동 전력 때문에
매제인 아버지까지 연좌제에 발목이 잡혔다.
그로 인해 아버지는 더는 꿈꿀 수 없는 사람이 되었다.

아버지는 '연좌제'란 덫에 걸려 외국으로도 이민도 갈 수 없었다. 미국으로 호주로 브라질로 취업이민을 가려 했지만 여권도 비자도 나오지 않았다. 아버지는 연좌제의 피해자, 희생양이었다.

   그랬다. 우리 집의 비극은 바로 한국 현대사의 비극과 맞닿아 있었다. 그러나 그 불행은 아버지 잘못도 어머니 잘못도 그 누구의 탓도 아니었다. 합리적인 수긍이 불가능한 이 사회의 부도덕을 연좌제로 왜 개인의 연대 책임으로 전가해야 하는가. 그 죄는 개인에게 있지 않다. 바로 시대와 사회 체제에 있었다. 그러므로 시대에 죄를 묻고 그 시대를 단죄해야 했다.

   그러나 '아버지의 대한민국'은 그렇지 못했다. 아버지는 한 개인의 꿈과 희망을 정부가 국가의 이름으로 반공이라는 논리로 간단히 박살 낼 수 있었던 시대를 살았다. 체제 안정과 안보를 이유로 개인의 삶과 자유를 국가가 통제하고 지배하는 것을 당연하다고 받아들여야 했다. 억압을 당하는 피해자가 부당함에 저항하면 빨갱이로 낙인찍히는 사회에서 무조건 순응하고 굴복해야만 했다. 오히려 독재 정권하에서 산업 역군이라는 이름으로 폭력적인 군사 문화와 강압적인 규율을 자신의 정체성으로 내면화해야만 했다. 그리하여 전 사회의 군대화, 조직화, 병영화를 통해 재탄생한 한국인 그리고 한국 남성, 그들이 바로 내 아버지였다.

   21세기 대한민국에서는 냉전과 폭력의 세기였던 20세기가 여전히 현재진행형이다. 단지 화염과 총성과 폭격이 없을 뿐이다. 우리는 아직도 집단적인 정신적 외상후스트레스장애(PTSD)를 앓고 있는지도 모른다. 그렇지 않고서야 이 비이성과 광기는 무엇이란 말인가. 아버지 세대에게 이성보다는 감정이, 논리보다는 분노가, 대화보다는 폭력이 더 익숙한 이유가 바로 여기에 있는 것은 아닐까. 이 땅의 아버지들은 식민지로 전쟁으로 분단으로 갈가리 찢긴 영혼을 봉합하지도 고통과 상처를 치유하지도 못했다. 당신들의 죽음을 책임지지 않은 국가, 당신들의 고통을 책임지지 않는 정부, 당신들의 이야기를 들어주지 않는 사회에서 스스로 살아남아야 했던 생존자이자 희생양이자 피해자들인 셈이다.

나는 광화문 사거리 노상에서 정부를 옹호하는 시위를 하는 어버이연합과 마주친다. 이들은 전부 내 아버지뻘 되는 노인들이다. 그들에게서 나는 아버지를 본다. 전쟁의 상흔을 치유하지도 분단의 고통을 극복하지도 못한 채 반공 이데올로기의 도구로 이용되는 '아버지'들. 그리고 그 후유증으로 끝없이 분열하고 있는 대한민국의 수많은 아버지를. 이들은 기형적인 한국 사회 그 모순의 기저에 놓인 부조리를 집약적으로 보여주는 우리의 일그러진 자화상이다. 과거라는 유령에서 헤어 나오지 못하는 아버지들의 역사, 대한민국 역사는 반쪽짜리다. 그러므로 아버지 당신의 역사는 실패한 역사다.

슬프게도 아버지는 당신이 겪어야 했던 고통의 원인이 바로 남북 분단과 사회 체제의 모순에 있다는 것을 인정하지도 아니 인식하지도 못했다. 도리어 자신과 가족에게 그리고 여성과 가장 가까운 사람에게로 비난의 화살을 돌렸으며 그들을 또다시 희생양으로 삼았다. 비극은 아마도 거기에서부터 시작되었을 것이다.

아버지이자
한 개인이었던
사람

일 년에 한 번 아버지를 뵈러 납골당에 간다. 어머니는 아버지 영정 앞에
서 기도를 올린다. 해가 바뀌어도 기도 내용은 항상 같다. 어머니는 당신
의 불행했던 결혼 생활을 끊임없이 반추한다. 그리고 아버지가 저 세상
에서 평안하기를 빌며 기도문을 읊는다. 그러다 결국 또 눈물을 터트린
다. 어머니의, 어머니만의, 어머니를 위한 의식.

　어머니 기도를 담담히 듣기란 여전히 힘들다. 이제 익숙해질 만큼 시
간이 흘렀는데도 그렇다. 동생은 저기 먼 데를 바라보고 있다. 나는 납골
당에 모셔져 있는 아버지 사진을 물끄러미 쳐다본다. 올림픽 자원봉사단
복을 입고 오륜기 앞에 서 있는 아버지의 독사진. 양복이 무척 잘 어울리
는 아버지. 밝은 표정이 인상적이다. 아버지 사진 중 어떤 사진을 납골당
에 안치할까 하다가 이 사진을 골랐다. 아버지는 집에 틀어박힌 이후 사
진을 거의 찍지 않았다. 밖에서 찍은 사진이라고는 올림픽 때 찍은 사진
이 그나마 유일했다.

　　　　　　　　　　　　　아버지의 이메일

1988년 서울올림픽이 열렸던 해. 아버지는 올림픽 자원봉사 단원 모집에 지원서를 냈다. 집에만 틀어박혀 있던 아버지가 밖으로 나가겠다고 그것도 사람들 틈에서 함께 부대끼며 일을 하겠다 했다. 그리고 정말 봉사단원이 되었다.

아버지의 유품 가방 하나에는 88올림픽 기념품이 가득했다. 호돌이 기념주화를 비롯해 올림픽에 참가했던 각국의 내빈이 준 기념 선물과 자원봉사자 기념패 등등. 말 그대로 한가득이었다. 그중에는 아버지가 직접 쓴 88올림픽 자원봉사 수기도 있었다. 원고지에 또박또박 써 내려간 아버지의 글. 달필이었다. 앉은뱅이책상 앞에 앉아 열심히 글을 쓰고 있던 아버지가 떠오른다. 그때 아버지는 나더러 당신의 수기를 한 번 읽어 보라고 했다. 당신이 일하고 있는 올림픽 현장에 한 번 놀러 오라고도 했다.

…… 남에게 도움을 받기보다는 도움을 준다는 것은 정녕 즐거운 일이다. 이처럼 즐거워서 하는 일은 아무리 하고 또 해도 싫증이나 짜증이 날 리도 없고 오히려 흥미롭기만 하다. 나는 지망했던 수송단에 배속되어 수차례에 걸쳐 교육 훈련을 받았으며…… 지난날 해외 생활에서 터득한 체험을 거울삼아 나름대로 검토하고 숙고해 보았다…… 수송단에서 나에게 주어진 임무는 심판진 수송부 지정호텔 운영반장이라는 임무였다. 오로지 역사적 올림픽에 나도 일익을 담당했다는 것만으로도 크나큰 행운이 아닐 수 없었다……

─아버지의 올림픽 자원봉사 체험 수기에서

88올림픽 자원봉사 단원으로 활동한 아버지.
오랫동안 집에만 틀어박혀 있던 그를 밖으로 끌어낸 건 88올림픽이었다.
늘 먼 이국으로 떠나길 갈망한 그에게
전 세계에서 날아온 수많은 사람을 만나고
그들과 함께 웃고 이야기 나눌 수 있었던 그 16일이
생애 두 번째로 찾아온 찬란한 시기였으리라.

풍운의 꿈을 안고 외국을 누볐던 과거가 덧없게 다시는 해외로 나갈 수 없었던 아버지. 그 아버지에게 올림픽은 잃어버렸던 당신의 꿈 그 자체였다. 전 세계에서 날아온 수많은 사람을 만나고 그들과 함께 웃고 이야기하며 보냈던 올림픽 16일. 아버지 가슴에 맺힌 한을 잠시나마 풀 수 있었던 기간이자, 당신의 꿈을 재현할 수 있는 행운의 시간, 당신의 생애 두 번째로 찾아온 찬란한 시기였으리라.

누구나 꿈을 꾼다. 어떤 사람은 운 좋게 그 꿈을 이루지만 어떤 사람은 결국 꿈을 포기하고 주어진 현실에 자족하며 산다. 또 어떤 사람은 이루어지지 않을 꿈이라도 사력을 다해 좇는다. 평생 꿈을 좇았는데도 이룰 수 없었다면 그 이유는 무엇일까. 그저 운이 없어서일까. 아니다. 자신의 선택이 잘못되었을 수도 있다. 현실과 타협을 못했거나, 터무니없는 것을 꿈꿨거나, 가질 수 없는 것을 탐했거나, 중대한 것을 잘못 판단했거나, 그것도 아니라면 내려놓아야 할 것을 내려놓지 못했던 것이리라.

아버지가 007가방 두 개에 고이 보관한 것은 증명사진과 졸업장 그리고 88올림픽에 관련된 것이었다. 모두 당신이 평생 마음에 품었던 꿈의 내용물이었다. 그 가방 안 어디에도 어머니나 우리에 관한 것은 없었다. 아버지가 평생토록 소중히 간직한 당신만의 비밀 공간에는 오로지 아버지 당신만의 인생이, 당신이 스스로에게 주고 싶은 선물만이 들어 있었다.

그 사실이 하나도 놀랍지 않았다. 야속하거나 섭섭하지도 않았다. 오히려 나는 그 가방 안에서 아버지라는 이름을 벗어 던진 한 개인, 그 한 사람을 보았다. 인간 홍성섭이 꿈꾸던 삶, 그의 희망과 바람을, 아버지 당신이 일생에서 가장 소중하게 간직하고 싶었던 꿈과 추억을 만나서 오히려 기뻤다. 무엇보다 '아버지'이기보다 한 개인이자 인간이고자 했던 당신의 속내를 본 것만 같아서 자꾸 눈물이 났다.

파독 광부, 베트남 파견 기술자, 중동 건설노동자…… 유랑을 꿈꿨던 아버지. 아버지는 베트남에서는 미국으로 사우디에서는 호주로 그리고 한국에서는 브라질로 이민을 꿈꿨다. 항상 이 땅을 벗어나려고 했다. 어린 시절 북한을 탈출해 남한으로 가기를 꿈꿨듯이 남한에서는 다시 외국으로 탈출하기를 꿈꿨던 사람이었다. 여기가 아니면 저기로 항상 자신이 발 딛고 있는 이곳보다는 저 먼 곳을 동경한 사람이었다.

삶에서 이미 지나간 과거에 대한 가정은 사실 무의미하다. 하지만 상상해 본다. 만일 아버지가 이민에 성공했더라면 아버지에게는 어떤 미래가 펼쳐졌을까. 머나먼 타국에서 새로운 삶을 찾았을까 아니면 다시 한국으로 돌아왔을까. 그렇다면 당신의 가족은 우리는 또 어떤 인생을 걷게 되었을까.

가방 두 개에 아버지가 남몰래 평생 간직한 꿈. 한때 자신의 것이었으나 빼앗겨 버린 꿈, 사라져 버린 꿈. 결국 이루지 못했으나 끝내 버릴 수 없었던 꿈. 아버지는 꿈을 꾸는 사람이었다. 아버지라는 이름으로 불리기 훨씬 전부터 그리고 자신의 꿈을 버리고 아버지 이름으로 살아야 했을 때에도 여전히 꿈을 꾸고 좇는 사람이었다. 이제야 그 사실을 알게 되었고, 그 진실이 가슴을 친다.

아버지의 이메일

바로
폐업한
부동산 중개소

철부지였던 자식들이 점점 자랐다. 아버지의 실직. 기나긴 골방 생활. 하릴없이 술로 소일하던 아버지가 어느 날 공인중개사 시험을 보겠다 했다. 제1회 시험이었다. 알다가도 모를 일이었다. 아니 놀라 자빠질 일이었다. 아버지는 수험서를 주문해서는 다락방으로 올라갔다. 시험공부를 하는 동안 술도 끊었다. 화장실을 갈 때와 잘 때를 빼고는 다락방에서 내려오지 않았다.

무덥고 습한 여름. 코딱지만 한 선풍기 하나를 두고 공부에 열중한 아버지. 아버지는 밥 먹는 시간이 아깝다며 끼니마저 다락방에서 해결했다. 밥상을 다락방에 올리는 건 내 몫이었다. 밥상을 올릴 때나 물릴 때나 인기척에도 아버지는 책에 얼굴을 파묻고는 한 번도 돌아보지 않았다. 무서운 집중력이었다. 1985년 10월 22일. 아버지 나이 쉰두 살. 아버지는 불굴의 의지와 각고의 노력으로 제1회 공인중개사 자격증 시험에 합격했다. 그리고 드디어 아버지는 '공인중개사가 되었다'라고 말할 수 있으면 좋으련만.

가끔 어머니는 한탄하듯이 이렇게 자조했다.

자격증이 그렇게 많았어도 하나도 제대로 써먹은 게 없어. 달랑 크레인 하나야 하나. 네 아버지 그거 하나로 베트남 가고 사우디 간 거야. 그 부동산 중개사 자격증만 해도……

가족 어느 누구도 아버지가 부동산 거래에 소질이 있다고 생각하지는 않았다. 결벽증일 정도로 꼬장꼬장한 성격에 사람을 구슬리고 달래며 집을 사고파는 수완이 있으리라고는 기대조차 하지 않았다. 무려 10여 년 동안 친구와도 절연하고 동네 이웃과도 말을 섞지 않았으며 친인척과도 인연을 끊고 살았던 아버지였다. 아무도 집으로 찾아오지 말라고 화를 냈던 아버지였다. 그랬던 아버지가 동업으로 부동산 중개소를 차렸다. 500만 원이라는 돈을 투자해서 다섯 명이 개업을 한 것이다.

그런데 결국 일이 벌어졌다. 아버지는 몇 달도 못 가 그만 사기를 당하고 말았다. 동업자 중 한 명이 투자금을 몽땅 들고 뛴 것이다. 너무 순식간에 벌어진 일이었다. 졸지에 500만 원을 그대로 날리고 망한 아버지. 아버지가 드디어 다른 사람들과 말문을 트고 밖에 나가 일을 한다고 기뻐했던 순간도 잠시였다. 사무실 문을 닫은 후 아버지는 '경축 개업'이라고 쓰여 있는 선물용 벽시계 하나를 들고 터덜터덜 집으로 돌아왔다. 아버지는 아무 말도 하지 않았다. 그저 조용히 벽에 시계를 걸어 놓았다. 그러고는 다시 술병을 들었다.

아버지의 이메일

크레인 자격증.
제1회 공인중개사 자격증 시험에서도 합격할 정도로
그는 늘 새로운 것에 도전하고 일어서려 했다.
다만 이후 일들이 뜻대로 흘러가지 못했을 뿐이다.

500만 원을 달랑 시계 하나랑 바꿔 왔구만.

화병이 난 엄마는 시계를 보며 이렇게 내뱉곤 했다. 수년 동안 우리 집 벽에는 그 시계가 걸려 있었다. '경축 개업.' 그러나 개업과 동시에 폐업. 아, 이 모든 게 농담이거나 블랙 코미디였다면. 그 시계를 볼 때마다 나는 아버지의 돈을 떼먹고 달아났다는 동업자를 그 사람은 누구였을까 상상했다.

나중에 어머니는 이렇게 한탄했다.

실은 아버지가 사기당한 거 때문에 밤잠 못 자고 다른 동업자랑 같이 사기 친 놈을 잡으러 다녔어. 어쨌든 그놈 집을 알아내서 찾아는 갔는데. 그놈이 찢어지게 가난하게 살더래. 반지하 셋방에 애 셋은 빽빽 울고. 그놈 마누라가 제발 한 번만 봐 달라고 울고불고 매달려서. 돈은 이미 빚 갚는 데 다 썼대고. 보기에도 너무 딱하고 안돼서. 한숨밖에 안 나오더란다. 이러지도 저러지도 못하고. 돌아와서는 또 답답하니까 억울하니까 네 아버지 술 마시더라. 저 시계만 보면 내가 억장이 무너져. 거짓말도 못하고 사기도 못 칠 위인이 소질도 없는데 말려도 굳이 부동산은 왜…… 그때 그 돈만 있어도 학비…… 등록금을 댈 수 있었을 텐데……. 너희한테 미안해서…….

동병상련. 가난한 자가 가난한 자의 마음을 알고 고생한 자가 자기처럼 곤경에 처한 자를 구하는 것인가. 똑같은 상황에 놓인다면 나는 어떤 선택을 할 수 있을 것인가. 어머니 말을 들으면서 나는 빌고 사정하는 동업자의 식구 앞에서 차마 인면수심이 되지 못했던 아버지의 비참한 심정을, 결국 돈 한푼 되찾지 못하고 집으로 돌아오면서 기어이 술을 마셔야 했던 아버지를 생각했다. 슬펐다. 제 불행을 남의 돈을 빼앗아 극복하려 하고 그래서 또 다른 불행을 남에게 안겨 주고 내 돈을 되찾기 위해 또 나시 타인을 불행하게 해야 하는 악순환. 돈 앞에 무너지는 양심과 그 양심을 지킬 수 없게 하는 가난과 그 가난을 보고 공감할 수밖에 없는 양심이 또한 슬펐다.

이런 일련의 사건 때문이었을까. 어린 시절부터 우리는 부모에게 기대면 안 된다는 것을, 세상에는 기댈 데가 없다는 것을 빨리 터득했다. 경제적 궁핍은 사람을 일찍 철들게 한다. 세상은 혼자다. 자라면서 우리는 없을수록 무엇보다 강해져야 한다는 것을, 외로울 때 힘들 때 다른 사람에게 기대는 것은 부질없다는 것을 일찍 깨달았다.

어머니는 항상 가르쳤다. "세상에 공짜 없다. 뭐든 공짜로 먹으려 얻으려 들지 마라." "땅 파서 돈 안 나온다." 남에게서 얻어먹었으면 항상 고마움을 표시하고 받은 걸 돌려 주라는, 도움을 받으면 다시 베풀라는 어머니의 가르침. 일찍부터 우리는 돈이 노동의 대가라는 것을 알고 있었다. 아니 그 노동의 대가조차 받지 못하는 현실이 존재한다는 것 또한 잘 알고 있었다.

어머니는 종종 우리를 헌책방에 데리고 갔다. 교육열은 높았지만 우리 뒷바라지를 하기에는 형편이 넉넉하지 않았다. 불필요한 지출을 최소한으로 줄여 보고자 애썼던 어머니는 중고 참고서와 문제집을 사 주었다.

부득이하게 새 책을 살 경우에는 연습장에 문제를 풀고 줄 하나 긋지 않고 깨끗하게 봤다가 다시 헌책방에 되팔게 했다. 하지만 우리는 어느 누구도 불평하지 않았다. 아니 그래야 된다는 것을 조용히 깨닫고 있었다.

아버지의 이메일

수인이
된
아버지

중개사 사기 사건 이후 한동안 실의에 빠져 있던 아버지는 마음을 추스르려고 일자리를 찾기 시작했다. 그러나 오랜 기간 실업자 신세였던 아버지가 갈 수 있는 곳은 그리 많지 않았다. 아버지는 결국 운전대를 다시 잡았다. 출고되어 나오는 각종 새 차를 전국 각 대리점에 배송해 주는 일이었다. 밤새 고속도로를 달려야 하는 일. 서울에서 부산, 다시 부산에서 광주, 광주에서 대구, 그리고 서울. 하루에 전국을 오가는 빠듯한 일정. 예순을 바라보는 나이에 피로와 싸워 가며 수시로 야간 운전을 해야 하는 것이 아버지에게는 고되고 힘들었을 것이다. 가족들은 내심 불안했다. 하지만 아버지가 열심히 일하는 모습에 한편으로는 안도하고 있었다.

그러나 불행은 아직 끝나지 않았다.

그날. 사고가 일어났던 그날. 나는 학교에서 막 돌아왔다. 그때 전화 벨 소리가 울렸다. 어머니를 찾는 다급한 전화. 수화기를 든 엄마 표정이 굳어졌다. 파랗게 질린 얼굴이 떠오른다.

사고가…… 아버지가…….

네? 사고요?

아버지가 사람을 쳤댄다. 사람이 죽었대.

내가 88올림픽 자원봉사 일을 끝내고 나서 이제는 나도 수입원을 찾아
야 하겠단는 각오로 여러 곳을 헤메다 동아운수 배송 회사를 입사해서
99년 3월부터 일을 시작했는데, 일이란 기아자동차 소화리 공장에서 새
로 나오는 것을 전국에 판매대리점까지 운송해 주는 것으로 안양 밑에
소화리에서 출발하여 주로 대전을 많이 가고 때로는 전라도 광수나 서울
등 전국을 누비며 달려야 했다. 어떤 때는 광주 공장에서 각종 군용차량
을 전방 부대까지 운반하기도 하고, 밤낮이 없이 전국을 누비고 다녔다.
그러기 때문에 항상 잠이 모자라 잠시 쉬식을 취할 때는 장소를 가리지
않고 잠에 취해 곤두레가 되곤 했다. 우리는 월급제가 아니고 배송한 만
큼만 보수를 받기 때문에 몸이 피곤해도 쉴 수가 없었다. 그런데 초보자
들은 매송 목적지까지 가는 길을 잘 몰라 고참들을 쫓아다니느라 곤욕을
치르곤 했지. 밤에는 더욱 가는 길을 몰라 잘못 가다가는 엉뚱한 길을 들
어가서 곤욕을 치르기도 했다.

그렇게 한 달여를 하다가 너무 힘이 들어 오늘밤에 대전에 다녀오게 되
면 내일 급여를 받고 사직하려고 저녁에 소화리에서 봉고차를 받아서 출
발하여 의왕시에 다달았을 때였다. 이미 어듬이 깔리고 차는 밀리고 복

잡하여 신호가 떨어지자 선봉에서 빨리 달리고 있을 때 행단보도에 어떤 하얀 물체가 불쑥 차길로 뛰어드는 것이다. 순간적으로 급정거를 했으나 이미 그 흰 물체는 내 차 앞을 드리받고 나가떨어지는 것이다. 나는 정신없이 차를 세우고 내려가 보니 한 20대의 젊은이였고 이미 사망 상태였다. 나는 너무 당황하여 어쩔 줄 모르고 서성거리고 있으니 금방 결찰이 딜러왔다. 나는 모든 깃이 끝징이구나 하는 생각을 하니 전신에 힘이 빠지면서 엄마와 너의들에 얼글이 떠올랐다. 안양결찰서로 이송되어 유치장에 갇히고 얼마 있으니 죽은 가족들이 와서 그의 형이란 자가 어쩌다 그랬냐는 것이다.

할 말이 없어 미안하다고만 짤막하에 말했다. 나는 우선 행당동 큰아버지한테 사고소식을 전하고 우리 집에는 상항을 봐서 알이라고 했다. 다음 날 큰아버지 엄마와 함께 찾아왔다. 얼글이 파랗게 질린 너의 엄마 얼글을 보기가 민망해서 나의 사물을 대강 추려서 건네주며 할 말을 잊었다. 다행히 성석호 동생이 사법고시 연수르 끝내고 있을 때여서 그 사람이 찾아와서 사고 정황을 현장답사하여 변론서를 작성해 주어 그것을 국정변호사에게 주어서 나의 형량을 조곰이라도 낮추어 주려고 애썼다.

다음 날 나는 유치장에 수감됐고 난생 처음 유치자에 갇히니 그곳에는 철창으로 된 방이 5개가 있었는데 한방에 간신히 누어 잘 수 있을 만큼 빈 틈이 없이 짐승처럼 몰아넣었다. 저녁 식사가 끝나고 나니 살인범이란 놈을 불려내더니 군화발로 짖이기는 매질이 10여 분 이루어지드니 그날 저녁 여러 명을 불려내어 개 페듯 매질을 하는 것을 보고 정말 유치자이란 곳이 이런 곳이구나 몸서리쳤다. 그 와중에도 밤이 깊어지니까 우리 방에 같이 있는 죄수 한 놈이 변소에 다녀오더니 담배 한 개피를 가져오더니 그것을 돌아가면서 한 목음씩 나누어 피운다. 그런데 그 담배 한 개피 값이 그곳에서는 일만 원을 주고 산다는 것이다. 참으로 어처구니없는 세상이었다. 콩크리 바닥에 담요 한 장을 덮고 서잠을 청하니 앞으로으 나의 처지가 잇찌 될 깃인가. 내가 없는 우리 집은 어떻게 될까? 도무지 잠이 오지 않는다.

전과가 몇 차례 겪은 놈들은 이런 환경에 익숙했는지 잠도 잘 자고 먹는 것도 서슴치 않았다. 그러기를 3일이 지나니까 우리를 검찰에 이송한다면서 3일 만에 햇빛을 보니 조곰은 숨통이 트인 것 같다. 안양경찰서에서 버스로 수원교도소에 도착하니 우리는 사람이 아니라 완전히 짐승 취급을 하는 것이다. 검색을 한다면서 사복을 완전히 벗고 알몸등이로 검열관 앞에서 검열을 받고서야 죄수복으로 갈아입었다. 그리고은 방 배치가 되는데 창살 없는 감옥에는 낮에도 전등을 켜야 했고 복도 쪽에 식기가 드나드는 구멍 한 개만 있을 뿐 정말 숨이 막히는 감방이었다. 내가 새로 배치되니 신고식을 한다면서 고참들이 노래를 하든가 아니면 사식을 사서 달라는 것이다.

그런 환경에서 노래를 부른다는 것은 죽기보다 힘이 들었다. 고참에 청에 불응하면 처벌이 있다고 해서 무순 노래를 어떻게 불렀는지 나도 모르게 고비를 넘기고 나니 그 감방에는 대부분 교통 사고자들이라 사린 강도범들보다는 신고식이 덜하다는 것이다.

그중에는 방장이 있어서 방장의 말에 절대로 복정해야 된다는 불문율이

　　　　　　　　　아버지의 이메일

있단다. 수원 감방에 수감된 지 3일째 면회 시간이 있다고 해서 면회실에 나가서 내 차례를 기다리는데 그 기다리는 시간이 왜 그렇게도 지루하고 답답한지 순간은 오만 가지 생념들이 떠올라 막상 면회를 하면 뭇은 말을 해야 할까? 자못 마음이 설레였다.

그런저런 생각을 하고 있을 때 내 차례가 왔다. 너의 엄마는 말 대신 울으부디 쏟아 내는 깃이다. 그긴에 피해자 축에서 집을 입류힐 깃 같아 집을 미장원에다 근저당 설정을 하였고 피해자를 만나서 합의를 보려고 몇 차례 만났다는 것이다. 피해자는 일금 천만 원을 요구하는데 우리가 천만 원을 어디서 마련하겠는가? 나는 감방에서 몸으로 때우고 나갈 테니 너무 걱정하지 말라는 말밖에 할 말이 없었다. 짧은 시간의 면회를 마치고 나면 내가 이렇게까지 됐느냐? 한는 자책감에 빠져 나는 울 수도 웃을 수도 없는 상황에서 멍하니 땅만 바로보곤 했다.

그렇게 너의 엄마는 심신이 지쳐 집으로 돌아갔을 것을 생각하면 내 가슴도 미여졌다.

그러던 어느 날 성동경찰서에서 면회가 왔다고 해서 이게 무엇이 잘못된 것이 아니가 하고 면회소로 나갔드니 형사 계형사라면서 물어볼 것이 있으니 사무실로 가자고 해서 그를 따라갔드니 작은 면회소에서 서류 뭉치를 꺼내들며 묻는 말에 거짓없이 대답하라면서 점잖게 심문을 하는 것이다. 나는 공인 중개사무소를 하다 빚을 지고 우리 조고마한 집도 근저당 설정으로 잡혀 있고 보시다시피 먹고살기 위해 운전대를 잡다가 무단 행당하는 사람을 미쳐 피하지 못하고 사고를 내고 이렇게 감옥 생활을 하고 있다고 숨김없이 말하니 그 사람도 수긍이 가는지 심문 시간은 20여

분에 끝이 났다......오늘 이만

08. 04. 12 11:10 나의 발자취

나는 감방에서 무료한 나날을 보내고 있을 때 어느 날 글로봉사할 사람을 차출한다고 하기에 참 잘됐다고 여겨져 나는 무료한 나날이 지겨운 터에 무엇인가를 하면서 언제 출소할지도 모르는 지겨운 감방 생활을 청산하는 것이 좋겠다고 생각이 들어 서슴없이 글로봉사를 자원하였다. 사물을 꾸려들고 감방을 나와 그 지긋지긋한 감방 속을 떠나서 바깥세상을 보고 싶었다. 간수의 따라나서니 널따란 학교 교실만 한 감방으로 감방을 옮기면서 여기가 당신 숙소이니 잘 기억해 두라고 일러 주고는 또 자기를 따라오라는 대로 따라가니 공장이 줄비한 곳인데 내가 배치된 곳은 군화를 만드는 구두공장이었다. 공장에 들어스니 각종 기계들과 40여 명의 수인들이 일에 열중이었다. 그중에서 내가 배치된 곳은 군화의 깔창을 건조하는 건조조였다. 그곳에는 3명이 있었는데 그중에 조장이란 통통하고 작달막한 머리카락이 빠진 녀석을 소개시킨다.

그래서 나는 그에게 잘 부탁한다는 인사를 건네니 그 밖에 조원들도 소개시켜 주었다. 조장이란 놈은 50여 살 되어 보였고 그 밖에 두 사람을 젊은 사람이었다. 나는 초보자이니까 우선 풀칠부터 시킨다. 이렇게 어물어물하다 보니 점심 시간이 되니까 점심 먹으로 가자고 조장 녀석이 앞장을 슨다.

조장을 따라 식당으로 가니 별써 여러 공장에서 모인 수인들이 길게 줄을 서서 찰례를 기다리고 있었다. 감방에 있을 때는 무료하게 골방에서 지내다 이렇게 바깥 바람을 쏘이니 살 만했다. 차례가 되어 식당에 들어서니 200여 명이 식사를 할 수 있는 넓은 식당이었다. 식사는 그런되로 먹을 만했다. 나는 그도안 굶주린 탓인지 식기에 퍼 주는 식사를 다 먹지 못하고 남기는 처지였다.

고침들은 사식을 빈있는지 고추장 된장들 양념을 가져다 자기 입맛에 맞게 식사를 줄기고 있었다. 감방하고는 천양지차였다. 내가 근로봉사를 하기를 잘했구나 하고 잠시나마 위안을 받았다. 식사를 마치면 오후 1시까지는 자유시간이니까 낮잠을 자는 사람 잡담을 주고받는 사람 등 저마다 자유시간을 만끽하고 있었다.

그리고 나서는 20분간 심신 단련을 시킨다면서 운동장에 모여 간단한 체조와 걷기 달리기도 한다. 작업 시간은 오후 1시 정각에 시작하여 오후 5시까지 하고 또 저녁 식사가 주어진다. 식사가 끝나면 각자 자기 감방으로 돌아가서 이런저런 잡담으로 시간을 보내다 밤 9시에 이상 유무 점호 시간이 오면 점호를 한다. 그러다 보면 밤 10시에 주침에 들어간다.

이렇게 하루하루를 보내면서 언제 출감이 되지 서러 자기 죄과에 대하여 앞으로의 형양에 대한 예상도 해 보면서 하로가 지나간다. 아침 기상 시간은 5시 세면을 하고 식당에서 아침 식사가 끝나면 곧바로 일터로 향한다. 이렇게 하기를 한 달이 지나니 일에도 숙달이 되어 취미도 붙었다. 그사이 젊은 친구는 밤에 시골 국도를 추럭을 몰고가다가 술이 취해 길바닥에 누어 있는 사람을 미쳐 발견하지 못하고 사망 사고를 당했으나 운전자에게는 가벼운 과실이 (전방 주시 미확인) 인정되어 1심 재판에서 석

방이 내려저서 출소하게 되었다면서 그동안 고락을 같이했든 동요들에게 석별의 정을 나누는 뜻으로 아이스크림 한 통씩을 대접하며 환하게 웃는 얼글로 우리 곁을 떠나는 것이다. 그 친구가 떠나고 나니 공연히 마음이 설레면서 나는 언제나 저렇게 자유에 몸이 될까 하는 마음에 그날은 하루 종일 마음이 안절부절이다. 그렇게 떠나는 사람이 있는가 하면 어누 친구는 오도바이 사고로 인사사고를 내고 피해자와 힙의를 보지 못해 석방이 안 되어 천안에 개방형 형무소로 이감되기도 했다.

그렇게 저렇게 시간을 보내고 있을 때 제일 기다려지는 것은 면회 소식이다. 면회 전달이 오면 오늘은 어떤 소식이 있을까? 하고 잔득 기대하고 면회소에 가서 막상 면회할 때 엄마가 나를 보면 눈물부터 흘린는 바람에 짧은 면회 시간에 정작 할 말을 전하지 못하고 헤여질 때가 많았다. 그동안 엄마는 동분서주하며 피해자와 합의를 보려고 무던히도 애를 썼다고 한다.

그러기를 몇 달 만에 별에별 수단을 써서 겨우 일금 200만 원에 합의르 봤다고 한다. 그럭저럭 감방 생활을 한 지도 7개월이 접어들면서 계절은 바뀌어 늦가을의 차가운 바람이 불어 밤에는 살얼음이 어는 때에 우리는 목욕을 노천에서 얼음물을 받아서 목욕을 하고 빨래도 해서 입었다. 그래도 나처럼 해골이 상접한 약골이 감기 걸리지 안고 지낸 것이 꿈만 같다. 어느 듯 12월이 되어 감방에는 냉기가 감돌았고 겨울이 닥쳐온다는 것이 우리에게는 얼씬 연수러웠다

12월이 되니까 어누 날인가, 나를 불러내면서 안양교도소로 이감되니 사물을 챙겨 가지고 따라오랴는 것이다. 그나마 몇 달간에 익숙했던 그

　　　　　　　　　　　　　아버지의 이메일

두 공장을 뒤로하고 안양교도소로 이감되었다. 수속을 밟는데도 무엇이 그리도 복잡한지 사물 검사를 마치는 대까지 3시간이나 기다려야 했다. 간수를 따라간 곳은 안양교도소에 처음 구금됫든 조고마한 감방이였다......다음에 또

1989년 12월 겨울이있다.

대학 합격 통지서를 받아 들고서 어머니와 함께 안양교도소에 수감된 아버지를 만나러 갔다. 몹시 추웠던 기억이 난다. 전철에서 내려 버스로 갈아탄 뒤 한참이 지나 당도한 교도소. 난생처음 방문한 곳. 교도소의 첫인상은 우울하고 을씨년스러웠다. 회색의 긴 담이, 그 쇠창살이 눈앞에 선하다.

접견진행실이라는 화살표를 따라 들어간 대기실. 사람들이 삼삼오오 모여 있었다. 번호가 불리기만을 기다리면서 추위에 발을 동동 구르는 사람들. 다들 지치고 피곤해 보였다. 이름을 적고 순번을 기다리며 어느 누구도 말이 없었다. 어머니는 접수증에 영치금을 써 넣었다. 나는 초조한 마음에 손톱을 물어뜯었다.

그때 아버지의 수인 번호가 들렸다. 이윽고 면회실 문이 열리자 푸른 수의를 입은 아버지가 들어왔다. 면회실 투명 플라스틱 판 너머, 아, 앙상하게 말라 뼈와 거죽만 남은 노인이 거기 서 있었다. 충격이었다. 나는 차마 아버지 얼굴을 똑바로 바라보지 못했다. 아버지가 미웠기도 했고 슬펐기도 했다. 가슴이 갈기갈기 찢어졌다.

아버지. 저 대학 합격했어요.

나는 고개를 숙인 채 합격 통지서를 플라스틱 창에 댔다. 아버지는 뼈
마디가 불거진 쭈글쭈글한 손을 나를 향해 내밀었다.

합격했네. 잘했다. 에비기…… 해 줄 긴 없지만 공부 열심히 하고 응?

추워서 말할 때마다 허연 입김이 새어 나왔다. 아버지는 이어서 말을
계속했지만 뭐라고 했는지 하나도 기억나지 않는다. 그날은 그저 다시는
기억하고 싶지 않은 슬픈 하루였다는 것, 그것밖에는.
아버지의 업보라고 생각했다. 가족들을 괴롭히고 스스로를 괴롭힌 죄.
아버지가 감옥에 간 게 불행 중 다행이라고도 생각했다. 그 인간이 사라
지니 너무 편안하구나, 이제 집에 평화가 오겠구나 생각했다. 남도 아닌
아버지가 수인이 되었다는데도 아무런 감정이 들지 않았다. 무감각했다.
나뿐만이 아니었다. 아마도 언니나 동생도 비슷했으리라. 당시 나는 고
3이었다. 아버지가 감옥에 있는 동안 나는 태연히 학교에 가고 수업을
듣고 집으로 돌아왔다. 학교에서도 친구에게도 아무에게도 말하지 않
고 어떤 감정도 내비치지 않았다. 그 누구에게도 티 내고 싶지 않았다.
아버지가 사고를 낸 날부터 우리 중 어느 누구도 아버지에 대해서 묻
거나 말하거나 대화의 주제로 올리지 않았다. 아버지는 원래 마치 존재
하지 않았던 사람인 것마냥 우리 속에서 사라졌다. 우리는 그렇게 믿고
싶었다. 그렇게 믿고 싶었던 것이 차라리 더 속 편했기 때문이다. 그런데

아버지의 이메일

교도소에 갇힌 아버지, 면회실에서 아버지 얼굴을 보자 그동안 힘들게 버텨 왔던 무언가가 가슴속에서 와르르 무너져 내렸다.

영치금 얼마 넣었으니까 내복이라도 사서 입어요. 난방도 안 된다는데 겨울에 골병들면…….
집에 민 돈이 있다고. 안에서 노역해서 번 돈으로 대충 해결힐 데니 괜찮아요…….

나는 아버지와 어머니를 바라보지 않았다. 발끝만 바라보고 있었다.

면회 시간 끝났습니다.

집으로 돌아오는 길. 집에서 과외로 아이들을 가르치고 있던 어머니는 수업에 늦을세라 서둘러 발걸음을 옮겼다. 나는 엄마 뒤를 말없이 따랐다. 신호등이 바뀌고 행인들은 제 갈 길로 바쁘게 흩어졌다. 세상은 어김 없이 돌아가고 있었다. 어제도 오늘도 내일도 똑같을 풍경이었다. 그 풍경을 바라보며 교도소를 떠올렸다. 생각하지 않으려 해도 죄수복을 입은 아버지가, 아버지의 죄수복에 붙어 있던 수인 번호가 자꾸만 떠올랐다. 눈물이 뚝뚝 떨어졌다. 아버지가 어쩌다 이 지경까지 내몰려야 하는지, 아버지 당신은 왜 그리도 끝없이 추락하는지, 아버지가 너무나 원망스러웠고 너무도 불쌍했다. 아버지 때문에 더는 울 일이 없을 줄 알았는데 다시는 울지 않으리라 결심했는데 이상한 일이었다. 자꾸만 눈물이 뚝뚝 떨어졌다. 나는 울지 않으려고 하늘을 올려다보았다. 매서운 바람 탓에 코끝이 얼얼했다.

거센 바람에 눈물이 얼어붙고 있었다.

아버지의 이메일

누가
괴물이었을까

출감한 뒤 사회로 복귀한 아버지. 아버지는 다시 돈을 벌어야 한다며 일어섰다. 그러나 현실은 이미 아버지 편이 아니었다. 환갑을 바라보는 아버지가 사회에서 찾을 수 있는 일, 할 수 있는 일은 그다지 많지 않았다. 빌딩 청소부로, 아파트 경비원으로, 주차장 경비원으로 그리고 다시 독서실 무료 봉사 노인으로. 한 사람의 나락. 추락하는 것은 날개가 있다고 하지만 사람에게는 해당하지 않는다. 사람의 추락에는 중력이라는 가속도가 붙을 뿐이다.

08. 04. 19 15:08 나의 발자취

나는 영오의 신세를 천신만고 끝에 면하고 밝은 사회로 돌아왔으나 무엇을 어떻혜 해야 할지 앞이 보이지 않았다. 이제는 대학생이 두 사람이나 있으니 무었을 해서라도 수입을 올려야겠다는 생각뿐 어떻게 해서 수입을 얻을 수 있을까? 자나 깨나 그 생각뿐이었다.

그러든 중에 경아네 친척벌 되는 사람이 태광산업에 청소 책임자로 있으니 그 사람 소개장을 들고 태광산업으로 찾아갔다. 사무실로 찾아가니 여자들이 20여 명 모여서 씨끌없게 떠들고 있는데 유사장을 뵈로 왔다고 하니 60대의 아저씨가 잘 오셨습니다 하면서 홍씨냐고 묻는다. 그는 별말 없이 자기를 따라오라고 해서 그곳에서 기끼온 벽산빌딩으로 안내하며 글로자 사무실에 가 보니 여기에도 여자들이 수다들을 떠들고 있었다.

그러면서 책임자 김씨라는 50대의 얌전한 사람을 소개시켜 주면서 유씨는 이 사람 잘 부탁한다면서 금방 가 버린다. 나는 경아 엄마 말되로 기계를 돌린다고 해서 그런 줄만 알고 도대채 기계쯤이야 뭫제없다고 생가하고 자신만만하게 팀장에게 묻는 되로 대답을 했다.

처음 나에게 시키는 일이 빌딩 주변 처소 등 유이창 닦기 등 허드렛일만 시킨다. 정말 글욕적이었다. 그렇다고 이것을 그만두자니 주희 재희 등록금을 생각하면 어떠한 고통도 감수해야 한다는 생각에 속에서는 불이 났지만 겉으로는 아푸런 싫은 내색도 못하고 인생의 말단 일을 해야만 했다. 속이 끓어오르면 밖으로 나와서 소주 한 병으로 잠시나마 마음을 진정하고 하였다. 그러기를 몇일이 지나닌까 그런대로 요령이 생겨 적당히 해 갔다.

그런데 가장 어려운 것은 쓰레기를 수거해서 여자들이 자기의 종이페품을 큰 사루에 담아서 옮겨 놓는 일이다. 80키로나 되는 그 무거운 뭉치덩어릴를 술에 실어 주는 일이 보통이 아니였다. 그것을 몇일간 했더니 팔목이 시큰거리고 허리도 씨큰겨렀다.

나는 이것은 할 짓이 못 되는구나 하는 두려움이 앞선다. 이제는 딴 일을 찾아야겠단는 생각에 뼈저리게 느꼈다. 나는 그때부터 몸에 이상이 생기기 전에 새로운 일자리를 찾아야겠다고 결심하고 혜순이가 소개한느 결남아파트 결비를 택했다.

빅산에서 고생을 참시 못하고 2개월간의 급여를 받는 즉시 사표를 냈다. 그리고 다음 날부터 경남아파트로 향했다. 아파트 관리사무소에 가서 이력서를 제출했드니 별 이상 없이 통과되어 그날부터 근무에 임했다. 나의 초소는 제3동으로 아파트 한 동을 지키면 된다. 점심 저녁은 집에서 싸 가지고 가서 나의 자취 생활이 시작되었다.

관리소장은 예비역 중령 출신인데 인상도 좋고 우리 경비들에게는 아무런 제재 따위는 없었고 매우 무난한 사람이였다. 나는 그곳에서 열심히 일을 했다. 사정이 있어서 결근한는 사람 대신 과외 근무를 하면 그만큼 나의 수입도 올라갔다. 그렇게 해서 남들이 20만 원 임금을 탏 때 나는 30만 원을 탔다. 너희들의 학자금을 마련하기 위해서 나는 열심히 일을 해야만 했다. 언니가 학자금을 벌기 위해 꼴프장 캐디를 하면서 허리 어깨에 통증을 호소하는 모습을 볼 때 가장인 내가 얼마나 무능한지 가슴이 며지도록 아팠다.

그래서 더욱 열심히 일을 할 수가 있었다. 그런데 그러기를 1년 후 관리소자이 사직하고 과리실에 전공으로 일하든 김이라는 자가 타의반자의 반으로 관리소장직을 인수받아 처음에는 어리벙벙하여 일에 착오도 많았는데 1년이 지나고 나니 제법 힘을 내기 시작하드니 그 초부터는 직원들을 압빡하기 시작하였다. 하루는 나에게 고등학교 졸업 중영을 달라는 것이다. 그것은 보일어공이 공고 졸업장이 없어 사무 처리에 애로가 많으니 그것을 떼어 달라는 것을 거절했다. 그 후로는 나에게 반감 더이해 져 사사건건 제재를 가하는 것이다.

참으로 참기가 어려웠고 또한 경남아파토 머지안아 재건축을 한다고 해 서 신체검사 날 신체섬사에 눈에 대한 설섬노 있고 해서 깨끝이 옷을 빗고 나왔다. 그리고 나서 새로운 일자리를 물색했으나 그리 쉬운 일은 아니였다. 당창 네의들에 학자금이 문제였다. 언니는 내가 경남아파트 있을 때 졸업했고 너와 준용이가 문제인데 준용이는 군에 가므로 해서 한 숨 놓고 너도 짐을 떠나 나 홀로 생활을 하고 있을 때라 조곰은 걱정을 덜하게 되으나 네가 나 홀로 생활을 하면서 운동권에서 황동한다는 소식 이 들리자 나는 억장이 무너졌다. 이제 다 지나간 옛일이지만 참으로 정 신 고통이 심했다.

2개을 술에 의지하면서 병원엥까지 가서 진단 결과 술을 계속하면 죽음에 이른다는 의사의 경고를 듣고 술을 3개월간 끊으면서 이대로 가만이 있기 가 거북서 금호 2가동에 있는 독서실 청소를 무료 봉사하다가 그곳에서 천호등 현대아파트에 소개해 주어서 경비를 하게 됐다.........다음에 또

이 부분을 읽다가 그만 숨이 턱하고 막혀 버렸다.

네가 나 홀로 생활을 하면서 운동권에서 황동한다는 소식이 들리자 나는 억장이 무너졌다. 이제 다 지나간 옛일이지만 참으로 정신 고통이 심했다.

아버지의 이메일

뜰에서 아버지.
그는 술친구 하나 없이 늘 혼자였다.
술만이 친구여서 늘 술을 마셨는지 모른다.

2개을 술에 의지하면서 병원엥까지 가서 진단 결과 술을 계속하면 죽음에 이른다는 의사의 경고를 듣고……

아버지와 대판 싸우고 나서 나는 짐을 쌌다. 실은 집에서 쫓겨났다는 말이 맞을 것이다. 빨갱이 자식을 용서할 수 없는 아버지와 빨갱이가 된 딸은 둘 중 누가 하나 죽어야 끝날 독을, 증오라는 칼을 품었으니까. 어머니는 더 큰 사고가 터지기 전에, 아버지 손에 죽기 전에 제 발로 집을 떠나라 했다. 나는 용서를 빌지도 이해를 구하지도 않고 그 길로 짐을 싸서 집을 나왔다. 그리고 가족과 인연을 끊었다. 어머니와 언니 그리고 동생에게는 정말 미안했으나 아버지에게는 전혀 미안하지 않았다. 그렇게 아버지라는 이름의 집과 의절하고 살았다.

그렇게 시간이 흘렀다. 그러던 중 어머니를 통해 아버지 소식을 들었다. 내가 운동권에 있다는 말에 아버지가 식음을 전폐하고 앓아누웠다는 것이다. 제발 고집을 꺾고 아버지에게 다 잘못했다고 빌라고, 이러다 아버지가 죽을지도 모르니 제발 집에 돌아오라고 어머니는 눈물로 나에게 호소했다. 하지만 나는 믿을 수 없었다. 아니 믿지 않았다. 아버지는 그렇게 죽어도 싼 인간이라고 생각했다. 기억에서 삭제해 버리고 싶었던 집이었으며 기억 속에서 깡그리 지워 버리고 싶은 아버지였다. 나는 아버지가 죽든 말든 상관이 없었다. 내 알 바 아니라고 생각했다.

다시는 이런 일로 연락하지 마세요.
독한 년. 네가 그러고도 자식이냐.

아버지의 이메일

울고 있는 어머니 앞에서 차마 눈물을 보일 수 없었다. 마음이 흔들릴까 봐 덜컥 겁이 났다. 나는 어머니를 외면하며 자리에서 일어났다.

저 갈게요.

뒤통수에 꽂히는 어머니 시선. 하지만 나는 돌아보지 않았다. 돌아볼 수 없었다. 그날 어떤 심정으로 돌아왔는지 전혀 기억나지 않는다. 엉엉 울었던가 아니면 꼭지가 돌도록 술을 퍼마셨던가. 그때 내 마음은 차갑게 죽어 있었다. 냉정하고 무감각했다. 아니 사실은 무감각해지려 안간힘을 쓰고 있었다. 내 안에 남아 있는 그 감정이라는 것을 송두리째 도려내려고 기를 쓰고 발악을 하고 있었다.

어린 시절. 매주 토요일마다 가족회의를 했다. 아버지는 우리를 앉혀 놓고 이렇게 말했다.

미국에서는 부모 자식 간에도 평등하게 대화를 한단다. 그러니 우리도 민주적으로 대화를 하도록 하자.

그렇게 운을 뗀 아버지의 일장연설은 정치로 시작해서 정치로 끝났다.

자, 이제 너희 의견을 말해 봐라.

나는 대뜸 아버지 말이 틀렸다고 했다. 그러자 아버지 입에서 싸가지가 없다는 말이 바로 튀어나왔다. 나는 아버지 눈을 똑바로 쳐다보았다. 그러자 아버지는 어디 애비 눈을 똑바로 보고 입을 놀리냐며 호통을 쳤다. 나는 대들었다. 민주적으로 대화하자면서 아버지는 왜 항상 강압적이고 일방적인가. 내가 아버지 모순을 언급할 때마다 아버지 입에서는 빨갱이 새끼가 터져 나왔다. 결국 다과상은 엎어지고 그날 나는 무릎을 꿇은 채 벌을 서야 했다.

아버지는 몰랐다. 말끝마다 민주주의를 역설한 아버지만 정작 민주주의가 뭔지 몰랐다. 약자와 희생자 편에서 정의를 구현하는 것 그리고 평등을 이루어 내는 것이 민주주의라는 것을 아버지는 알지 못했다. 아버지는 자식들과 자유롭고 평등한 대화를 나누는 현대적인 아버지가 되고 싶어 했다. 그러나 강자의 논리와 강한 힘을 동경하는 지독히 보수적이고 권위적인 가부장일 뿐이었다. 그랬다. 민주주의를 한 번도 경험해 보지 못한 아버지가 생각하는 민주주의란 고작 그런 것이었다. 그런 아버지에게 민주적인 대화란 오로지 아버지의 상상 속에서만 존재했다. 살면서 개인의 자유를 한 번도 누려 보지 못한 아버지 당신 앞에서 제 자신을 자유롭게 주장하는 나란 자식은 막돼먹은 후레자식일 뿐이었다.

한국전쟁 직후 미군 부대 하역부로 일했던 아버지. 아버지의 형, 큰아버지는 경찰로 미군을 도왔고 큰어머니 역시 미군들 빨래를 했다. 50년대 인천에서는 대부분 사람이 생계 방편으로 미군과 직간접적으로 연결된 일을 하고 있었다. 당시 한국인 대다수가 그랬을 것이다.

불현듯 아버지의 일기장이 떠오른다. 붙박이 벽장에 가지런히 꽂혀 있었던 일기장들. 아버지 몰래 그 일기장을 재미 삼아 들여다보곤 했다. 영어와 한자로 도배되어 있었던 일기는 뭔 말인지 하나도 이해할 수 없었다. 하지만 뭔가 아버지의 비밀을 훔쳐보는 듯한 묘한 기분에 휩싸였다.

'아메리칸 드림.' 미국 그리고 영어. 아버지가 숭배해 마지않았던 그것. 아버지에게 아메리칸 드림은 자유와 민주주의 그 자체였으며 동시에 부와 성공의 표상과도 같았다. 전쟁을 겪은 아버지 세대에게 '자유'와 '민주'란 곧 미국이라는 강대국 그 자체를 상징하는 것이었다. 더 냉정히 말하면 미군 부대에서 흘러나온 풍부한 물자 그리고 주린 배를 채울 수 있는 음식을 의미했다. 아버지에게는 배고픔에서 가난에서 벗어나려고 풍요로운 미국이라는 나라를 동경하는 것이 바로 '민주'였으며 그 미국으로 가는 것이 곧 '자유'였을 뿐이다. 아버지 머릿속에 민주주의란 바로 미국 그 자체였다. 세상 그 어느 나라도 아니었다. 오로지 미국이었다. 거기에는 이성도 논리도 자존심도 뭣도 없었다. 세계에 대한 판단력과 균형 감각이 미국 앞에서만큼은 무용지물이 되었다. 아버지의 미국에 대한 그 끝없는 짝사랑, 그 거지근성. 미국을 향해 밑도 끝도 없이 해바라기를 자청하는 아버지 세대.

그러나 내가 보기에 아버지가 알고 있는 미국은 현실의 미국이 아니라 아버지 상상 속의 미국일 뿐이었다. 나에게는 아버지의 미국 지상주의가 정말 기이하게 여겨졌다. 아버지의 몰상식과 편향된 세계관을 단순히 세대 차이라고 웃어넘길 수만은 없었다. 우리는 서로에게 이해 불가능한 존재였다.

날이 가면 갈수록 아버지와 나는 사회 문제 특히 정치 이야기만 나오면 사사건건 부딪혔다. 내가 대학에 들어간 후부터는 점점 더 심해졌다.

행여 사회과학 책을 읽다가 아버지에게 들키기라도 하면 그날로 집안은 난리가 났다. 이데올로기의 반목. 그 깊은 이념의 골. 증오가 가져다준 폐해. 그리고 끝 간 데 없는 절망. 내게는 하나의 이론이자 철학이며 또는 사상이었던 이데올로기가 아버지에게는 곧 피였고 총살이었으며 전쟁이 버리고 간 폐허, 고로 죽음이었다.

전쟁의 한복판을 관통해 살아난은 사람에게 전쟁은 언제나 현재진행형이라는 사실을 나는 아버지를 보면서 똑똑히 깨달았다. 아버지에게 논리란 통하지 않았다. 아버지에게 논리란 정신적 외상을 불러일으키는 공포와 동의어였으며 이성이란 죽음이라는 사선을 넘어 살아 돌아온 유령의 귀환이었다. 다시 말해 아버지는 6.25라는 전쟁 그리고 당신의 가족과 고향을 상실한 분단의 고통, 이 두 가지 트라우마에 시달리는 병자였다.

아버지는 당신의 믿음에 추호의 의문도 품지 않았다. 어떤 이유로든 정부에 반대하는 모든 자가 아버지에게는 빨갱이 또는 북한 간첩이었다. 아버지에게 그 이름은 증오를 부르는 이름이었다. 아버지의 세계에는 온통 빨갱이 대 비빨갱이 두 대립 구도밖에 없었다. 아버지에게는 평화도 반공이고 통일도 반공이었으며 자유와 민주주의 역시 반공이었다. 오로지 반공이라는 증오가 아버지를 살아 있게 만드는 구심점인 것 같았다. 그것은 비이성의 극치, 광기와 다를 바 없었다. 상식이 있다면 어떻게 그런 근거 없는 말을 내뱉을 수 있을까. 어떻게 저토록 말도 안 되는 논리를 맹신할 수 있단 말인가. 나는 아버지의 몰상식과 몰지각을 이해할 수 없었다. 도저히 납득할 수 없었다. 내 귀를 의심하고 내 눈을 또 의심했

아버지의 이메일

다. 아마도 아버지는 철저히 세뇌당했는지도 모른다. 그래서 꼭두각시가
되었는지도 모른다. 어쩌면 아버지는 정말 머리가 어떻게 된 건지도 모
른다.

공비나 비적이라고 말하지 마세요. 독립운동가였어요. 아버지가 말하는
빨갱이들 사회주의자들 더 독립운동가였다구요. 빨갱이를 처단한 토벌대
야말로 바로 일본 만주군이었고 친일파 반동이었다구요. 지금 대한민국을
장악한 치들이 바로 토벌대였기 때문에 그 집단이 역사를 날조한 거라구
요. 아버지가 철석같이 믿고 있는 바로 이승만이나 박정희나 백선엽이나
다 만주군 친일파 토벌대 그랬다구요!
뭐야? 내가 사람 새끼를 키운 줄 알았더니 호랑이 새끼를, 빨갱이 새끼를
키웠어!
절 빨갱이 새끼로 키운 건 바로 아버지라고요!

이성을 잃은 아버지는 부르르 떨며 날뛰었다. 그때마다 나는 이를 부
드득 갈았다. 속으로 다짐하고 또 다짐했다. '그래 그럼 죽여 봐 죽여. 엄
마를 패듯 나도 패 봐. 하지만 그땐 나도 가만있진 않아. 두고 봐. 너도 죽
어 보라구. 죽어 버려.' 나는 홍수처럼 쏟아지는 분노 앞에서 어쩔 줄 모
르고 헉헉대기만 했다. 언니는 부들부들 떨고 동생은 울음을 터뜨렸으며
어머니는 나를 붙잡고 한없이 눈물을 흘렸다. 가슴 깊은 저 밑바닥에서
부터 증오라는 불덩이가 혀를 날름거리며 끓어올랐다. 나에게 아버지는
'아버지'도 아니고 가장도 아니고 싸워야 할 대상, 곧 적이자 분노의 표

적이었다.

나는 아버지가 싫어하는 짓을 골라 했다. 아버지가 그토록 증오하는 사회주의자, 빨갱이가 되어서 아버지에게 '복수'했다. 복수했다고 믿었다. 그것이 내가 아버지를 극복하고 아버지에게 저항하는 방식이었다. 내가 느낀 분노를 공포를 그 고통을 그리고 아버지가 저지른 폭력을 아버지에게 똑같이 되갚아 주고 싶었다. 그럼으로써 아버지를 극복하고자 했다. 그토록 증오했던 아버지와 싸우면 그를 이기고 극복할 수 있다고 믿었다. 그러나 나는 어리석었다. 아버지와 맞서면 맞설수록 평화가 찾아오는 대신 내 안에 점점 더 큰 증오가 자라났다. 상대가 분노하는 대상이 되기를 자청하면서 나 역시도 아버지와 비슷한 분노의 궤적에서 한 치도 벗어나지 못했다. 아버지의 폭력에 폭력으로 맞서고자 했으나 나는 폭력을 이겨 내지도 폭력을 거부하지도 못했다. 폭력에 분노하고 폭력을 부정하며 폭력에 저항한다고 생각했지만 결국 나는 그 폭력에 길들여지고 말았던 것이다. 악순환이었다.

증오는 증오를 낳고 폭력은 폭력을 부른다. 나는 내 안에 괴물을 키우고 있었다. 그러나 당시의 나는 그 사실을 알지 못했다. 내 안의, 우리 안의 괴물은 나를, 우리를 바로 그 '나' 또는 '우리'의 밖에서 바라볼 때만 자각할 수 있다는 사실을 깨닫지 못했다. 아버지도 나도 우린 서로 닮은 꼴이었다. 분노와 증오라는 이름 앞에서는 나도 아버지와 별반 다르지 않았던 것이다.

어느새 나는 아버지와 너무도 닮아 있었다.

아버지의 이메일

괴물과 싸우는 사람은 그 싸움 속에서 스스로도 괴물이 되지 않도록 조심하여야 한다. 우리가 괴물의 심연을 오랫동안 들여다본다면, 그 심연 또한 우리를 들여다보게 될 것이다.

-니체《차라투스트라는 이렇게 말했다》제2부 〈밤의 노래〉에서

5부. 정말 죽이고 싶었습니다

가족이라는
지옥

08. 04. 22 16:53 나의 발자취

나는 경남아파트를 그만두고 한동안 술에 저졌어서 집을 수리한다고 일금 1,500만 원이나 들여서 수리하는데 언니는 그때 미국으로 떠났지. 집을 수리하고 나니 내가 할 일을 찾아 헤메야 했다.

직업소개소를 전전하면서 별의별 희안한 꼴을 겪으면서 겨우 찾아낸 곳이 한양대 앞에 큰 건물에 역시나 경비였다. 그곳에는 서울운행을 비롯해서 각종 사무실이 20여 개나 들어 있어서 주차장에는 차들로 항상 만원 상태라 잘못하면 접촉사고를 낼 수밖에 없는 곳이었다. 때문에 식사도 맘 놓고 할 수 없는 위험천만한 곳이었다. 그러나 어쩌겠니 돈을 벌어야 등록금이랑 먹고살 수 있으니 말이다.

항상 긴장에서 벗어나지 못하고 어떤 때는 새벽 2시가 되서야 저녁을 먹을 때도 있었다. 나는 생각을 달리하고 여기는 내가 오래 있을 떼가 아니

구나 하고 노심초사하는데 나를 더욱 괴롭히는 것은 대학교수라는 몰인
정한 놈 때문이었다. 밤늦게까지 애쓰는 직원을 수고한다는 말 대신 주
차비를 훔칠까 해서 시간마다 주차비를 걷어 가는 것이다.

이때 마침 소개소에서 연락이 왔다. 불광동 전철역 옆에 5층 빌딩이 있
는데 여기는 은행, 증권, 카바레 등이 입주해 있는데 주차장은 오후 5시
까지만 일 보고 후에는 관리사무소에서 늘 나가 지인 둘이 모두 퇴근하면
관리실에서 잠면 된다는 것이다. 나는 당장에 사표를 내고 나니 새 사람
이 올 때까지 3일만 봐 달라는 것이다.

유종의 미를 살려 3일을 봐주고 나서 불광동으로 찾아갔다.

관리사무소로 찾아가서 이력서를 보여 주니 내일부터 나오라고 한다. 관
리소장은 내 나이 또해였는데 사람이 상냥해 보였다. 다음 날 출근하니
교대 근무자도 내 나이 또래였다. 차고가 지하실에도 있어서 리프트를
타고 지하로 내여가는 것을 나에게 시험 삼아 운전 시범을 보여 준다.

나는 별로 어려운 것이 아니구나 자신 있게 시운전을 해냈다. 오후 5시
가 되자 말든든 되로 카바레 주차 경비가 나와서 인수인계를 받는다. 그
는 나에게 매우 친절을 베풀면서 앞으로 잘해 보자고 한다.

이렇게 하로를 끝내고 밤 10시경에 직원들이 퇴근이 끝나자 나는 샤터를
내리고 침상에 전기담요와 집에서 가져간 이불을 덮고 편히 한잠을 자고
나니 아침 5시다. 관리소장이 6시에 출근하니 마침 잘 깨여 난 셈이다.
아침 8시가 되니까 교대자가 출근했다.

퇴근한 나의 발걸음은 한결 가벼웠다. 이제야 고생에서 면하는구나 하고
한숨을 돌릴 수가 있었다. 그러는 동안 준용이는 대학 1학기를 마치고 군

아버지의 이메일

에 입대하고 너는 집을 나가 어디서 어떻게 지내는지 등록금 지불 때만 밖에서 잠시 만나곤 했지, 서운한 마음이야 이를 때 없지만 이것이 애비의 잘못으로 집안이 콩가루 집안이 됐구나, 나의 잘못으로 우리 집안이 이 꼴이 됐구나 하고 회한과 뉘우침과 가슴에 불덩어리가 치미는 져려오는 가슴을 부여않고 구멍가게에서 막걸리 한 병으로 아픈 가슴을 쓰려내리면서 순간순간을 넘어가면서 살아온 시노 수십 년을 보냈구나........불광동에 있는 동안 마음이 편하니까 몸도 좋아지고 너는 나더로 배가 많이 나왔다고 걱정도 했지? 아마 근래에 와서 그때가 나에게는, 가장 좋은 시절이었던 것이었다......... 그렇게 좋은 직장도 호사다마라드니 4년이 지나니까 용업회사가 바뀌면서 그대로 계속 근무하라고 하는데 놈들은 관리사무소에 침상도 뜯어내고 야단법석을 떨면서 젊은 놈들이 노는 꼴이람 정말 눈 뜨고 못 보아 주겠드라. 지난 4년간 잘 벌어먹었으니 이제 또 떠나야 할 판이구나. 그들 새 용역업체가 들어온 지 한 달 만에 그 자리를 떠나고 말았다. 나 때문에 겨아 아빠도 몇일 후에 사직을 하고 말았다........다음 또

누군가에게 가정이라는 것은 소중하고 간직하고픈 울타리일지 모른다. 그러나 어린 시절 나에게 가정이라는 두 글자는 헤어 나올 수 없는 수렁과 같았다. 지옥이자 감옥이었다. 아마도 지속적인 가정불화와 가정폭력에 시달린 사람은 이해하리라 믿는다.

지긋지긋한 집구석을 벗어나는 것. 나는 항상 탈출을 꿈꿨다. 집에서 나오게 됐을 때 그렇게 기쁠 수가 없었다. 사춘기 내내 집을 떠나는 게

꿈이자 열망이자 소원이었던 내게 성인이 된다는 것은 바로 집을 떠난다는 것을 의미했다. 내가 감행한 탈출이 부모에게는 단지 가출일 뿐이었으나 나에게는 엄연히 독립이었다.

언니 역시 미국으로 유학을 감행했다. 유학이라는 명목이었지만 언니도 나와 같은 탈출이었으리라. 언니는 주말에 골프장 캐디를 하고 있었다. 논문깨나 있는 사들이 돈 자랑을 하며 온갖 추태를 보이는 골프장. 주말마다 무거운 골프채 가방을 메고 골프 코스를 돌아야 했던 언니. 온몸에 덕지덕지 파스를 붙이면서도 언니는 싫은 내색 한 번 하지 않았다. 집에 돌아온 언니는 멍든 어깨와 알이 밴 다리를 주물러 달라고 나와 동생에게 부탁하곤 했다.

어렵게 대학을 졸업한 언니는 악착같이 돈을 모았다. 대학을 다닐 때나 회사에 다니면서도 허투루 돈을 쓰지 않았다. 무서울 정도였다. 대학생이라면 다 간다는 흔해 빠진 MT에도, 회사원이라면 한 번씩은 다 가는 술판 근처에도 가지 않았던 언니. 언니는 알바를 하느라 시간이 없었을 것이다. 돈을 모으느라 놀러 갈 엄두도 내지 못했을 것이다.

그러던 어느 날 언니는 회사를 그만두었다. 미국 유학을 떠난다 했다. 학교도 결정되었고 비자도 나왔고 심지어 비행기표까지 끊어 놓았다며 가족들에게 출국 날짜를 통보했다. 부모님은 아무 말이 없었다. 아니 어떤 말도 할 수 없었을 것이다. 딸의 결정을 만류할 수도 흔쾌히 격려할 수도 없었을 것이다. 그저 돈 한푼 대 주지 못하는 당신들의 처지를 탓하고 부모로서 자격 없음을 또 탓했을 것이다. 어느 누구의 도움도 없이 그렇게 제 힘으로 모은 돈을 들고 언니는 영영 한국 땅을 떠났다.

아버지의 이메일

언니, 아버지와 함께.

어릴 때 이미 우리는

부모님이 우리에게 해 줄 수 있는 것이 많지 않다는 걸 알아차렸다.

언니 역시 마찬가지였다.

대학을 졸업한 후 악착같이 돈을 모아 미국 유학길에 올랐다.

그때 고작 20만 원 줬어. 얼마 안 되지만 미국 가서 그 돈으로 밥이라도 사 먹으라고. 그것밖에 줄 수 없는 부모 맘이야 어떻겠냐. 내 가슴에 한이야 천추의 한. 자식새끼 공부한다는데 부모가 돼서 해 줄 수 있는 게 하나도 없는……

어머니는 연신 눈물을 훔쳤다. 이때를 아버지는 이렇게 회상했다.

이것이 애비의 잘못으로 집안이 콩가루 집안이 됐구나, 나의 잘못으로 우리 집안이 이 꼴이 됐구나 하고 회한과 뉘우침과 가슴에 불덩어리가 치미는 져려 오는 가슴을 부여않고 구멍가게에서 막걸리 한 병으로 아픈 가슴을 쓰려내리면서 순간순간을 넘어가면서 살아온 지도 수십 년을 보냈구나........

가슴속 불덩어리를 막걸리 한 병으로 소주 한 잔으로 달랬던 아버지. 아버지 모습이 떠올라서 견딜 수가 없다. 평생 애써 외면하고 무시하고 싶었던 그 광경. 생각조차 하기 싫었던 아니 상상조차 해 보지 않았던 그 장면. 그런데 아버지 메일을 읽는 지금, 아버지가 세상에 없는 지금, 그 모습이 왜 이리 목에 걸리고 슬픔이 복받치는지.

오랜 세월, 우리 가족은 대화할 줄 몰랐다. 대화란 그저 삼시 세 끼 밥 먹고 똥을 싸는 것과 별반 다를 게 없었다. 상처가 있는 사람들끼리의 대화란 상처를 끄집어내서 서로를 할퀴고 다시 고통을 주는 재확인이자 반복의 과정일 따름이었다. 그럴 바에는 대화를 거부하는 게 차라리 덜 아프고 덜 다치는 방법이었다. 자신의 고통을 누군가 알아주기를 그리고 이해받기를 간절히 원했으면서도 정작 서로 어떻게 다가서야 하는지 어떻게 마음을 털어놓아야 할지 아무도 몰랐던 것이다. 그렇게 우리는 자신의 내면을 닫아걸었다.

몸이 아프거나 상처가 나면 약을 먹고 병원을 가거나 수술을 한다. 그러나 몸이 아니라 마음의 상처에는 어떤 치료를 해야 하는지 아는 사람이 하나도 없었다. 시간을 버텨 내는 것만이 우리가 할 수 있는 전부였다. 현실을 감당하는 것만 해도 버거운 삶, 버티고 숨 쉬는 것만 해도 대단한 삶, 그렇게 응어리진 상처를 각자 혼자 끌어안고 긴 세월을 비틀거리며 살아온 것이다.

아버지의 글을 읽고서야 깨달았다. 아버지도 어머니도 언니도 나도 모두 같았구나. 치밀어 오르는 분노와 복받치는 슬픔을 억누르며 각자의 고통 속에서 살아왔구나. 상처를 주고 상처를 받을까 봐 두려워 서로를 그렇게 외면했구나. 그러나 아버지의 절망도 어머니의 회한도 나의 분노도 언니의 외면도 모두 내 안에 있었다. 내 안에 아버지가 있고 어머니가 있고 언니가 있었다.

비정규직
인생

08. 04. 24 17:00 나의 발자취

난는 4년간 정들었든 한진빌딩을 몹쓸 놈의 용역회사가 바뀌는 통에 도저히 그들 밑에서는 더 이상 일을 할 수 없다는 판단을 내리고 그들이 들어온 지 20여 일 만에 그곳을 떠나야 했다. 그보다도 다른 이유는 같이 일을 하든 김 소장이 머지않아 빌딩을 하나 맡게 되면 또 같이 일해 보자는 말에 그를 믿고 한진에서 사퇴를 한 것이다. 그러나 한 달이 가고 몇 주일이 지나도 기다리라고만 할 뿐 도대체 더 이상 기다릴 수가 없었다. 그동안 술에 의지하여 허구한 날 금식을 하며 2개월이 가깝도록 그러다 보니 몸이 말이 아니였다. 그야말로 쓰러지기 직전이였다. 왜? 그렇게 살았는지 지금 생각해도 어이가 없다. 아주 나쁜 버릇이지, 보다 못한 어머니는 그래도 남편이라고 나를 끌고 노타리 김내과로 가서 간단한 진찰을 받고 젊은 의사한테 앞으로 술을 마시면 죽을 테니까 알아서 하라고 큰

아버지의 이메일

소리로 경고를 주는 것이였다.

집에 돌아와서 흰죽을 먹으려니 구역질부터 나왔다. 그날 밤은 자정이 되니까 금단현상이 온몸을 휘어 감싸는데 정말 죽을 지경이였다. 간밤을 금단현상으로 꼬박 새우고 나서 아침 죽상을 받으니 여전히 구역질이 심했다. 정말 죽기보다 역겨운 순간들이였다. 그래도 아직 할 일이 있는데 이대로 쓰러질 수는 없다. 이를 악물고 먹기 싫은 곡기를 조금씩 먹으면서 날이 갈수록 금단현상이 살아지는 것 같았다. 그러기를 2주여 만에 이렇게 살 수는 없다고 자리를 박차고 어디론지 무작정 떠나기로 해서 간 곳이 금호 2가동에 독서실이였다.

그곳에 가니까 직원이 모두가 여자들뿐이였다. 사무실에 찾아가서 젊은 여직원에게 여기 무보수로 일자리가 없는가 물었더니 잠깐만 기기라리고 하면서 어디론가 전화를 하니까 얼마 후에 엄마처럼 자그마한 체구에 50대로 보이는 여자가 나타났다. 그러자 이 아저씨가 무보스로 아무 일이나 하겠다고 찾아왔다고 원장이란 그 여자에게 소개를 시킨다. 그는 나를 한참 살펴보드니 그럼 독서실 청소라도 하겠냐고 묻는다. 나는 주저 없이 하겠다고 말했다. 잠시 후 어떤 아주머니가 나를 따라오라고 해서 그 아주머니를 따라갔드니 이것저것 청소 도구를 꺼내면서 이것저것 설명을 한다.

그나부로 청소를 하면서 점심은 직원들과 같이하고 나면 오후에는 자유 시간이다. 나는 시가 보내는 것이 무료한지라 그곳에서 독서도 하고 그러면서 오후에는 마음 내키는 되로 음지기였다.

그들은 나의 무료 봉사가 미안했는지 한 달에 5만 원을 용돈이라면서 주었다. 그곳에서 일한 지도 어언 3개월이 흘러 엄동설한은 가고 어느덧 따뜻한 봄이 찾어왔다. 이제는 몸도 어느 정도 회복이 되어 무엇인가를 해야겠단는 생각이 들어 또 직업소개소를 찾아갔다. 그랬더니 앞구정동에 스포츠센타 청소를 하는 곳으로 배치되어 그것도 야간작업인데 쓸꼬 닥고 빌딩 주위 청소 등 맘새도록 해도 일이 끝이 없었다. 건강도 별로인데 그렇게 1주일을 하고 나니 도저히 견디어 빌 수가 없었다. 너무 힘이 들어 밤참을 먹고 잠깐 잠이 들었다가 고참한테 발각되어 1주일 만에 끝이 났다. 그런데 이상한 것은 그들은 밤을 꼬박 새우고도 아침 퇴근길에 마트에 들려 술을 곤드레가 되도록 마시는 것이다. 도대체가 어떻게 된 인간들인지 이해가 되지 않았다.

다음 날 집에 오니 독서실에서 전화가 왔다. 일주일간 어디가 편치가 않았누냐고 다시 나와 달라는 것이었다. 나는 다시 독서실에 나갔다.
........그럼 또

아버지가 아파트 경비원으로 일할 때다. 딱 한 번 일하는 곳에 들른 적이 있다. 아파트 단지 앞에 가건물로 세워 놓은 코딱지만 한 경비실. 그곳에 아버지가 있었다. 책상과 의자 하나, TV 한 대 그리고 조그만 난로가 다였다.

경비원복 입고 모자를 쓴 아버지가 나를 반겼다. 나는 아버지에게 어머니가 싸 준 도시락을 내밀었다.

커피 한 잔 타 주랴?

아버지의 이메일

아버지는 내게 믹스커피를 타서 건넸다.

밤에 잠은 어디서 자요?
여기 의자에서 자면 돼. 순찰 돌 때 빼곤 잘 수 있어.

아버지는 그날따라 유독 너 늙고 비썩 말라 보였다. 아마도 불편한 의
자에 웅크린 채 밤을 새워서 그랬을 것이다. 경비실 안에 잠자는 곳은 따
로 없었다. 의자에 기대어 새우잠을 자는 게 전부. 새벽에 간간이 순찰을
돌아야 하기 때문에 그마저도 쪽잠이었다.

아버지가 밤새 경비를 서고 다음 날 아침 집에 돌아와 쉬는 날이면 가
족 모두가 종일 살얼음판을 걸어야 했다. 아버지 방에 빛이 들어가지 않
게 창마다 모조리 커튼을 쳤지만 소용이 없었다. 작은 소리만 들려도 아
버지는 쉽사리 잠을 이루지 못했다. 하루는 밤새 일하고 하루 쉬는 2교
대 노동이라는 아버지의 근무 환경을 생각하면 당연히 그럴 수밖에 없는
일이었다. 하루 걸러 뒤바뀌는 생활 리듬에 극도로 예민해질 수밖에 없
었다. 그런데 나는 그 모습을 보면서 아버지가 신경과민이라고 투덜대고
신경질을 냈다. 지금 생각해 보면 아버지와 나는 서로 딴 세상에 사는 사
람이었다. 참으로 무심한 가족이었다. 한 지붕 아래 사는 식구였고 피가
섞인 가족이었지만 남과 다를 바가 없었다.

그렇다고 이것을 그만두자니 주희 재희 등록금을 생각하면 어떠한 고통도
감수해야 한다는 생각에 속에서는 불이 났지만 겉으로는 아프런 싫은 내

색도 못하고 인생의 말단 일을 해야만 했다. 속이 끓어오르면 밖으로 나와서 소주 한 병으로 잠시나마 마음을 진정하고 하였다.

길을 가다 우연히 직업안내소 간판과 마주칠 때가 종종 있다. 아버지의 메일을 읽은 다음부터는 그 간판이 예사롭게 보이지 않는다. 그냥 지나치지 못하고 한참을 바라보게 된다. 그럴 때마다 어김없이 아버지가 떠오른다. 가진 것 없고 돈 없고 변변한 경력도 백도 없이 오로지 외국을 떠돈 경험밖에 없었던 아버지. 그런 아버지가 찾을 수 있는 일자리. 특별한 경력이나 배경이 없어도 유일하게 몸뚱이 하나로 때울 수 있는 일. 경비원, 청소부, 잡역부. 한푼이라도 벌겠다고 그 좁은 경비실 의자에 앉아 새우잠을 자면서 노인이 얼마나 힘들었을까. 겨울에는 또 얼마나 한기에 떨었을까. 일개 경비 따위라고 갑질하는 인간들에게 아버지는 얼마나 무시를 당하고 모욕을 느꼈을까.

청소하는 아주머니, 경비를 서는 할아버지, 새벽 편의점에서 바코드를 찍고 있는 노인들을 보면 자꾸 아버지 생각이 난다. 택배 또는 대리기사나 아파트·빌딩 경비원, 청소부 등 용역으로 일하는 사람들을 만나면 꼭 다시 한 번 뒤돌아보게 된다. 비정규직으로 일하는 남녀노소를 볼 때마다, 특히 아버지 연배의 노인들을 볼 때마다 남처럼 여겨지지 않는다. 내 옆에 우리 옆에 있는 사람들. 그러나 보이지 않는 사람들. 하지만 언제나 존재하는 사람들. 이 사회에서 일용직으로 임시직으로 계약직으로 비정규직으로 '을'로서 살고 있는 사람들에게서 아버지 얼굴을 본다. 그들은 모두 내 아버지다.

나는 더는 높은 곳을 바라보지 않는다. 내 마음은 언제나 낮은 곳을 향한다. 그곳이 내가 태어난 곳이고 내가 자라온 곳이며 그리고 떠나온 곳임을 잊지 않기 때문이다. 더불어 나는 보이지 않는 것을 생각한다. 지금 당장 내 눈 앞에 보이지 않더라도 아버지처럼 여기서 사라진 자들, 밀려나는 자들, 보이지 않게 된 자들을 생각한다.

젊은 날 짧있던 회사 생활 내를 세외하고는 아버지는 평생 비정규직 노동자였다. 용역 회사가 바뀔 때마다 일터가 바뀌어 부침이 심했던 아버지의 비정규직 용역 인생. 노년의 아버지는 그런 당신의 일을 '인생의 말단'이라고 표현했다. 자괴감이 묻어나는 그 글귀에 마음이 아팠다. 아마 나 역시 비정규직으로 살고 있기 때문일 것이다. 그래서 아버지 마음이 더욱 가슴에 와 닿는지도 모른다.

사실 '용역'이라는 말 자체가 이미 사람을 사람으로 여기지 않게 만드는 것이다. 하지만 아버지는 그 사실을 몰랐다. 노조가 파업을 하고 노동자 권익을 위해 시위를 할 때마다 노조를 빨갱이로 몰았다. 당신이 증오해 마지않는 그 노조가, 빨갱이가 실은 아버지 편에 서서 아버지의 권리와 존엄을 찾게 해 준다고는, 노동조합이든 인권운동이든 민주주의라는 것이 바로 그런 것이라고는 꿈에도 생각해 본 적이 없었던 것이다.

안타깝게도 아버지와 같은 세대 노인들은 빨갱이론에 함몰되어 국가권력에 이용당한 사람들이다. 이들은 나와 같은 세대 그리고 젊은 세대를 길러 냈고 공부할 수 있는 환경을 만들어 주었다. 근면 성실이라는 이름하에 소리 없이 노동하며 경제를 부흥시켰지만, 결국 국가에 의해 가차 없이 버려진 세대다. 정작 빨갱이가 뭔지도 모르면서 노조가 무엇을 하는 것인지도 모르면서 그저 국가 권력이 정부가 시키는 대로 거수기를 하고 동원되고 그러다 버려진 세대인 것이다. 당신이 그리 살아야 하고 그런 대접을 받는 이유가 모두 당신의 잘못이고 당신 탓이며 당신이 인생의 말단이기 때문이라고 생각한 아버지. 생각할수록 슬프기만 하다.

재개발에
사라진
금호동 그 집

요사이는 내가 도대체 뭐가 무엇인지 매사가 혼돈 속에서 살아가고 있다. 재개발을 한다고 야단법석이드니 조합장 이하 모든 직원들이 부정을 많이 저질러서 그것을 바로잡고 조합을 해체시키고 새로운 조합을 설립하고자 비상대책위원회를 만들어서 지금 조합하고 싸우는 중이다. 여기에는 인터넷 동우회를 조직하여 동우회 젊은 친구들이 이 교수라는 분을 중심으로 단합하여 젊은이들이 맹렬이 싸우는 중이다. 우리 집을 말하자면 나의 집을 주고도 3억 원을 더 내야 입주하는 꼴이 됐다. 그러니 3억 원이 어디 있냐 이대로 가다가는 길거리로 내몰리는 형편에 이루렀다. 그래서 반대파를 모아서 구청에다 승인 가처분 신청을 내기 위해 반대파들의 서명 날인을 받아 인감증명서와 같이 임시총회 신청서를 받고 있는 것이다. 그런데 그것이 그리 용이하지가 않구나. 사람이 없어 내가 임시

신화약국 2층 사무실을 임시로 얻어 사용하고 있는데 이것이 임시총회 서류를 빨리 받아 조합을 무산시켜야 하는데 매사가 뜻되로 되지 않는데 생각하면 말년에 이게 무슨 억장 무너지는 소리냐?

오늘도 일요일이지만 한 사람이라도 서류를 더 받고자 텅 빈 사무실에 나 홀로 지키면서 하도 심심해서 너에게 소식이라도 전해 보는 것이다. 말년이 좋아야 한디는데 니의 말년은 젊어서도 벌지 못한 죄 값을 받고 있는 것이려니 하고 이보다 더한 곤경에 처하드라도 달게 받으리라는 마음의 각오고 되 있다..........건강 조심하고 한는 일 잘되기를 간절히 빌고 또 빈다.

08. 04 27 11:27 서운한 생각에서

지금 와서 생각하니 감정가가 나오기 전에는 우리 집을 4억 2천만 원까지 호가했는데 그때 팔지 못한 것이 못내 아쉬움을로 남아 있어 더국이 가슴이 멎지는구나. 재희야 공연한 소식을 전해서 미안하다. 아마 열심히 뛰면 좋은 결과가 나오리라 확신했다. 이만 줄인다.

　

2000년 중반, 뉴타운 재개발 바람이 금호동에도 슬슬 불어닥치기 시작했다. 부동산 중개소가 동네 곳곳에 우후죽순 생겨났다. 곧이어 재개발 추진위 사무실이 기다렸다는 듯이 문을 열었다. 조합에서 나온 양아치들이 동네 곳곳을 돌아다니며 주민들 사이를 들쑤시고 다니기 시작했다. 가난하고 못 배운 노인이 많은 동네. 부동산으로 돈을 벌었다는 강남을 선망하며, 아파트가 돈을 벌게 해 준다는 부동산 불패 신화의 환상에 젖어 있는 서민들이 사는 동네였다. 주민들은 아파트 주인이 될 수 있다는 꿈에 부풀었다. 아버지를 비롯한 금호동 1가 주민들은 재개발 동의서에 선뜻 도장을 찍었다.

그러나 정작 재개발이 어떻게 돌아가는지 아는 주민은 별로 없었다. 두십 재개발이 어떤 방식과 절차로 이루어지는지 모르는 사람이 대번이었다. 그러다 아파트 주인이 되려면 각 개인이 분담해야 할 돈이 억대가 넘어간다는 걸 알게 되었다. 주민들은 그제야 미몽에서 깨어나기 시작했다. 무언가 잘못되고 있다는 것을 깨달은 것이다. 입주금으로 3억 원이나 되는 분담금을 내야 한다는 소리가 들려오기 시작하자 상황은 급변했다. 실제 집값은 반토막이 났다. 전셋집 하나를 얻기에도 빠듯한 액수였다. 그렇지만 되돌리기에는 너무 늦었다. 그러기에는 너무 멀리 왔던 것이다. 금호동 주민들은 벼랑으로 가는 막차를 탄 것이었다. 이들은 타짜가 판돈을 싹쓸이한 끝판에 떨이로 끼어든 초짜들이었다. 승자가 이미 결정되어 있는 승자 독식 게임에 멋모르고 뛰어든 실패가 예정된 패배자들이었다.

조합 독주의 재개발과, 조합과 결탁한 브로커 그리고 건설사의 전횡을 막기 위해 주민들의 피해를 최소화하기 위해서 마침내 금호동 15구역 재개발 비대위가 결성되었다. 세상 돌아가는 물정에 어두웠던 주민들은 어쩔 줄 몰라 우왕좌왕했다. 동네에는 온갖 '카더라' 통신과 유언비어가 난무했다. 오해와 불신이 극에 달했다. 돈 앞에는 양심도 윤리도 도덕도 아무것도 없었다. 그 와중에 무슨 수를 써서라도 부동산 투기라는 떡고물을 먹어 보겠다는, 돈에 환장한 사람들의 추태와 막장 행동이 이어졌다.

아버지가 비대위 사무실을 홀로 지켰던 2008년 그 마지막 일 년. 평생 그놈의 돈 때문에 스스로를 괴롭혔으면서 인생 말년에 또다시 아파트라는 집에 목을 매는 아버지를 나는 도저히 이해할 수 없었다. 있으면 있는 대로 없으면 없는 대로 주어진 대로 살면 되는 거 아닌가. 코딱지만 한 구옥이라도 어엿한 집이지 않은가. 낡고 오래되어 불편하다면 잘 수리해서 살면 될 문제이지 왜 멀쩡한 집을 부수고 아파트를 다시 지어야 한단 말인가.

처음 부동산 감정 평가에 따라 4억여 원을 받고 집을 포기하고 이사를 갈 수도 있었다. 하지만 아버지는 가지 않았다. 아마도 아파트가 들어설 때까지 기다리기만 하면 된다고 느긋하게 생각했을 것이다. 이 집이 헐리고 아파트가 들어서면 편안한 노후를 보낼 수 있으리라 꿈꿨을지 모른다. 평생 경제적으로 무능력했다는 당신의 죄책감을 조금이라 덜어 보고 싶었는지도 모르고, 자식들 앞에서 아파트 한 채를 내세우며 가부장으로서 조금이라도 당당하고 싶었는지도 모른다.

그러나 나뿐 아니라 동생도 부모로부터 독립한 지 오래였다. 미국으로 떠난 언니 또한 일찌감치 부모의 품에서 독립했다. 부모가 낳고 키워 준 것으로 만족해 하는 우리는 건강한 몸뚱이와 머리 하나를 믿고 스스로 사회로 나왔다. 우리 남매들이 살아온 길은 결국 부모의 인생과 다를 바 없었다. 우리는 부모에게 기대지도 않았고 기대하지도 않았다. 따라서 부모에게 짐을 지울 생각도 없었다. 우리 중 누구도 부모의 집을 넘보려 하지 않았다. 자존심이 허락지 않았다. 우리에게 금호동 그 집은 물려받아서도 물려받을 수도 없는 집이었다. 그러므로 아파트 입성을 꿈꾼다는 것은 말이 되지 않았다.

나는 아버지에게 집을 팔라고 권했다. 어차피 우리 집 형편이나 자식 셋의 경제적 능력으로는 3억이 넘는 분담금을 낼 수 없으니 아파트를 포기하고 이주비를 받아 이사를 가는 것이 낫겠다고 종용했다. 팔십을 바라보는 아버지와 일흔이 넘은 어머니가 집값이 싼 지방에라도 내려가 함께 여생을 보내길 바랐다. 그랬으나 아버지는 그러지 못했다. 아니 아버지는 그럴 수 없었다.

입 밖으로 내뱉지 않았어도 어렴풋이 느끼고는 있었다. 집을 팔고 시골로 떠난다면 아버지와 어머니에게 무슨 일이 일어날지를. 아버지와 반평생을 불화 속에 보낸 어머니는 아버지와 단둘이 사는 걸 못 견뎌 했을 것이고 아버지는 결국 그렇게 정리된 자신의 여생을 후회하면서 살았으리라는 것을. 내색하지 않았을 뿐 나는 알고 있었다. 그랬기 때문에 사태를 책임질 수도 해결할 능력도 없었던 나는 눈을 감고 싶었는지 모른다. 그저 외면하고 싶었던 건지도 모른다. 그래서 비겁하게 아버지, 늙은 노인을 탓했던 것이다.

2014년 2월. 금호동 15구역 재개발이 최종적으로 확정되었다. 무려 10년을 끌어온 재개발 진통. 수도 없는 시위와 재판이 드디어 모두 끝났다. 그리고 2014년 10월. 금호동 1가는 본격적인 철거에 들어갔다.

오랜만에 방문한 금호동은 철거가 시작되어 몹시 어수선했다. 여기저기 가로막이 설치되고 포클레인이 집을 부수고 땅을 파헤치기 시작했다. 내가 태어나고 어린 시절을 보냈던 집이 이웃이 동네가 흔적도 없이 사라기기 직전이었다. 과거를 마치 산사태라도 난 듯 송두리째 밀어 버리는 현장. 역사와 기억이, 추억과 향수가 개발과 돈의 욕망 아래 홍수처럼 휩쓸려 가는 곳, 재개발 지구.

옹기종기 모여 있던 집들과 미로 같던 골목은 이제 깨진 벽돌이 나동그라지고 철근 골조가 흉하게 드러나 있는 황량한 벌판으로 변했다. 친구들과 술래잡기를 하던 골목도, 어두운 밤길 취객을 비춰 주던 진붓대도, '친구야 놀자'를 부르며 초인종을 눌렀던 소꿉동무의 집도, 은행나무가 멋스러웠던 이웃집도, 가을마다 감이 탐스럽게 영글었던 감나무도, 잔디 화단을 공들여 가꿔 놓았던 예쁜 양옥집도, 하교 길에 친구들과 가위바위보를 했던 돌계단도 전부 다 사라졌다. 나는 흔적도 없이 사라진 이웃집을, 아니 이웃집이 있던 그 자리를 멍하니 바라보았다.

한 빈 집에 들어갔다. 대문이란 대문은 이미 뜯긴 지 오래고 창이란 창의 유리는 죄다 깨져 있었다. 하나둘 사람들이 짐을 싸서 이사를 가면 빈집털이범이 극성을 부린다. 철로 된 대문이나 창틀 따위를 모조리 뜯어 가기도 한다. 나는 폭격을 맞은 듯 아수라장이 되어 버린 옛 동네에서 사람들의 흔적을 지켜보다 그만 울컥했다. 누군가의 사랑을 받다 버려진 봉제인형, 때가 꼬질꼬질해진 이불, 짝 없는 숟가락과 깨진 밥그릇, 한쪽 다리가 부러진 밥상, '참 잘했어요' 도장이 찍힌 빗물에 더러워진 공책. 예전에는 누군가의 따스한 집이었을 곳에는 철근더미만 볼썽사납게 하늘을 향해 치솟아 있었다. 아스팔트 도로는 뒤엎어지고 지붕은 내려앉았다. 부서진 벽 사이로는, 도륙된 것처럼 어질러진 누군가의 내밀했을 살림살이가 보였다.

아버지의 이메일

나는 그 폐허 사이를 걸었다. 그러다 동네를 위협적으로 둘러싸고 있는 고층 아파트 단지를 보았다. 금호동 1가는 이미 사방의 아파트 단지에 가로막힌 게토였다. 머지않아 저런 고층 아파트가 이곳 금호동 1가에도 들어설 것이다. 올망졸망 이웃하던 집과 구불구불한 골목, 언덕과 야트막한 산자락을 밀어 내고 그 위에 거대한 성채처럼 아파트가 군림하겠지. 밑도 끝도 없는 어느 기업의 이름을 붙인 아파트가 마을이라는 거짓 이름 따위를 붙이고 진짜 마을을 흉내 내게 되겠지. 그리고 이곳에 사는 사람들은 새로 지은 아파트를 마을이라 부르며 돈이 복제해 낸 짝퉁 과거를 소비하면서 향수에 젖겠지. 그 생각을 하니 가슴 한구석이 뻐근하게 아파 왔다.

여기 이곳, 대한한국. 이곳에서는 내일이 아닌 어제는 끊임없이 지워지고 과거는 서둘러 사라진다. 그리고 시효가 지난 것은 곧바로 폐기 처분된다. 오래된 것 낡은 것 옛것을 남김없이 지워 버리고 오로지 새것 비싼 것 돈이 되는 것만을 추구하는 우리. 우리 주변에 주택과 아파트는 넘쳐 나도 정작 '집'은 없다. 사람과 더불어 태어나 살다 늙어 간 삶과 살림 공간인 '집'은 없다. '집' 없는 이 도시에는 집을 잃고 한곳에 머물지 못하는 자들이 떠돈다. 그리고 이제 나 역시 그들처럼 '집'을 잃고 아파트나 건물 따위를 전전하며 헤매게 될 것이다.

그러나 새로운 것은 과거의 낡은 것들, 사라져 가는 것들 안에서 잉태되는 것이다. 세월이 켜켜이 쌓여 있는 공간, 시간이 담겨 있는 공간을 모조리 없애 버린 후 대체 우리는 무엇으로 과거를 기억하고 문화를 향수할 수 있단 말인가. 긴 탄식이 절로 나왔다.

지금은 철거된 금호동 집 대문.
이 집은 좌절만 거듭한 아버지에게 남은 유일한 것이었다.
그 역시 아파트 입성을 꿈꾸었다.
중산층으로의 신분 상승을 믿었고,
무엇보다 자신의 무능으로 평생 고생한 가족들에 대한 미안함을
조금이라도 덜 수 있으리라 기대했기 때문이리라.
그러나 이 마지막 꿈마저 이루어지지 못했다.
3억이 넘는 분담금이 그에겐 없었다.

동네를 돌다 우리 집 앞에 섰다. 페인트가 벗겨진 녹슨 대문. 사자 문양의 문고리. 문득 44년의 시간이 깃든 이 집이 헐린다는 사실에 망연자실했다. 상실은 그리움을 부른다. 시간을 머금은 집, 가족의 역사가 깃든 이 집이, 우리 가족과 거의 반세기를 함께한 우리 집이 흔적도 없이 사라지는 것이다. 몇 억이라는 집값 따위로는 도저히 환원할 수 없는 추억과 이야기가 차곡차곡 쌓여 있는 공간, 무릇 한 사람의 고향이며 역사이자 이야기가 영원히 자취를 감추게 되는 것이다.

　　카메라를 들었다. 대문을 찍고 집 앞 골목을 찍고 그리고 우리 집을 찍었다. 그렇게 나는 내 고향, 금호동 1가와 마지막 작별을 고했다.

애야,
서럽구나

재희야

이렇게 서러울 데가 어디 있느냐?

요사이는 승산도 희망도 별로 없어 보이는 재개발 사업 반대 추진 위원회에서 매일처럼 나 홀로 사무실을 지키는 신세라 나도 신경이 몹시 사나워졌는지 마음이 편치 않은데 오늘 아침에는 준용이하고 몸싸움을 버렸다. 문제는 사소한 것이에서였다. 아침에 여름 바지를 찾아 입으려 하니 내 옷장에 준용이 여름용 바지가 두 개나 걸려 있었는지를 모르고 내가 입어 보나 모두 나의 체형에 맞지 않아 어떻게 되는가 해서 너의 엄마에게 물으니 그것은 준용이 것이니 기장을 세탁소에 가서 줄여 오겠다면서 나에게 맞는 기장을 표시하라고 해서 볼펜으로 나의 치수에 맞게 줄을 그었는데 그곳에는 준용이 아침에 입고 나갈 바지까지 줄을 구운 모아이다.

그런데 너의 엄마는 잔소리가 튕어나오는 것이다. 나야 집에서 일일히 너의 엄마 잔소리를 대꾸하지 않지만 오늘은 그렇지 않아도 재개발 문제로 기분이 우울한데 나도 잔소리에 화를 냈다. 그랬더니 준용이 녀석이 거들고 나서는 것이다.

나는 여지껏 준용이한테 별로 말이 없이 알아서 하겠거니 믿어 왔는데 나를 밀쳐 쓰러뜨리고 한동안 소란이 빚어졌다. 이것이 32년간 키워 온 애비에 댓가인가? 너무 분해서 치가 떨린다. 내가 이제 와서 이러한 자식 한테 푸대접을 받아야 되냐?

지난 32년간 아들 농사 잘못 지었구나 생각하니 열통이 터진다.

힘없고 늙은 애비를 이토록 괄시해도 되는 것인지 세상이 변해도 너무 변했구나. 이 서러움을 어디에 호소하겠니? 이제 죽을 날이 머지않은 것 같다.........애비가

아버지의 장례식. 아버지 친구는 단 한 명도 오지 않았다. 아무도 없었다. 아버지 죽음을 애도하는 벗도, 과거를 추모하는 벗도, 저승길을 위로하는 벗도 없었다. 그렇게 아버지는 혼자 이 세상에 왔다가 다시 혼자서 세상을 떠났다.

화장터. 가족들과 함께 아버지 시신을 염하는 과정을 지켜보았다. 입을 꼭 다문 노인이 관 속에 누워 있었다. 흙색으로 변한 낯빛. 어머니는 술독이 올라와서 그런 거라 했다. 나는 아버지 얼굴을 어루만졌다. 생명이 사라진 아버지 뺨은 축축하고 차가웠다. 돌아가실 즈음부터 곡기를

끊고 술만 마셨다던 아버지. 어머니의 만류에도 불구하고 오로지 소주만 마셨다던 아버지.

아버지는 왜 집에서만 술을 마셔요? 남들처럼 밖에 나가서 술 먹고 들어 오지.

내가 물을 때마다 아버지는 이렇게 대답했다.

밖에서 마시면 돈 들잖냐.

없는 살림에 나가는 돈이 아까워 집에서 혼자 술을 마셨던 아버지. 구 멍가게에서 사 온 막걸리 한 통 소주 한 병으로 혼자 시름을 달랬던 아버 지. 함께 술을 마셔 주는 친구도 이야기를 들어주는 친구도 아무도 없었 던 아버지. 아버지의 두려움 아버지의 외로움을 이해해 주는 건 오로지 술뿐이었다. 그리고 딸이란 자식은 한 번도 아버지의 술잔을 받아 든 적 이 없었다.

염을 마친 후 고인의 관에 넣어 드리고 싶은 게 있냐고 염꾼이 물었다. 문득 떠오른 게 있었다. 나는 백지 한 장에 얼른 소주병과 술잔을 그려 넣었다. 외로웠던 당신 생에 유일한 친구이자 동무였던 술. 저승 가는 길 에 벗 삼으시라. 종이를 관 속에 넣었다. 어머니는 힘없이 웃으며 눈물을 찍어 냈다. 우리는 다 같이 웃었다. 그리고 누가 먼저랄 것도 없이 서로 를 바라보며 또 울었다.

아버지의 이메일

관이 닫혔다. 불구덩이 속으로 관이 스르르 빨려 들어갔다. 불기둥이 치솟기 시작했다. 관은 형체를 알아볼 수 없을 정도로 활활 타올랐다. 모든 것을 살라 버리는 맹렬한 불기운. 아버지의 절망과 고통이 그리고 평생의 회한이 무위로 돌아가는 순간. 아버지는 그렇게 이생과 작별하고 있었다. 고단했던 당신의 인생을 무거운 짐을 다 내려놓고 한 줌 재가 되고 있었다. 그렇게 아버지는 당신이 온 그곳으로 다시 먼 길을 떠났다. 그때 남동생이 창가에 머리를 기대고 꺼이꺼이 울기 시작했다. 눈물이 동생의 두 눈에서 방울방울 떨어졌다. 동생은 "죄송합니다, 죄송합니다."를 중얼거렸다. 붉어진 동생의 눈동자는 재로 화하는 아버지를 향하고 있었다.

아버지가 세상을 뜨기 전 나는 남동생에게 아버지와 술 한잔을 나눠 보라 했다. 더도 말고 그냥 한잔을. 부자간에 남자끼리 말을 섞어 보는 것이 어떻겠냐고. 그러나 대화 자체가 단절된 가정환경에서 어색해질 대로 어색해진 아버지와 아들의 관계는 회복될 기미를 보이지 않았다. 늙은 아버지와 장성한 아들은 서로의 경계선을 침범하지 않으면서 위태로운 동거를 하는 중이었다. 아버지와 아들이라는 역할 외에는 서로를 알려고도 이해하려고도 하지 않았던 두 사람. "다녀오겠습니다. 다녀왔습니다." 이 두 마디가 데면데면한 부자간에 오가는 대화의 전부였다.

더구나 조그만 소년에 불과했던 아들이 어느덧 아버지를 내려다볼 정도로 자랐다. 성인이 되어 경제적으로 자립하고 아버지가 잃어버린 돈과 지위를 획득하게 되면서부터 아들에게 아버지는 아무것도 아닌 존재가 되었다. 어른이 된 아들에게 늙은 아버지는 더는 위협이 되지 못했다. 어

졸업식에서 아버지와 동생.

남자들은 언제나 제 아버지에게 붙잡혀 산다.

매 순간 아버지를 죽이면서 수시로 복원하는 남자들.

결국 남자는 제 아버지가 죽은 다음에야 비로소 아버지와

화해할 수 있을 것이다. 아버지가 그랬고, 동생이 그랬던 것처럼.

린 시절 무조건 복종해야만 했던 그 가부장이 더는 아니었다. 코흘리개 아들에게 넘어설 수 없는 무서운 존재였던 아버지는 이제 아버지라는 이름만 달랑 남은 늙고 힘없는 노인이 되어 버린 것이다. 결국 아버지가 갑작스럽게 세상을 뜰 때까지 부자 사이에는 아무런 일도 벌어지지 않았다. 어떤 대화도 오가지 않았다. 이해도 화해도 없었다.

아들에게 아버지는 어떤 존재인가. 영웅이자 악마다. 극복 대상이며 실존의 구멍을 채우는 존재이기도 하다. 남자는 결코 제 아버지에게서 벗어나지 못한다. 나이가 들면서 아버지에게로 집중했던 에너지를 그저 공부로, 일, 여자, 사업, 성공, 명예로 바꿔치기할 뿐이다. 내 아버지가 그러했고, 동생 또한 그러했다.

남자는 약하다. 성공 신화에 사로잡혀 있는 남자는 더 그렇다. 약함을 긍정할 수 없는 정체성을 지닌 남자는 더욱더 약하다. 약하기 때문에 악해진다. 나는 자신의 약함을 받아들지 못하고 더 강해지려고 악을 쓰는 남자를 숱하게 봤다. 매번 같은 속임수가 끊임없이 벌어지는데도 번지르르한 성공 신화에 모든 것을 내던지고 실패의 내리막길로 치닫는 사내들을. 추락하면서도 이 정도쯤 바닥을 쳤으니 이제 반전을 꿈꿀 때라며 오히려 허세에 몸을 던지는 사내들을. 삶에는 여전히 더 끔찍한 밑바닥이 남아 있다는 것을 결코 인정하지 않으려 드는 사내들을. 두려움과 불안 앞에 약해지는 자신을 감당할 수 없어 차라리 악해지는 길을 선택하는 사내들을. 모든 것을 잃고 난 후에야 인생은 시작점과 정점이 있는 일직선이 아니라 끝 모를 나선형 계단이라는 것을 깨닫고는 땅을 치고 후회하는 사내들을.

내 아버지도 그러했다.

아버지의 서랍장에는 수십 년을 하루도 빠지지 않고 꼬박꼬박 사 모은 주택복권이 그득했다. 인생의 내리막길에서 당신의 인생에 더는 반전이 없다는 것을 무참히 깨달은 아버지가 유일하게 몰두했던 허무한 반전 쇼. 매주 일요일 TV를 틀어 놓고 복권 추첨을 뚫어져라 지켜보던 아버지 뒷모습이 그 굽은 등이 자꾸만 떠오른다.

그러나 그 모든 시도와 발악이 끝났을 때 남자는 다시 아버지에게로 돌아온다. 아버지로 돌아온 남자는 누구와도 그 무엇과도 화해하지 못할 때, 분노와 자기연민에 옴짝달싹할 수 없게 되었을 때, 자신에게 붙잡혀 때로는 알코올로 도망간다. 제 아버지와 화해하지도 제 아버지를 버릴 수도 없을 때 술잔을 든다. 남들처럼 즐거워서 기뻐서가 아니라 그저 잊기 위해 취하기 위해 마시는 사람이 되는 것이다.

술집에 가면 이런 남자가 수도 없이 넘쳐 난다. 바에서 노래방에서 룸 살롱에서 취하려고 술을 들이부으며 제 삶에 토악질을 해 대고 있는 사내들이. 불면의 밤과 불안한 실존을 잊고자, 알코올과 분탕질에 제가 살아 있음을, 남자임을 증명하고자 안간힘을 쓰고 있는 사내들이. 두려움과 불안을 감추려고 허세를 떨며 기를 쓰는 사내들이. 그러나 알코올과 도박과 주식과 성공과 신경안정제가 사이좋게 어깨동무하는 순간, 돈과 명예, 술과 도박, 섹스와 마약, 종교와 쾌락, 쇼핑과 게임, 희망과 절망 그리고 권력이라는 중독에 빠져드는 순간, 추락은 시작된다.

내 아버지가 바로 그러했다.

그 십수 년의 세월. 아버지가 절망에 빠져 자기만의 고립된 세계에 파묻혀 있던 시간. 현실이라는 세상과의 끈을 놓아 버리고 술로 자신을 학대하며 정신줄을 놓아 버린 채 흘려버린 그 긴 세월. 아버지는 꼭지가 돌만큼 술을 마셨다. 술에 취해 수많은 밤이 명멸할 때마다 아버지는 대체 무슨 생각을 했던 것인가. 당신은 깨어났을 때 아직도 살아 있음에 안도했을까, 반대로 여전히 살아 있음을 저주했을까. 아버지는 그 고통을 대체 이렇게 비틀 것일까. 그저 목숨이 붙어 있기에 삶을 지속한 것일까.

아니다. 아버지는 그런 사람이 아닐 것이다. 아버지는 무관심한 세상에 자기 흔적을 남기려는 부질없는 희망을 품고 평생토록 여행한 사람이었다. 우리가 모두 삶에서 필사적으로 추구하는 건 자기 존재에 대한 확인이기 때문이다. 그렇다면 아버지가 도달하고자 했던 종착지는 어디였을까. 그런데 대체 종착지가 있기나 했을까. 애당초 그 여행은 도착지가 존재하지도 않는 종착지가 무의미한 여행이었던 것은 아닐까. 인간이란 존재는 죽음이 방문을 두드릴 그때가 되어야만 모든 게 한바탕 꿈이었다는 것을 조용히 깨닫게 되는지도 모른다. 그 순간에라도 깨달을 수 있었다면 그나마 다행인 삶이다. 아마도 아버지는 깨달았고 그래서 내려놓은 것이리라. 그리하여 아버지는 당신과 화해하고 당신의 여행을 끝낼 종착지를 찾은 것이리라.

나는 집안에서 유일하게 아버지처럼 술을 퍼마시는 자식이었다. "그 아비에 그 딸, 부전여전"이라며 어머니는 한탄했다. 화가 치밀었지만 아무 대답도 하지 않았다. 그저 아버지를 이해하고 싶어 술을 입에 댄 것뿐이라고 스스로에게 강변했다. 그러나 변명이었다. 어린 시절 나는 아버지의 기대와 사랑을 듬뿍 받았던 딸이었다. 그러나 자라면서 본 아버지의 행보는 아버지가 내게 준 그 사랑조차 부정하게 만들었다. 나는 아버지에게 반항하고자 아버지를 저주하며 술을 마셨다. 아버지가 그토록 아낀 딸이자 당신의 분신인 나를, 당신의 기대치를 파괴함으로써 아버지를 경멸했다. 그것이 자식인 내가 아버지에게 줄 수 있는 단 하나였다.

술을 마신다. 고독과 대면하기 위해, 알코올과 니코틴의 힘을 빌려 행복을 가장하고 현실을 잊고자 길을 떠난다. 그러다 조증과 울증 상태에서 기어이 선을 넘게 된다. 그러다 보면 여지없이 뒤탈이 난다. 지독한 술병이 특별부록처럼 따라붙는 것이다. 술을 마시고 쓰러진 어느 날, 정신을 차렸다 다시 까무룩 잃었다 다시 의식을 차리며 아직도 살아 있구나를 웅얼거리고 있을 때 문득 아버지가 생각났다. 입술을 깨물며 씁쓸히 웃었다. 아, 난 아버지처럼 되지는 못할 것이다. 아버지처럼 되고 싶지 않다. 그래서 아버지가 그립다. 입술을 깨물며 씁쓸히 웃었다. 희한한 일이다. 그런 생각을 하면 꼭 울게 된다.

남자들은 언제나 제 아버지에게 붙잡혀 산다. 아버지를 증오하면서도 사랑한다. 아버지 없이 살기로 결심하고는 아버지를 부정하고 아버지에게 처절하게 반항하고 투쟁하면서 자기를 곧추세우려 하지만 정작 아버지 없이 단 한순간도 자기를 규정하지 못한다. 매 순간 아버지를 버리면서도 아버지를 취하는 남자들. 매 순간 아버지를 죽이면서 수시로 복원하는 남자들. 아마도 동생에게 아버지가 그랬고 아버지에게는 당신의 아버지가 또 그런 존재였을 것이다. 결국 남자는 제 아버지가 죽은 다음에야 비로소 아버지와 화해할 수 있을 것이다. 아버지가 그랬던 것처럼. 동생이 그랬던 것처럼. 내가 바로 그랬던 것처럼. 그러나 제 아버지가 죽은 다음에도 아버지와 화해하지 못하는 자는, 아버지를 떠나보내지 못하는 자는 평생 아버지 그늘에서 벗어나지 못한다. 제 삶을 온전히 살지 못한다. 죽을 때까지 이생에서의 삶이 끝날 때까지 제 아비의 송장을 등짝에 지고 살게 되는 것이다.

깨달음은
늘
늦게 온다

재희야 언니 보러 오지 안으련. 언니는 지난 4일 날 무사히 도착했다. 조카 지우도 같이 와서 재롱을 한창 떨고 있다. 준용이도 몹시 지우를 아끼고 사랑한단다. 언니가 이번 귀국이 우리 노부부에겐 마지막 상봉이 될 상싶다. 이제 언제 또 만나려는지 알 수 없는 기약이다.

나는 요사이 집 문제로 밤잠을 설치고 있다. 40년이나 살아온 나의 집을 강제로 철거당하여 어느 곳에 말년을 보낼지 걱정이 태산이다. 이런 하소연을 너밖에 할 수 없는 나의 신세기 기련히디....... 끝

재희야! 요사이 어떻게 지내고 있니?

나는 요사이 뭐가 무엇인지 목적도 희망도 없이 뜬구름 타고 바람 부는
되로 떠돌아 황혼길을 헤메고 있다. 이것이 내가 가야 할 길인지 아물한
미로를 헤메는 듯 허공을 떠돌고 있다. 내 힘으로 해결될 문제도 아니면
서 잘되기만을 기다리면서도 설마하니 최악의 순간이 닥친다면 그때는
어떻게 대처할 것인가? 이것이 나에게 주어진 운명이라면 그것은 분명
내가 감수해야 할 업보일 것이나.
삶의 희비애락도 모두가 자기가 뿌린 되로 심은 되로 가는 것인 것을 뉘
라서 닥쳐올 운명을 피하겠는가? 모든 만물의 생사는 하늘의 뜻인 것을
닥쳐올 운명을 피해 보려고 발버둥 친들 무슨 소용이 있겠는가?.........
별 볼일 없는 늙은이가

집에 한번 다녀가렴.

아버지는 그렇게 말했다. 아버지가 돌아가시던 그해. 2008년 한 해 동
안 아버지는 내게 전화를 할 때마다 한 번씩 꼭 그렇게 말했다.

보고 싶구나. 비대위 사무실에 한 번 다녀가지 않으련.

왜였을까. 내가 금호동에 가지 않았던 이유는. 정말 바빴던 것일까. 아
니다. 영화를 찍고 있는 것도 아니었고 시나리오를 쓰고 있는 것도 아니
었다. 사실 나는 바쁘지 않았다. 바쁘다는 건 핑계에 불과했다. 그저 갈
생각이 들지 않았다는 말이 더 정확하다. 전철로 불과 3, 40분 거리일 정

아버지가 포토샵으로 만진 사진.
내가 집에 들를 때마다 아버지는 컴퓨터 사용법을 알려 달라고 하셨다.
그때마다 나는 그냥 탑골공원 같은 데나 놀러 다니시라며
벌컥 짜증을 냈다.
이후 아버지는 구청에서 하는 무료 강좌로 컴퓨터를 배우셨고,
내게 이메일도 보내셨던 것이다.

도로 가까운 곳. 내가 태어나 자라고 부모가 살고 있는 집이었다. 그러나 아버지의 전화를 끊고 나면 집은 뇌리에서 순식간에 지워졌다. 문밖을 나서면 금호동 집 생각이 난 적이 별로 없었다.

　처음으로 비대위 사무실에 들렀을 때 아버지는 이미 세상을 뜨고 없었다. 늦어도 너무 늦어 버린 방문이었다. 아버지가 없는 사무실. 그 빈자리가 너그게 느껴졌다. 사무실 한구석에 구형 컴퓨터가 뽀얗게 먼지를 뒤집어쓴 채 놓여 있었다. 아버지가 내게 이메일을 보낼 때 사용한 컴퓨터라 했다. 누렇게 때가 낀 키보드 자판을 보니 생전의 아버지가 떠올랐다. 집에 들를 때마다 인터넷 사용법을 알려 달라 채근하던 아버지. 아버지는 돌아서면 까먹고 손이 느려서 자꾸 실수를 했다. 귀찮아진 나는 다 늙어서 그딴 건 뭣 하러 힘들게 배우려고 하냐며 그냥 탑골공원 같은 데나 놀러 다니시라고 벌컥 짜증을 내고 말았다. 그 뒤로 아버지는 내게 더는 물어보지 않았다.

주희 아버지 매일 비대위 사무실에 나오셨어. 한겨울에 난방도 안 되는 데…… 노인이니 어쩌나 걱정됐지. 석유난로 하나 놓고 괜찮다고. 아무도 안 와도 아침에 나와 문 열고 저녁에 문 잠그고 집에 가시고. 심심해서 컴퓨터 치고 그래서 메일도 쓰고 그러셨을 거야.
구청에서 인터넷을 배우셨어. 노인들을 가르쳐 주는 무료 강좌였는데. 거기에서 너희 아버지가 최고로 나이 많은 수강생이었어. 하루도 안 빼먹고 나오셨으니까. 숙제도 제일 잘하시고 열심이셨어. 그런데 수업 끝나면 다른 노인들은 다들 수다도 떨고 커피도 마시고 그랬는데, 너희 아버지는 절대 끼지 않더라. 사람들이랑 말도 안 섞고 그냥 갔어.

술을 그렇게 많이 드시는 줄은 몰랐지. 그냥 어르신이 약주 정도 하시는구나. 비대위에서 볼 때는 항상 꼿꼿하셨거든. 흐트러진 모습을 본 적이 없어. 한번은 노인이 사무실 앞 계단에서 미끄러지셨어. 깜짝 놀라 부축해 집에 모셔다 드린다 했는데 한사코 거절하시더라구. 혼자 갈 수 있다면서.

생전의 아버지를 알고 지냈던 이웃들을 인터뷰하면서 아버지에 대한 이야기를 많이 들었다. 그동안 내가 몰랐던 아버지를 만났다. 굳이 알고 싶지 않았던 아버지, 또는 알고도 모른 척해 버린 아버지였다. 어느샌가 나는 이웃들이 들려주는 아버지에 대한 이야기, 이웃들 자신의 이야기에 찬찬히 귀를 기울이고 있었다. 그리고 결국에는 그들의 이야기를 듣고 있는 바로 나 자신을 되돌아보게 되었다.

이해한다는 것은 뭘까. 우리는 남을 이해한다고 말한다. 상대의 이야기를 듣는다고 말한다. 하지만 사실 우리는 남의 이야기를 듣지 않는다. 듣기보다는 다들 제 이야기를 하기 바쁜 것이다. 하지만 이해한다는 것은 '말하는 것'이 아니라 '듣는 것'이다. 듣는다는 것은 잠자코 귀를 기울이는 것이다. 내 의견과 주장을 내려놓고 내 입을 다물고 오로지 경청하는 것이다. 그래야만 상대방의 마음을 알아차릴 수 있다. 더불어 상대를 바라보는 내가 누구인지 또한 내 마음이 어디로 가는지도 알아차릴 수 있다. 알아차린다는 것은 드러나지 않거나 숨은 마음을 미리 알고 정신을 차려 깨닫는다는 뜻이다. 그 말은 곧 이해한다는 것과 다르지 않다. 내 안이 시끄러우면, 내 입이 먼저 떠들면, 알아차릴 수도 이해할 수도

아버지의 이메일

없다. 결과적으로 남을 이해한다는 것은 바쁜 자신을 나를 내려놓지 않고서는 불가능한 것이다.

아버지는 메일을 썼다. 반평생 세상과 가족에게 담을 쌓고 살았던 아버지가 처음으로 내게 말을 건넨 것이다. 그렇게 아버지는 내게 다가왔고 당신의 이야기를 들어 달라 했다. 하지만 나는 듣지 않았다. 소위 인생을 말하는 영화감독이라면서 이야기하는 일을 입으로 삼고 있으면서 듣지 못했고 아버지에게 다가가지도 못했다.

아버지의 이야기를 듣기 위해 다시 메일을 연다. 귀로 들었어야 할 아버지 말을 이제 글로 읽는다. 아버지 이야기에 조용히 귀를 기울인다. 뒤늦게나마 알아차리게 된 아버지의 진심. 아버지의 참회. 어린 시절부터 아버지 때문에 수도 없이 울음을 삼켰다. 아버지 때문이라면 더는 흘릴 눈물이 없을 줄 알았다. 그런데 이상하다. 나는 울고 있다. 별 볼일 없는, 늙은 아버지가 쓴 글을 읽으며 또 울고 있는 것이다. 운명을 예감하며 인생의 황혼 길을 홀로 쓸쓸히 헤맸을 아버지에게 위로의 말 한마디조차 건네지 못했다니. 후회한들 때는 늦었다. 깨달음은 언제나 뒤늦게 온다.

평생
떠돌다

나의 사랑하는 재희에게

오늘은 일요일이라 우리 비상대책위원회에서 회합을 갖는 날이다. 내가 어쩌다가 비대위 사무실직이가 됐는지 모르겠다. 아마 생각컨데 준용이가 핸드마이크 들고 동내 사람들을 소방서 앞에 모이게 하면서 이 교수가 동참함으로써 비대위가 창설됨으로써 나도 우연치 않게 사무실지키가 된 듯하다. 그런데 이게 말이야 재판으로 진행되니 재판이란 몇 년이 걸릴지 한도 끝도 없이 진행되니 내 나이 75세 언제 이승을 떠날지 모르는 처지에 오로지 답답할 뿐이다. 준용이 장가라도 보내고 이승을 떠나야 할 텐데 그게 어찌 마음되로 되느냐 말이다. 준용이야 나하고는 이렇쿵저렇쿵 통 담을 쌓고 지내니 더욱 답답한 건 나뿐이야. 이 모두가 자식 잘못 가리킨 애비의 업보라 감수한다.

젊고 힘 있을 때 평생 먹고살 만한 재산을 모았으면 오늘의 이 고통이 서러움을 받지 않을 텐데 한창 돈 벌 나이에 월남이다 사우디다 욋국으로 전전하면서 쥐꼬리만치 벌어온 돈으로 너의 엄마가 이렇게 저렇게 해서 밥은 굶지 않고 지냈다만은 나는 허구한 날 술로서 허송세월을 했는가 말이다.

히디 못혜 건설 현깅에 나가시 등 짐을 지든가 아파트 꼉비라노 했으닌 오늘과 같은 궁색은 면했을 것이다.

우리 가족 모두에게 진심으로 사과한다.

그런데 말이다. 내가 언제 이승을 떠날지는 모루겠으나 요사이는 하루하루 지나는 것이 지겨웁고 서러워 산다는 게 이처럼 고통수러울 수가 없다. 아침에 잠에서 깨여나면 그렇게도 무섭고 두려울 수가 없다.

오늘 하루는 어떻게 보낼까 하는 두려움 때문에 아침이 무섭기까지 하다. 독서실에서 책이나 코퓨터 치는 것도 지겨웁고 비대위 사무실 지키는 것도 그렇고 어는 것 하나 마음 붙일 곳이 없구나. 그래서 내가 시간을 유익하게 보낼 곳이 없을까 하고 복지원이나 실버 직업소개소 등 여러 곳을 알아봤지만 나를 부르는 데는 없드라. 그래서 말인데 보수는 없어도 즐겁게 시간을 보낼 수 있는 곳이라면 ok다. 어디 그런 곳이 쉽지는 않겠지만 좀 알아봐 다오. 정말 염치없지 오즉 답답해서야 그러겠니?

답답할 때 마시는 술 때문에 너의 어머니의 구박을 많이 받는다.

쓸데없는 헛소리를 많이 했구나. 미안하다 너는 나의 심정 이해해 주리라 믿는다.

지금 후회 막급한 것은 대한통운 본사 중량품사업소에 그대로 있었으면

60세 정년을 마쳤으면 우리 집은 글곡 없이 무탈하게 보냈을 것이고 너이들도 고생 없이 지냈을 것을 그놈의 월남 발암이 불어 그곳에 가면 큰 돈을 벌어 억을하게 헐값에 팔아 버린 내 큰 집을 다시 찾을 수 있겠다는 어리석은 생각에 (그때는 월남 갈려고 시골에서 집과 땅을 팔아서 서울에서 여관방 생활을 하면서 오직 파월 시험에 매달리는 사람이 있는가 하면 나처럼 근 회사 사원이나 공무원들도 너도나도 월남 기려고 야단들이였단다. 아버지는 운이 좋아 120 대 1의 경쟁을 뚫고 합격을 해서 그때는 정말 날아갈 것 같은 기분이였다.) 그만 월남을 갔었따 그때가 언니가 2살 때이니까 언니도 잘 모루지. 어찌됐든 다 지나간 과거사 이제는 이승을 떠날 날이 가까우니까 미래보다 과거가 자꾸만 떠오르며 남는 것은 후회뿐이구나. 아무쪼록 건가이 최고다. 건강하여라.........무능한 애비가

08. 09. 27 10:30 아버지가

사랑하는 재희야 !

가울이 돌아오니 울적한 마음 어디서 달래야 할지 허둥지둥 갈피를 못잡겠구나.

집은 재개발이니 비대위니 하면서 언제 끝날지도 모르는 지루한 싸움만 하는데 조합에서 그대로 끌려가다가는 우리는 분양가를 지급할 돈이 모자라 현금 청산하면 길거리로 쫓겨나야 할 처지에 몰려 있다. 어쩌다가 내가 비대위 사무실을 지키게 되다 보니 이제는 우레히 내가 지키는 것으로 고착화되여 이러지도 저러지도 못하는 신세가 되었다. 재판이 길게

잡아서 2년이나 걸린다니 내가 앞으로 2년을 살아 견딜지도 지금으로선 장담하기가 어렵다. 이제는 나의 몸둥이도 만신창이가 되어 언제 속세를 하직할지 모르는 판에 재판 싸움에 언제까지 버틸지 모르겠다.

낙엽이 떨어지는 것을 볼 때마다 나도 언젠가는 저 낙엽처럼 소리 없이 떨어져 한 줌의 흙으로 돌아가겠지..... 빈손으로 왔다가 빈손으로 떠날 이 몸둥아리 무엇을 너 바랄게 있으랴? 나의 사랑하는 재희야 부디 먼설기에 건강하거라.

아버지로부터

떠남과 집. 이 두 단어는 아버지 삶에서 거의 모든 것이다. 아버지는 배움에 대한 열의와 성공에 대한 열망으로 북녘에 있는 집을 떠났다. 그러나 남한에서도 오래 정착해 머물지 못했다. 결혼하여 당신만의 집을 꾸린 후에도 베트남으로 중동으로 또다시 떠났다. 늘 어딘가로 떠났다. 어느 곳에도 마음을 붙이지 못했다.

생전에 다시는 돌아가지 못했던 고향과 정착도 안착도 못하고 방황하며 살았던 남한. 끝내 되찾지 못한 부평의 집은 아버지가 타지인 남한에서 성공했다는 것을 보증하는 증거이자 실향민인 자신의 불안정한 정체성을 남한에 단단히 뿌리박게 해 줄 희망이었다. 그 집을 되찾겠다는 아버지의 집념은 광기나 다를 바 없었다. 그 광기가 아버지를 평생 떠돌게 만든 것은 아니었을까. 그럼 왜 당신은 그처럼 집을 내려놓지 못했던 것일까. 집은 아버지에게 도대체 어떤 의미였을까.

서울시 성동구 금호동 1가 179-24번지 11통 3반.

평생에 걸친 아버지의 고군분투는 결국 금호동 집 한 채로 남았다. 늘 그막 아버지에게 마지막으로 남은 것이라고는 낡고 오래된 이 집이 전부 였다. 그러나 그 집은 단순한 집이 아니었다. 남한 땅에서 당신이 끝까지 시켜 낸 유일한 재산이었다. 당신 일생에 온전히 자신의 것으로 남은 것 이었다.

아버지가 그토록 집에 집착한 이유를, 극심한 우울증과 절망에 빠졌던 이유를 이제는 뼈저리게 알 것 같다. 아버지는 재개발로 당신의 집이 아 니 당신의 삶 전부가 사라지는 현실을 목도해야만 했다. 하지만 다시 시 작할 수도 맞서 싸울 힘도 그 무엇도 없었다. 당신은 너무 지쳤고 늙어 버렸다. 평생 타국을 외지를 떠돌았던 아버지에게 이 집은 몸을 누일 수 있는 유일한 곳, 고향이었다. 늘그막에 고향을 집을 잃고 또다시 타향을 헤맬 수는 없었던 것이다.

평양냉면
먹던 날

어느 날 엄마한테서 전화가 걸려 왔다. 요즘 아버지가 이상하다고. 우울증이 심해졌다고. 아무리 위로하고 타일러도 소용이 없다고. 나는 무심하게 대답했다.

엄마, 우울증도 병이에요. 처음에는 감기 같은 거지만 심해지면 병원에 가고 약을 먹고 치료를 받아야 하는 거라구요. 엄마가 아무리 말로 이야기한들 소용없어요.

그럼 어쩌니. 네가 와서 제발 어떻게 좀 아버지를 모시고 가던가. 아니면 얘기를 해 보던가 어떡하든 좀 해 봐라.

순간 와락 짜증이 몰려왔다. 이제는 노친네 우울증까지 살펴야 한단 말인가. 엄마의 하소연이 이어졌다. 모른 체할 수는 없었다. 팔십을 앞둔 노인 아닌가. 그저 힘없고 나약한 늙은 아버지가 아닌가. 나는 마음을 고

처먹었다.

알았어요. 한번 아버지 뵈러 갈게요.

집으로 찾아간 날. 아버지는 예의 그랬듯이 방에서 꼼짝도 하지 않고 있었다.

아버지. 방에 그렇게 혼자 온종일 계시지만 마시고 바깥에 나가 바람도 쐬
고 그러세요 좀.
됐다. 난 그냥 집에 있을란다.
안 된다니까요. 우울할수록 햇볕도 쬐고 바깥 공기도 쐬고 그래야 하는 거
라고요. 저랑 오늘은 나들이 좀 가요.

싫다는 아버지를 기어이 끌고 밖으로 나왔다. 그리고 미리 작심한 대
로 식당으로 향했다. 아버지와 단 둘이 밖으로 나서기는 성인이 된 후로
처음이었다. 인터넷 검색을 해서 찾아간 평양냉면집. 실향민 아버지에게
당신 고향의 맛 평양냉면이라도 한번 대접하자는 마음이었다.

맛이 어떠세요?
…….
별로예요?
이건 그 맛이 아니야. 비싸기만 하고.

아버지는 그 옛날 당신이 이북에서 먹던 진짜배기 냉면이 아니라고 했다. 그 말에 그만 부아가 치밀었다. '애써 마음을 달래 드리려 했더니 이 양반이 끝까지 고집을 부리네. 당신이 어린 시절 먹던 그 냉면 맛이 어땠는지 제가 알 리가 없잖습니까.'라고 톡 쏘고 싶었지만 꾹 참았다. 대꾸하기 싫었던 나는 그냥 냉면 먹기에 집중했다. 잠시 침묵이 이어졌다. 그 순간이었나. 아버지가 불쑥 내게 말을 걸었다.

넌 영화 하는 게…… 행복하냐?

갑작스런 질문에 고개를 들었다. 아버지 눈이 나를 바라보고 있었다. 말문이 막혔다. 그런데 나도 모르게 대답이 튀어나왔다.

네. 행복해요.
그걸로 돈도 못 벌면서?
돈은 못 벌어도…… 하고 싶은 거니까요. 그래서 괜찮아요. 후회 없습니다.

아버지는 내 얼굴을 물끄러미 바라보았다. 그러더니 고개를 끄덕였다.

그럼 됐다. 네가 행복하다면 그걸로 됐어……. 애비는 네가 참 부럽구나.
네?

아버지는 혼잣말하듯 중얼거렸다.

내가 부럽다니. 그저 아버지가 별 엉뚱한 소리를 다 하는구나 싶었다.

식사를 마친 후 아버지는 당신이 밥값을 내겠다며 고집을 부렸다. 영화 한답시고 밥벌이도 제대로 못하는 내가 무슨 돈이 있겠냐며 딸자식에게 얻어먹는 걸 미안해 했다. 우리는 계산대 앞에서 실랑이를 벌였다. 나는 부모에게 냉면 한 그릇도 쉽게 사지 못하는 돈 없는 자식이었다. 그래서 부모의 마음을 쓰이게 만드는 못난 사식이었나. 속이 상해서 서둘러 카드로 밥값을 내 버렸다. 그러자 아버지는 멋쩍게 웃었다.

허허. 내가 딸 덕에 평양냉면을 다 먹어 보고…….

아버지와 함께 케이블카를 타고 남산 팔각정에 도착했다. 아버지와 나란히 팔각장 계단에 앉아 숨을 돌리고 있었을 때 남산타워를 올려다보던 아버지가 이렇게 읊조렸다.

여기가 집에서 먼 데도 아닌데. 70년도인가. 그때 한 번 오고 지금까지 난 사십 년 넘도록 한 번도 와 보질 못했어……. 이제 다 늙어서…… 그래도 오게 되다니…….

그 순간 아버지 얼굴을 쳐다보았다. 초로의 노인이 내 옆에 앉아 있었다. 그때 아버지 눈시울에 눈물이 어려 있었던가. 아버지 주름에 노을이 스며들어 있었던가. 나는 아무 말도 하지 못하고 듣기만 했다. 아버지는 저 멀리 어딘가를 바라보고 있었다.

아버지의 이메일

남산공원에서 셔틀버스를 타고 장충단공원에서 내렸다. 공원을 걷다가 아버지가 잠시 걸음을 멈췄다. 주위를 둘러보던 아버지는 무언가 자신만의 추억에 잠기는 듯했다. 이제는 존재하지 않는 과거의 장충단공원을 생각하는지도 몰랐다. 아버지가 감회에 젖은 눈빛으로 내게 물었다.

　재희야, 너 어렸을 때 여기 아빠랑 자주 왔던 거 기억나니? 내가 사진도 정말 많이 찍었는데 말이다.

　기억나고 말고요. 아버지가 열심히 사진을 찍어 주던 그 시절. 카메라 가방을 멘 멋쟁이 사진사 아빠라고 친구들에게 뻐기고 자랑했던 그때. 시간은 훌쩍 징검다리를 건너뛴다. 나는 여섯 살이다. 카메라가방을 멘 아버지 손을 붙잡고 장충단공원을 걷고 있다. 내 손에는 아버지가 사 준 바나나우유와 곰보빵이 들려 있다. 나는 키가 껑충한 아버지를 올려다본다. 선글라스를 낀 아버지가 나를 내려다보며 빙긋 웃는다. 젊은 아버지가 내 손을 힘껏 꼬옥 잡아 준다. 이제 그 아버지는 노인이 되었고 여섯 살이던 딸은 중년이 되었다. 해가 뉘엿뉘엿 지고 있었다. 아버지와 나의 그림자가 길게 땅거미를 드리우고 있었다.

　오늘 고마웠다. 네 덕분에 내가 호사를 누렸구나.

　전철역 앞에서 아버지는 바래다 드리겠다는 내 말에 손사래를 쳤다. 혼자 집으로 가겠다고 배웅은 필요 없다고 했다.

너야 할 일도 많고 바쁜 애 아니냐. 어서 가 봐. 애비야 쉬엄쉬엄 가면
된다.

아버지를 모시고 집까지 함께 가야 할지 잠시 망설였다. 그러나 내 도
리는 다했으니 이제 내 일상으로 돌아가자라는 조급한 마음에 지고 말
았다.

그럼 아버지 조심해서 가세요.

그런데 전철역을 향해 걸어가던 아버지 뒷모습에 그만 가슴이 철렁하
고 말았다. 너무 놀랐다. 아버지가 저토록 작고 왜소했던가. 내 기억 속
아버지는 언제나 키가 훤칠하고 건장했는데. 그런데 저기 휘청거리며 힘
겹게 걸어가는 저 구부정한 노인은 도대체 누구란 말인가. 나는 아버지
를 붙잡지도 자리를 뜨지도 못한 채 그 자리에 멍하니 서 있었다. 잊히
지 않는다. 아버지의 뒷모습. 세월이 흐르고 흘러도 잊히지 않을, 가슴 저
며 오는 장면 하나가 그렇게 내 기억 속에 덩그러니 남았다. 안다. 사람
은 그렇게 기약 없이 가고 기억만 예고 없이 찾아오리라는 것을. 그날 결
국 아버지를 부르지 못하고 발걸음을 돌렸던 것을 오랫동안 후회하고 또
후회하게 되리라는 사실을. 안다. 되돌릴 수 없는 것은 시간이며 살아 있
는 자의 슬픔이 그의 부재를 대신하리라는 것을. 이제는 안다. 그때 아버
지를 붙잡았더라면 그래서 길게 얘기를 나누었더라면, 저녁노을을 벗 삼
아 아버지와 함께 버스를 탔더라면, 아버지의 손을 잡고 함께 집으로 돌

아버지의 이메일

아갔다면, 긴 밤 아버지와 같이 소주잔을 기울이며 아버지 이야기를 술 주정을 들어 드렸더라면, 그랬더라면, 그랬더라면…….

아버지에게 남은 시간이 그토록 짧았다는 것을, 그날이 아버지와 마지막으로 보낸 나들이었다는 것을 그때 나는 미처 알지 못했다.

다시
써야 할 이름,
아버지

사랑하는 우리 재희야!

어제는 정말 즐거웠고 고맙다. 없는 돈에 아버지를 모신다고 너에게는
거금을 썼으니 나는 즐겁고 오랜만에 외출을 즐겁게 보냈다마는 집에 와
서 생각하니 내가 너무 주책 없는 애비가 된 것 같아 내 마음이 아리구
나...... 일정한 직장도 보수도 받는 것도 아닌데 금쪽같은 너의 돈을 축냈
으니 말이다. 너의 주관이 뚜렷하고 앞날의 진로도 그렇다고 하니 아버
지로서야 그저 너의 앞날을 잘되기만을 축복해 줄 수밖에 없는 것이 恨
이로구나. 무능한 애비에게 태여나서 호강 한 번 제대로 못하고 편치 않
은 집안에서 싸움박질만 하는 것을 보고 자랐으니 무슨 인간미를 보았겠
누냐? 이 모두가 아버지의 무능 또는 스트레스를 술로 푸는 못된 습관 때
문이라 뼈저리게 후회하고 있다. 나는 어떻게 보면 세상을 꺼꾸로 사는

것이 사실이다. 이제 와서 後悔한들 어쩌겠니. 이제 머지않아 썩어질 몸 힘이 있다면 힘 닿는 데까지 좋은 일에 여생을 받이고 싶다만 그것마저도 세상은 허락하지 않는다. 늙어서 바라는 것은 자식 잘되는 것이 유일한 낙이다.

부디 건강하여라 안녕....아버지로부터

사람에게는 꿈이 중요하다. 작든 크든 사소하든 거대하든 말이 되든 안 되든. 그러나 꿈을 꿀 권리, 꿈을 향해 도전할 기회 또는 그럴 힘을 모두 빼앗겨 버렸을 때 사람은 파괴된다. 그 사람의 영혼도 함께 파괴된다. 개인의 욕망과 사회적 역할을 모두 거세당한 개인이 마음대로 할 수 있는 것은 아무것도 없다. 그에게는 오로지 자기 자신을 파괴할 권리밖에 남지 않는다. 아버지가 그랬다. 아버지가 자신을 파괴할 방법으로 찾은 것이 술이었다.

하지만 아버지의 자기 파괴는 단지 자신만을 향하지는 않았다. 좌절한 인생은 종종 책임을 전가할 대상을 필요로 한다. 아버지의 좌절과 분노는 자신보다 약한 존재인 가족들에게로 향했다. 아버지가 저지르는 폭력을 감내해야만 했던 그 긴긴 시간들. 아버지 삶이 흔들릴 때마다 우리 가족의 삶도 같이 흔들려야 했다.

어린 시절 내게 아버지라는 이름은 공포의 다른 말이었다. 이 세상의 모든 '어른'은, 모든 '성인'은, 모든 '남성'은 내게 오랫동안 공포의 다른 이름이며 경멸과 같은 이름이었다. 어떤 이름으로든 폭력으로 가장의 위신을, 남성의 권위를 세우려는 아버지를 남성들을 그런 인간들을 멸시하고 멀리했다.

　가부장이라는 이름의 남자는 남편 또는 아버지라는 이름으로 종종 폭력을 휘두른다. 주로 그 폭력에 희생당하는 것은 가족에서 약자인 여성, 아내와 딸들 또는 자식들이었다. 우리 집이라고 예외는 아니었다. 매일 술을 마시던 아버지. 술상을 엎는 것으로 시작되던 아버지의 한풀이. 직접적인 폭력의 대상이 되는 것은 언제나 어머니나 나였다. 술에 취한 아버지는 어머니를 샌드백 취급했다. 아버지에게 얻어맞는 순간 어머니는 아내도 여자도 인간도 아니었으며 그저 아버지의 분풀이 대상이었을 뿐이다. 아버지의 폭언과 주먹질이 한 차례 휩쓸고 간 다음 날에도 어머니는 어김없이 아픈 몸을 추스르며 자식들 끼니를 챙겼다.

　네 아버진 어렸을 때 아버지에게 맞고 자랐대. 자랄 때 사랑 못 받고 일찍 어머니랑 헤어지고 어머니를 다섯이나 두고. 그러니까 자기도 인생이 어떻게 안 되니까 안 풀리니까 그런 거지. 불쌍해. 술 안 취하면 말수도 없고 더없이 착한 사람인데……

　어머니는 우리에게 다짐을 받듯이 타이르곤 했다. 아버지가 원래는 착하고 여린 사람이라 했다. 그리고 아버지니까 존경해야 한다고. 그 말을 들을 때마다 나는 소름이 끼쳤다. 마치 매 맞는 노예가 주인님이 화가 나셔서 그렇지 원래는 저를 사랑하고 잘 보살펴 주십니다라고 앵무새처럼 읊는 것 같았다.

　과거의 한 장면이 떠오른다.

　　　　　　　　　　　　　아버지의 이메일

아버지에게 두들겨 맞고 엄마가 쓰러졌다. 우리는 공포에 사로잡혀 울부짖었다. 친척들에게 미친 듯이 전화를 돌렸다. 엄마를 살려 달라고 제발 구해 달라고. 큰집 식구들이 달려왔다. 큰어머니가 쓰러진 엄마를 살폈다. 우리는 안도했다. 이제 엄마가 아버지 손아귀에서 풀려날 수 있겠구나, 우리는 이제 살았구나 친척들이 아픈 아버지를 병원으로 데려가겠구나. 그러나 나는 내 귀로 똑똑히 들었다. 큰어머니는 눈물을 뚝뚝 흘리며 엄마 손을 잡고는 이렇게 말했다. "조금만 조금만 더 참고 살라."고. 자식들이 다 클 때까지만 참고 살라고.

나는 분노했다. 다음에는 이웃이 경찰이 찾아왔다. 그러나 결과는 똑같았다. 이웃도 경찰도 아버지 폭력에 무참히 희생당하는 우리를 도와주지 않았다. 가정 문제라 했다. 가족끼리 해결할 문제라 끼어들 수가 없다고 했다. 아버지가 휘두른 폭력에 무력하게 쓰러지는 어머니와 무방비 상태로 공포에 떨어야 하는 우리를 아무도, 그 누구도 구해 주지 않았다. 아버지 폭력에 맞서기에 우리는 너무도 작았고 무력했다. 그래서 나는 또 분노했다. 사회에서 약자가 기댈 곳은 없었다. 나는 너무 일찍 알아 버렸다. 남편과 아내, 부모와 자식 사이에도 불평등과 억압이 존재한다는 사실을. 모든 인간은 평등하고 존엄하다는 천부인권은 가정 내에서 벌어지는 폭력 앞에서는 휴지 조각에 불과하다는 사실을. 나는 너무 일찍 깨달아 버렸던 것이다.

폭력은 증오를 낳고 증오는 다시 폭력을 낳는다. 아버지의 증오는 고스란히 자식들에게까지 전해졌다. 나의 증오심은 밑바닥부터 끓어올랐다. 아버지에 대한 분노와 증오로 담금질했던 사춘기. 나는 아버지를 죽여야, 죽여 없애 버려야 우리 집에 평화가 찾아온다고 믿었다.

　어느 날 밤, 모두 잠들었을 때 나는 깜깜한 부엌에 혼자 앉아 있었다. 식칼을 집어든 채 눈물을 집어삼키고 있었다. 그때 어머니가 방문을 열고 나왔다. 부엌에서 무슨 소리가 나자 연 것이다. 당황한 나는 얼떨결에 칼을 내려놓았다. 서로 눈이 마주쳤다.

　넌 이 시간에 잠은 안 자고, 여기서 뭐 하는 거니? 어서 들어가서 자!

　그때 어머니가 문을 열지 않았더라면, 내가 아버지 목에 칼을 들이댔다면, 아버지 가슴에 칼을 박았더라면, 아아, 지금의 나는, 우리 가족은 어떻게 되었을까. 아마 지금 나는 이렇게 이 글을 쓰고 있지 않았을 테지. 나는 이 순간 여기에 존재하지 못했을지도 모른다.

　중독은 어떤 형태로든 지울 수 없는 상흔을 남긴다. 폭력 또한 폭력에 희생당한 사람에게는 잊히지 않는, 지워지지 않는 상흔을 남긴다. 물리적 폭력, 언어폭력, 권력으로 행사하는 폭력 등 모든 이름의 폭력. 그 앞에 '가정'을 하나 덧붙이자. 가정폭력. 가정 내에서 알코올과 폭력은 한 쌍이었다.

　평소에 자상했던 아버지는 술만 취하면 악마로 돌변했다. 술이 깨면 언제 그랬냐는 듯이 아무 말이 없었다. 우리는 누가 진짜인지 무엇이 진실인지 알 수 없었다. 인간에게는 선과 악이 공존한다. 절대악도 절대선도 존재하지 않는다. 가정은 내게 그 사실을 똑똑히 낱낱이 알려 준 실제 무대였다. 그렇게 우리는 폭력에 길들여져 갔다. 폭력에 노출되거나 폭력

　　　　　　　　　　　　　　아버지의 이메일

이 일상이 되면 그게 오히려 자연스러워진다. 마치 일상의 연속이 된다. 부자연스럽고 비정상적 상황이 오히려 일상처럼 당연해지는 것이다. 그리고 집 안에서 가족들은 폭력을 휘두르는 당사자 아버지의 기미를 살피고 경계하는 데만 온 신경을 집중하게 된다. 가정은 더는 안전과 보호의 공간이 아닌 것이다.

폭력이 무엇보다 무서운 것은 단단히 각인이 된다는 것이다. 피해를 당한 기억을 지우고 말끔히 잊고 살면 해결된다고 생각하기 쉽지만 사실은 그렇지 않다. 기억은 왜곡도 합리화도 가능하다. 하지만 그 상황을 견뎌 내야 했던 공포에 사로잡혔던 몸은 절대로 그 기억을 잊지 못한다. 모든 폭력은 어떤 형태로든 폭력에 희생당한 사람에게 지워지지 않은 트라우마를 남긴다.

사람들은 자애롭고 공정하며 절대적으로 강력한 가부장을 이상적인 아버지상으로 꼽는다. 그러나 모든 남성이 '이상적인' 아버지가 될 수는 없다. 그런 가부장이 되기에는 현실에 수많은 장애물이 있다. 그리고 대다수 남성은 그 아슬아슬한 간극 사이에서 좌절하고 분열하고 만다. 이상적인 가부장은 말 그대로 이상에 불과하며 허상일 뿐이다.

학대받은 어린 시절, 불우한 환경, 실패한 인간관계, 좌절된 꿈, 왜곡된 가치관, 과도한 책임감, 경제적 불안. 이 땅의 분노하고 좌절한 가부장, 아버지를 지칭할 때 붙일 수 있는 목록들. 동시에 분노하고 좌절한 남성의 정체성 그 본질을 구성하는 요소들.

한국전쟁, 보릿고개, 유신 독재 시대를 관통한 이 땅의 불운한 아버지들의 삶. 그리고 한국 현대사의 질곡을 극복하지 못한 아버지들의 변명

또는 고백은 언제나 똑같았다. 먹고살기도 힘들었다고, 그땐 어쩔 수 없었다고. 술에 취하든 폭력을 휘두르든 노름에 빠지든 가정과 자식을 버리든 그때는 시대가 그랬다거나 남자는 원래 그렇다거나 또는 아버지는 다 그런 존재라며 그것이 가부장이라며 너무 쉽게 면죄부를 받았다. 내 아버지도 그랬다.

유교적 가부장제 사회이자 보수 반공주의로 점철된 대한민국에서 기득권자가 되지 못하고 사회적 약자로 전락한 사람. 남성우월주의에 사로잡혀 실추된 가부장적 권위를 획득, 유지하기 위해 가정에서 폭력적인 독재자가 되었던 사람. 그리하여 아버지와 남성이라는 두 이름으로 분열되고 스스로에게서 소외된 사람. 그래서 외로운 인간이었던 바로 그 이름을 나는 '아버지'라 부른다.

무능한 애비에게 태여나서 호강 한 번 제대로 못하고 편치 않은 집안에서 싸움박질만 하는 것을 보고 자랐으니 무슨 인간미를 보았겠느냐? 이 모두가 아버지의 무능 또는 스트레스를 술로 푸는 못된 습관 때문이라 뼈저리게 후회하고 있다.

뼈저리게 후회하고 있다. 뼈저리게 후회하고 있다고 아버지는 썼다.

그렇다. 아버지는 알고 있었다. 자기가 나쁜 짓을 하고 있다는 것을. 용서받을 수 없는 죄를 저지르고 있다는 사실을. 그러나 동시에 아버지는 그 모든 게 자기 책임은 아니라고 되뇌었을 것이다. 아내 탓이거나 여자 탓이거나 술 탓이거나 어린 시절 자기 부모가 자기에게 한 짓 때문이

아버지의 이메일

라고 변명했을 것이다. 세상이 자기를 그렇게 만들었기 때문이라고 화가 나서 그랬을 뿐이라고 두둔했을 것이다. 자신도 피해자라며 그렇게 합리화했을 것이다. 그렇지만 아버지 역시 그 모든 이유가 자신의 행동을 정당화해 주지 않는다는 것 또한 잘 알고 있었을 것이다.

나는 여기 아버지의 고백을 통해 권위적이고 폭력적이었던 가부장으로서의 아버지가 아닌 참회하는 아버지, 용서를 구하는 아버지를 만났다. 그리고 위태위태한 대한민국표 가부장제 그것이 아버지의 삶에 드리운 어두운 그림자도 보았다. 남성의 약함을 인정하지 않는 억압적인 사회구조가 어떻게 한 인간을 궁지에 몰아넣고 인간성을 파멸시키는지를 내 아버지를 통해 똑똑히 보았다.

틀니를
찾아서

아버지가 돌아가시기 두 달 전. 차마 웃지 못할 일이 벌어졌다. 아버지가 119구조대에 구조된 사건이다. 욕실 수챗구멍에 틀니를 빠뜨렸는데 일흔다섯 살 노인이 그걸 찾으려다 사달이 난 것이다. 하수도 맨홀에 들어가 가스에 질식사할 뻔한 위험천만한 사건이었다. 자초지종을 듣고 나는 아득해졌다. 할 말을 잃었다. 그날의 상황에 대해 어머니는 이렇게 말했다.

네 아버지가 욕실에서 틀니를 닦다가 그만 틀니를 하수도 구멍에 빠뜨렸어. 욕실에 있을 줄 알았던 양반이 없길래 어디 갔나 찾았더니. 집 앞 맨홀 뚜껑이 옆으로 비껴 있는 걸 봤지 뭐냐. 그때 아차 싶었지. 가슴이 철렁하더라. 아이고 이를 어쩌나 어째. 하수도에 휩쓸려 간 틀니를 찾겠다고 기어이 거길 들어간 게 틀림없다고. 안에 대고 아무리 불러도 대답이 있어야지. 컴컴한 하수도 터널 안은 메아리뿐이고. 내가 들어갈 수는 없고 발만 동동 구르다가······.

119구조대가 긴급 출동했다. 이 소식에 동네 사람들이 순식간에 모여들었다. 일반인이 그것도 노인이 아무런 보호 장비도 없이 맨홀 안으로 들어갔다는 신고에 구조대원들조차 깜짝 놀랐다.

아니 거기가 어디라고 들어갑니까? 들어갈 땐 쉬워도 나오는 길을 못 찾을 수도 있고 가스 때문에 죽을 수도 있다고요!

구조대원들은 장비를 갖추고 서둘러 하수도로 진입했다. 구조대가 사라진 맨홀 안을 내려다보며 다들 어쩔 줄 몰라 했다. 사람들은 아버지가 거길 어떻게 들어갈 생각을 했냐며 죽을지도 모른다며 초조하게 발만 동동 굴렀다. 얼마나 시간이 흘렀을까. 천만다행하게도 구조대가 아버지를 찾아냈다. 구조대의 부축을 받으며 무사히 하수도 밖으로 이끌려 나온 아버지. 모두가 놀란 가슴을 쓸어내렸다. 드디어 온 동네를 소란스럽게 했던 한바탕 소동이 끝났다.

오물을 뒤집어쓴 아버지는 온몸이 상처투성이였다. 게다가 바지에 오줌을 지려 냄새까지 지독했다. 그런데도 아버지는 다시 하수도에 들어가 틀니를 찾아야 한다고 막무가내로 고집을 피웠다. 다행히 큰 사고 없이 남편이 무사히 구조되었다는 안도감도 잠시 어머니는 동네 사람들 앞에서 실랑이를 벌이는 남편이 부끄러웠다. 구조대원들에게 남편을 구해 줘서 고맙다고 연신 머리를 조아리며 눈물을 훔쳤다. 가슴이 찢어졌다. 횡

설수설하는 아버지를 집으로 끌고 들어온 어머니. 아버지는 계속 틀니를 찾으러 가야 한다고 중얼거렸다. 더러워진 옷을 벗기고 남편을 씻기다가 어머니는 그만 억장이 무너졌다. 울면서 아버지 등짝을 때리고 때렸다.

내가 전생에 무슨 죄를 졌길래……. 다 늙어서 이 나이에 내가 이런 꼴까지 보고 …… 네가 죽어야지 내가…….

속상해서 울먹이는 어머니를 보자 가슴이 미어졌다. 속이 끓어올라 미칠 지경이었다.

아버지, 도대체 왜 그러세요? 이번 일로 하마터면 돌아가실 뻔했잖아요! 맨홀 거기가 어디라고 들어가신 거예요! 구조대가 빨랐기에 망정이지 이번 일로 정말 돌아가실 뻔했다구요. 까짓 틀니가 얼마나 한다고. 저희가 새 틀니를 해 드릴게요. 제발요. 위험한 일 좀 벌이지 마세요.

아버지에게 간청했지만 묵묵부답이었다. 아버지는 방으로 들어가더니 문을 닫아 버렸다.

그 이틀 뒤였다. 아버지는 어머니가 잠시 집을 비운 사이 또다시 하수도에 들어갔다. 그리고 마침내 틀니를 찾아내고야 말았다. 그다음 날 나는 아버지에게서 한 통의 메일을 받았다.

아버지의 이메일

나의 사랑하는 딸 재희에게

위험을 감수하면서까지 특히나 너의 어머니 성화에 못 이겨 다시 한 번
시도를 해 볼 작저이였으나 엄마가 은해에 다녀온다고 하기에 때는 이때
다 어제 시도했든 되로 그 좁은 구멍을 찾아들어 갔다. 엊그제는 처음이
라 사방을 헤메며 우리 집에서 나오는 구멍을 못 찾았는데 오늘은 운 좋
게 들어가자마자 홀 입구를 금방 찾을 수가 있었지. 그래서 홀 입구를 살
펴보니 바로 홀입구에 돌들이 톱이바퀴처럼 박혀 있는데 그 돌에 내가
그렇게 원하고 찾기를 바랬든 그 틀이가 돌에 걸려 반짝거리고 있지 않
겠니. 나는 녀무 기뻐 환희에 찬 고함이라도 웨치고 싶었다. 정말 그렇게
기쁠 수가 없었다. 그때 나의 감정은 질소에 의한 질식사 보담도 아무렀
지 않게 출구를 향해 달렸다. 그런데 들어오기는 수월했는데 비좁은 하
수관을 빠져나오는 데는 만만치가 않았다. 그래서 생각해 낸 것이 들어
올 때의 반대 방향으로 자세를 하눌을 보고서 빠지니 온몸이 까지고 할
키고 해서 간신히 빠져나왔으나 어떤 아저씨 한 분이 지나갔으나 못 본
체하고 지나가드라. 이것이 오늘날 우리 사회의 자화상이다.

온몸이 상초투서이였으나 나는 그렇게 찾고 싶었든 틀이를 찾았으니 그
따위 상처쯤은 비할 바 아니였다. 너의들의 남매들의 갸룩한 심정 십분
이해한다만 200만 원이란 거금을 갹출해서 새로 만들어 준다는 마음만
도 그저 고마울 뿐이다. 내가 우울증이니 뭐니 해도 아직 병원에 갈 생
태는 아니니까 너무 걱정하지 마라. 어찌됐든 200만 원을 벌었으니 나

는 날아갈 듯이 기쁘다. 애비 걱정은 이만하고 너의 건강에나 신경 쓰렴
으나.

어찌됐든 몸이 상처투성이여서 더구나 이마에 상처로 사람 보기가 그렇
다. 이번 일로 너이들 남매의 심려 진심으로 감사한다.

못난 애비가

이걸 집념이라고 해야 하나. 독기라고 해야 하나. 뭐라고 해야 하나. 아
버지는 하수도에 빠뜨린 틀니를 정말로 끝끝내 되,찾,았,다. 그 소식에 놀
라서 부리나케 집에 들렀을 때 아버지는 욕실에서 되찾은 틀니를 열심히
닦고 있었다. 나는 기겁했다.

아버지! 혹시 그거 쓰고 계신 거예요? 버리세요, 제발. 하수도에 빠졌던 거
잖아요. 세균에 감염되었을지도 모른다구요!

나는 아버지를 만류했다. 하지만 아버지는 뭐가 좋은지 싱글벙글거
렸다.

너 모르지? 이거 살균하는 방법 말이야. 인터넷에 다 나와 있다. 내 다 알
아서 살균했으니 걱정 마라. 그리고 죽을 날 멀지 않은 늙은이가 세균 감
염이 된들 또 어떠냐.

반박할 말조차 떠오르지 않았다. 그저 기가 막혔다.

아버지의 이메일

당시 아버지는 알코올성 우울증이 심각했다. 돌아가실 즈음에는 곡기에 전혀 손을 대지 않았다. 술을 밥 대신 마셨다. 그랬으니 일흔다섯 노인의 몸이 술을 이겨 낼 리 만무했다. 결국 술이 아버지를 데려갔다고 해도 틀린 말은 아니다. 사람은 죽을 때가 가까워지면 평소에 안 하던 행동을 한다고 한다. 틀니 사건을 알고 있는 주변에서 그런 말을 했다. 혹시 아버지가 치매 증세를 보였던 것은 아닌지 걱정하면서 말이다. 사실 아버지의 돌발 행동은 알코올성 치매 초기 증상으로 봐도 근거가 없진 않았다.

하지만 틀니 사건에 대해 당신의 소회를 적어 내려간 아버지의 이메일을 읽다가 문득 이런 생각이 들었다. 아버지가 목숨을 걸고 38선을 넘어온 것과 죽을 각오를 하고 하수도를 헤맨 것. 이 둘은 아버지에게 어쩌면 같은 의미이지 않을까. 뫼비우스의 띠처럼 둘은 기이하리만치 아버지 삶과 닮아 있었다. 이 두 사건이 마치 아버지 인생의 시작과 끝을 의미하는 것처럼 느껴졌다.

반드시 틀니를 찾고야 말겠다는 일념으로 깜깜한 하수도 바닥을 기어가면서 어쩌면 아버지는 60여 년 전 38선을 넘겠다며 파랏 강을 건넌 어린 소년으로 돌아갔을지도 모른다. 오물로 뒤덮인 하수도 터널은 어린 소년 아버지가 살아남겠다는 각오로 이를 악물고 기어갔던 진흙탕 갈대밭이었는지도 모른다.

38선을 무사히 넘어 살았다는 것을 확인했을 때 아버지가 느꼈을 환희. 하수도 속에서 틀니를 발견했을 때 아버지가 느꼈을 희열. 그것은 아버지 전 생애의 시작이자 종결, 완결이었다. 아버지가 이생의 끝자락에서 보여 준 마지막 자존심이자 인간다운 몸부림이었으며 삶에 대한 불굴의 집념과 숭고한 의지였다. 그리고 어둠 속에서 찾아낸 그 틈니는 이제 당신을 평안히 쉴 수 있는 곳으로 인도할 한 줄기 빛, 아아, 인생의 종착점이자 마침표는 아니었을까.

아버지의 이메일

꿈속의
귀향

나의 사랑하는 재희야

전날의 너의 글 가슴이 저리도록 나의 독백이 얼마나 바보수러운지를 깨달았다. 늙을수록 자기 처신을 분명히 해야 하는데 자신의 처신 하나 주체를 못하고 너에게까지 걱정을 끼쳐서 너무나 미안하구나.

목적도 없이 하루하루를 보낸다는 것이 이토록 어려운 줄은 진작에 터득해야 할 것을 뒤늦게 철난다는 것이 말이나 되냐?

너의 글은 참으로 좋은 약이 될 것이다. 지난날의 회한과 분통함을 사기지 못하고 날이 갈수록 자꾸만 과거가 떠오르는 것은 젊어서 젊음을 믿고 어떻게 되겠지 하는 막연한 환상 때문이다.

지금 시가로 200억 원이란 그 집을 재산을 바라고 내가 그렇게도 반대한는 서모를 5번이나 들인 아버지를 이제 와서 원망한들 무슨 소용이 있겠니. 내가 어머니를 모시고 월남하지 못한 죄가 더 한스럽고 가슴이 미여진다. 지금은 그 지옥 같은 땅에서 월남자 가족이라고 혹독한 확대 속에서 마지막 숨을 걸으실 때 나를 얼마나 원망하며 눈이나 제대로 감고 돌아가셨겠니?

엊그제 밤에는 그렇게 꿈에 안 보이시드니 꿈에 나타나서 옛날 자상하고 다정스러운 모습이 보이드라. 어떻게나 돌아가셨는지 그 무지막지한 북한 놈들이 월남 가족이라 해서 인간 이하의 확대 속에서 생을 마감했으리라 생각하면 치가 떨린다.

그리고 바로 나의 바로 위 인숙이 누나가 그렇게도 나에게 잘해 주었는데 나 대신 가장 노릇을 했는데 민청 위원장이란 놈이 치근거렸는데 어떻게 됐는지??? 그리고 우리 막내 선옥이가 인민학교 2학년 때 월남을 했으니 진금 나이가 71세가 되었으니 어디로 쫓겨나서 어디에서 죽었는지 살았는지 알 길이 없고 북한 사람의 평균 수명이 60세라니까 아마 선옥도 이 세상 사람이 아니라 생각한다. 그리고 큰누나 인필이 인옥이 누나도 이 세상 사람이 아니라 본다.

이제 남북통일이 된다고 해도 나의 정다운 얼글들을 볼 수가 없구나. 나는 남한 사람들이 금강산이다 개성관광이다 하는 것을 보면 그립다기보다 화부터 난다. 물론 나이 들어 한 번 북한 땅을 밟아 보는 것이 소원이라 해도 그 악란한 분한 정권을 돕는 행동은 나는 원치 않는다.

이제 나도 이승을 하직할 날이 머지않으니 만사를 하늘에 맡기고 살아가련다. 쓰고 보니 쓰잘데기 없는 넋두리였구나. 읽기 싫으면 읽지 않아도 된다..... 떨어지는 나엽을 보면서 아버지가 보낸다

　　　　　　　　　　아버지의 이메일

아버지는 돌아가신 당신의 어머니, 할머니를 꿈에서 보았다고 했다. 어머니와 누이들 모두 벌써 이 세상 사람이 아닐 거라 했다.

내가 어머니를 모시고 월남하지 못한 죄가 더 한스럽고 가슴이 미어진 다……엊그제 밤에는 그렇게 꿈에 안 보이시드니 꿈에 나타나서 옛날 자싱하고 다징스러운 모습이 보이드라. …… 이제 남북통일이 된다고 해도 나의 정다운 얼굴들을 볼 수가 없구나.

어머니와 누이들을 고향에 둔 아버지. 나이가 들수록, 돌아갈 날이 가까워질수록 고향이 혈육이 그리워지는 법. 평생 내색을 하지 않았던 아버지였는데, 이메일에서 어머니와 누님 그리고 고향에 대한 절절한 그리움이 느껴졌다. 결국 아버지는 당신의 고향에 발을 디디지 못한 채 명을 달리했다. 죽을 때까지 제 피붙이를 만나지 못했던 아버지의 슬픔, 뼛속에 사무쳤을 회한을 생각하니 가슴이 먹먹해졌다.

사실 나는 고향을 잃어버린 느낌이 무엇인지 일평생 혈육과 만날 수 없고 생사를 확인할 수도 없는 마음이 어떤지 잘 모른다. 아버지 시대와 달리 나는 내가 원한다면 자유롭게 어느 나라든 어디로든 갈 수 있다. 그런 내가 아버지 마음을 이해한다고 감히 말할 자격이 없을 것이다. 그렇지만 내가 아버지를 아버지 시대를 공감할 수 있다면 그것은 우리가 여전히, 죽은 '아버지' 시대를 살고 있기 때문이다.

한국전쟁이 발발한 지 66년. 여전히 남북이 총부리를 겨누고 서로 대치하는 곳. 세계 유일의 분단국가에서 살고 있다는 사실은 변함이 없기 때문이다. 지금 대한민국을 사는 우리에게는 지구 반대편 어느 곳에나 갈 자유가 주어졌지만 여전히 아버지의 고향, 북쪽을 찾아갈 자유만은 주어지지 않았기 때문이다.

반세기 전 20세기 한복판 한반도에서 일어난 동족상잔의 비극. 그 누구도 전쟁의 책임을 지지 않았다. 전쟁의 상흔을 극복하고 치유하려고도 하지 않았다. 어느 누구도 전쟁 대신 평화를, 분단 대신 통일을 원하지 않았다. 남과 북 어느 쪽도 말이다. 이 땅에서 한국전쟁은 종전된 것이 아니다. 휴전인 상태로 수십 년이 분단이 고착화된 것이다. 그리고 남과 북은 각자의 국가, 각자의 정부, 각자 아버지들의 나라를 세웠다. 한쪽은 자본주의로 한쪽은 사회주의라는 외피를 쓰면서 각자 자신의 체제가 민주주의의 적자라는 레토릭을 구사하나 사실 이 두 나라는 양극단에서 극과 극으로 닮아 있다. 그러므로 남과 북은 쌍생아다. 이 두 체제는 서로를 타자보다 더 먼 타자로 적대시하면서 자신의 정체성을 만들어 왔다. 생각해 보면 몸서리쳐지게 이상한 일이다. 우리는 반세기 넘게 분열된 정체성으로 살아온 것이다. 이 얼마나 비틀리고 슬픈 자기부정인가.

아버지 고향, 황해도. 저기 북쪽 어딘가에 아버지 고향이 있겠구나 나는 실향민 2세대구나 그런 생각을 하니 기분이 참으로 묘했다.

아버지 가방 안에는 알 수 없는 유품이 하나 있다. 그냥 흙이 담긴 봉지. 아버지는 말라 푸석해진 흙덩이를 간직하고 있었다. 생각할수록 이상했다. 이 흙덩이는 도대체 무엇일까. 어디서 왔을까. 혹시 아버지가 잃어버린 부평 집터의 흙일까. 아니면 북녘 땅의 흙일까.

한 번은 아버지가 임진각에 다녀오셨다. 갈 수 없는 북녘을 앞에 두고 소주 한 잔 마시고 왔다고 했다. 혹시 그때 가져온 흙일까. 그러나 이 흙의 정체를 알고 있는 유일한 사람은 이제 대답을 해 줄 수가 없다.

통일이 되면 아버지를 당신의 고향 땅에 묻어 드리겠다고, 아버지 유골을 고향 하늘에 뿌려 드리겠다고 아버지 유골이 재로 화하던 날 결심했다. 아버지가 평생 고이 간직한 이 흙과 한 줌 재로 화한 아버지를 당신의 고향에 함께 보내 드리겠다고 말이다. 아마도 이 바람은 어쩌면 아버지 자식인 내가 늙어 죽을 때까지도 오지 않을 미래일지 모른다. 말 그대로 지켜지지 않을 거창한 약속, 기약 없는 기다림, 부질없는 희망일 수도 있다. 하지만 기다리겠다. 저 임진강이 그 긴 세월 동안 수없는 고통과 비극을 다 품고도 말없이 흘러왔듯이 그리고 오늘도 내일도 그렇게 흘러가듯이. 기다리겠다. 언젠가 그날이 오면, 반드시 그날이 오면…….

08. 12. 20 16:54

나의 사랑하는 재희야!!!
오늘은 날씨도 음산한데. 비대위 사무실에, 쭈구리고 앉아 있자니 처량하기도 하고 귀가 막힌다.
한때는 오대양 육대주를 헤메이고 다녔는데 이제는 골방 구석 신세가 됐으니 한심하기도 하고 딱하기도 하구나. 지인들도 하나둘 세상을 떠나는 것을 보면 나도 얼지 않았구나 하는 생각이 든다. 세상에서 떠나기 전에 나도 뭔가 착한 일을 해야 할 텐대 하면서도 막상 생각하면 그것도 쉽지 않은 일이다.

귀국하여 무엇 하나 제대로 한 것이 없는지라 발이 좁은 나에게 무엇이 있겠니? 문제는 연령이다. 75세라면 어디를 가도 연세가 많아서 어렵겠는데요 이것이 한결같은 대답이다. 너처럼 시간이 있으면 독서 삼매경에 빠지면 얼마나 좋겠니? 나는 요사이 재판이 12월 19일을 그처럼 확수고 대했는데 그것이 어떤 연유에서인지, 내년 己丑年(기축년) 1월 19로 연기 됐다.

혹시 조합 측에서 시공사 대림산업이 추가 변호인을 내세으드니 여기에 영향이 있는지 예의주시하고 있다.

하로하로 지겨운데 또 해를 넘겨 己丑年 1월 9일이라니 나는 답답해 죽을 지경이다. 그런 줄 알고 이버지가 쓸데없는 넉두리를 털어놓아 미안하구나. 재희야 아모쪼록 건강 조심하고 너의 희망을 펼치렴으나!!

그럼 이만......아버지가

이 메일을 쓴 사흘 뒤 아버지는 세상을 떠나셨다. 응급실로 달려갔을 때 이미 이 세상 사람이 아니었다. 어느 누구도 예상 못했기에 경황없고 황망했던 장례식. 그날 밤새 눈이 내렸다.

장례식이 끝나자마자 나는 조용히 짐을 쌌다. 비행기에 올랐다.

말레이시아 쿠알라 셀랑고르라는 낯선 곳. 허름한 게스트하우스에서 잠을 청한 날 새벽녘에 꿈을 꾸었다.

만주와 북한의 접경지대. 어느 외진 시골 같은 곳. 낡고 초라한 역사 (驛舍).

그곳에서 아버지가 나를 기다리고 있었다. 아버지는 오랫동안 나를 기

아버지의 이메일

다리고 있었던 것만 같다. 밀짚모자를 쓴 아버지가 나를 향해 반갑게 손을 흔들었다. 나도 모르게 손을 흔들었다.

기차가 움직이기 시작했다. 덜컹덜컹 바퀴 소리가 귓전을 때렸다.

무궁화열차보다 더 낡고 오래된 기차 안. 마주 앉은 아버지와 나.

아버지는 남한에서 영화감독이 된 딸이라며 나를 주위 승객들에게 자랑스럽게 소개했나. 씨쇠쇠하지만 실박한 성정이 느껴지는 촌부들의 시선이 일시에 내게로 모인다. 억센 이북 사투리가 마구 쏟아져 나온다. 나는 당황해서 그만 얼굴을 붉힌다.

아버지…… 아니에요…… 무슨…….

아버지의 손. 거칠고 억센 농부의 손이다. 꼬질꼬질한 손톱. 갈라지고 투박한 손바닥. 그 손에서 눈을 뗄 수가 없다. 코끝이 그만 시큰해진다.

아버지가 내 손을 꼬옥 잡았다. 그리고 고향에서 어머니와 인숙 누님 여동생 선옥과 농사를 지으며 살고 있다고 수줍게 말문을 열었다. 땅도 있고 농장에서 소, 돼지, 닭도 키우고 있다고. 할머니와 고모들이 내가 오길 학수고대하고 있다고.

할머니와 고모들이요?

그렇단다.

아버지는 함박웃음을 지었다. 아, 그토록 환하게 웃는 모습은 처음 보왔다.

그 순간 나는 잠에서 깨었다.

창밖에 이름 모를 열대의 새들이 지저귀고 있었다. 낯선 이국 땅. 새벽 어스름 나는 소리 죽여 울었다. 세상에 없는 아버지가 그리워 울었고 아버지의 꿈이 떠올라 울었고 아버지의 한이 목메어 또 울었다.

여행을 마치고 돌아온 후 가속들에게 물었다. 아버지를 혹시 꿈에서 보았느냐고. 나를 제외하고는 없었다. 꿈 얘기를 했다. 엄마의 눈시울이 붉어졌다. 엄마는 깊이 안도하며 담담히 말을 이었다.

북에 두고 온 어머니와 누이들을 평생 그리워하더니 드디어 고향에 돌아 갔나 보구나. 어머니 품에 안겼나 보구나.

아아, 아버지 그토록 그리워하던 어머니와 누이들을 만나셨나요? 북녘 고향 땅에서 이제는 평안하신가요?

아버지의 이메일

에필로그

새삼 어린 시절 일이 떠오른다. 공부는 뒷전이고 도서관에 간다고 하고 선 극장에 들락거리던 때였다.

너 영화 보러 가지? 무슨 영화 보러 가니?

아버지는 내가 몰래 극장에 가는 걸 어떻게 알았을까. 가슴이 덜컥했 다. 아버지는 당신을 따라 방으로 들어오라 했다. 죽었다. 또 한 소리 듣 겠구나. 간이 콩알만 해졌다. 그런데 예상과 달리 아버지는 내 손에 돈을 꼭 쥐여 주었다. 나는 눈을 동그랗게 떴다.

내가 너보다야 영화를 좀 더 잘 알지.
네?
엄마한테는 비밀로 해 줄게. 재밌게 보고 와.

나는 뛸 듯이 기뻤다. 아버지와 뭔가 비밀을 공모한 기분이었다. 아버

　　　　　　　　　　　아버지의 이메일

지에게서 받은 돈을 들고 극장으로 줄달음쳤다. 그러고는 온종일 내리 영화를 보았다. 아버지가 젊은 날 영화를 많이 봤다고 했을 때마다 무시했던 기억. 이메일에서 아버지는 극장 선전부장을 했다고 썼다. 그랬구나. 그랬었구나. 영화를 사랑했던 아버지. 그래서 영화를 좋아하는 나를 이해해 준 아버지. 아련한 기억 속에서 찾아낸 아버지가 있었다. 그리고 아아, 그곳에 아버지 '사랑'이 있었다.

이제 와 생각해 보니 나는 아버지에 대해 아는 것이 하나도 없었다. 내가 살아온 시간과 아버지가 지나온 시간이 너무나 다르고, 내가 앞으로 살아갈 시간과 아버지에게 남겨진 시간 또한 너무도 달랐기에 나는 정말 아무것도 몰랐던 것이다. 영화감독이 된 나를 아버지가 어떻게 생각하고 있었는지 속마음을 알 수는 없다. 그러나 아버지나 어머니나 내가 하는 일에 항상 노심초사했다는 건 안다. 자식을 낳아 세상에 던져 놓은 부모가 자식에 대해 가장 중요하게 생각하는 일은 자식들이 스스로 벌어먹고 살 수 있을까, 몸 누일 집은 가질 수 있을까 뭐 그런 것이 아니겠는가.

그런데 내가 영화를 하고 싶어요 했으니 부모에게 그 말은 곧 나는 백수가 되겠어요와 똑같은 의미였던 것이다. 그러니 영화로 내가 앞가림이나 제대로 할 수 있을까 걱정하는 게 당연할 수밖에. 아버지 걱정은, 아버지 사랑은 이제 어머니 몫이 되었다. 생전의 아버지처럼 어머니도 묻는다. 밥은 잘 챙겨 먹고 다니냐. 월세는 안 밀리고? 그게 부모 마음이다.

삶에서 부모가 되는 것은 선택일 수도 있다. 그러나 누군가의 자식으로 태어나는 것은 선택 불가능하다. 이 세상에 태어난 이상 우리는 모두 결국 누군가의 자식이거나 자식이었다. 부모가 있든 없든 부모를 긍정하든 부정하든 우리 자신이 누군가의 아들이자 딸이었다는 그 사실마저 부정할 수는 없다. 그렇다. 나는 아버지 자식이자 당신의 딸이다. 그것이 아버지가 내게 남긴 유산이다.

그러나 나는 아버지의 자식이고 딸이기 전에 또한 여성이며 한 인간이다. 그렇기 때문에 나는 아버지가 남긴 유산을 그대로 물려받을 수는 없었다. 그렇다고 아버지 유산을 모두 부정할 수도 없었다. 내가 아버지를 찾아 이 길을 떠난 까닭은 '가부장'인 '아버지' 편에 서려는 게 아니다. 아

아버지의 이메일

평생 가 난했고,
항상 떠돌았고,
자주 취하셨던
내 아버지의 삶.
그런 당신의 삶을
저 믿어 봅니다

일흔셋 당신이 보내온 일생의 첫 고백

2014.4 기획·연출 홍재희 · 제작 이야기보따리 영화제작소 · 배급 ·홍보마케팅 (주)인디스토리 · 디지털배급 (주)인디플러그

아버지의 이메일

다큐멘터리 〈아버지의 이메일〉은
2013년 서울독립영화제에서
최우수 작품상을 받았다.

버지라는 이름의 역할에 존경과 위로를 보내기 위해서도 아니다. 아버지가 겪은 고난의 역사에 눈물을 흘리며 박수를 보내기 위한 것도 결코 아니다. 그럴수록 아버지 당신은 면죄부를 얻게 된다. 이는 아버지 당신의 삶을 오독하는 것이다. 나는 비틀린 가족사의 진실, 그 기억의 알리바이를 찾고 싶었다. 내가 잃어버렸거나 잊어버렸던 아버지의 조각, 조각난 기억의 파편을 소환하고 싶었다. 무엇보다 아버지라는 이름의 인간을 이해하고 싶었다. 그리고 아버지라는 역할과 가부장이란 허울에 가려진 바로 그 사람, 한 개인의 이름을 되찾아 주고 싶었다. 그럼으로써 아버지를 떠나보내고 드디어 나 자신으로 내 이름으로 홀로 서고 싶었다.

이제 그 아버지는, 죽었다. 아버지의 집도 영원히 사라졌다.

그러나 아버지의 사랑은 여기, 남았다.

이제 나는 아버지라는 이름으로 불리었으나 그 이름값에 질식했던 한 남성이자 한 개인 그리고 평범했던 한 사람의 편에 서려고 한다. 그리고 단 한 가지만 기억하련다. 아버지도 한때는 어머니의 사랑과 누이의 보살핌이 필요했던 작고 연약한 아이였다는 것을. 더 나은 미래를 꿈꾸던

아버지의 이메일

섬세한 소년이었다는 것을. 영화를 좋아하며 한 여자를 사랑했던 젊은 청년이었다는 것을. 절망 앞에 무릎 꿇은 나약한 한 사람이었다는 것을.

　다만, 아버지의 '사랑', 그 '사랑'만 잊지 않겠다. 아마도 그것이 내가, 우리 세대가 아버지를 이해하고 용서하는 방식일 것이다.

1934년 5월 25일

황해도 황주군 구남면 구룡리에서 남양이 본관인 홍 씨 아버지와 전 씨 어머니 사이
에서 2남 3녀 중 세째로 태어났다.

1945년

열두 살. 8월 15일 조선이 일제 식민지에서 해방되었다.

1947년

열네 살. 2월 15일, 38선을 넘어 1차 탈북 시도. 경비대에 붙잡혀 실패. 병점으로 끌
려가 영창에 수감. 일주일 만에 집으로 돌아왔으나 이질에 걸려 죽다 살아났다.

1947년

8월에 탈북 2차 시도. 삼엄한 경비로 포기하고 말았다.

1948년

열다섯 살. 9월에 탈북 3차 시도. 마침내 성공. 인천에 살던 아버지와 큰형을 찾아
갔다.

1950년

열일곱 살. 6월 25일 한국전쟁 발발. 피난, 도망 생활을 하다 인천상륙작전이 성공한
후 부평에서 미군 부대 하역부로 일했다.

1953년

스무 살. 휴전 후 남북 분단. 북에 두고 온 어머니와 누이들을 영영 만날 수 없게 되

었다. 미군 부대 파지 장사로 어마어마한 돈을 모았다.

1963년

서른 살. 서독 파견 광부 모집에 지원했으나 사정이 꼬여 결국 가지 못하고 군 입대. 파독 간호사에 지원한 애인 미스 안만 혼자 한국을 떠났다. 모았던 재산을 잃고 무작정 인천 부평을 떠났다. 서울 달동네로 터전을 옮겼다.

1964년

제빵공장을 인수해 사업을 시작했으나 고전하다가 결국 접고 말았다. 도선동에서 제과점을 열고 재기를 노렸으나 그마저도 잘 안 됐다.

1965년

서른두 살. 4월 3일, 옥천에서 국민학교 교사로 있던 김경순(당시 스물아홉 살)과 중매로 만나 서울 을지예식장에서 결혼.

1966년

서른세 살. 그는 서울에서, 아내 김경순은 옥천에서 떨어져 살며 주말부부로 지냈다.

1967년

서른네 살. 첫째 딸 주희가 태어났다. 대한통운에 입사했다.

1968년

서른다섯 살. 3월, 아내 김경순이 교사를 그만두고 딸 주희를 데리고 옥천에서 올라왔다. 8월에 베트남 파견 기술자 시험에 1등으로 합격해 돈 벌러 베트남으로 떠났다.

1970년

서른일곱 살. 미군의 베트남 철수 결정으로 기술자가 감원되는 바람에 일자리를 잃고 귀국. 대한통운에 복직도 안 되고 미국 이민도 실패하고 실업자가 되면서 술을 마시기 시작했다.

1971년

서른여덟 살. 둘째 딸 재희가 태어났다.

1974년

마흔한 살. 생계가 막막해 궁여지책으로 용달차를 몰기 시작했으나 사고로 눈을 다쳤다. 결국 용달차를 폐차했다.

1976년

마흔세 살. 크레인 기사 자격증을 따고 8월에 사우디아라비아 건설 현장에 일하러 떠났다.

1977년

마흔네 살. 4월에 막내 아들 준용이 태어났다.

1080년

마흔일곱 살. 사우디아라비아에서 귀국했다. 이후 10여 년간 집에서 두문불출. 알코올 중독이 심해졌다.

1985년

쉰두 살. 제1회 공인중개사 시험에 합격했다.

1986년

쉰세 살. 신문에 난 동업자 모집 광고를 보고 부동산 중개소를 개업했으나 사기를 당해 돈만 날렸다.

1988년

쉰다섯 살. 88올림픽 자원봉사 단원에 자원해 올림픽 기간 동안 심판진 수송부 지정 호텔 운영팀장으로 활동했다.

1989년

쉰여섯 살. 3월에 동아운수에 취직했지만 교통사고를 내 교도소에 수감되었다. 선고 1년 집행유예 2년을 받고 이듬해에 풀려났다.

1990년

쉰일곱 살. 출감 후 잠시 빌딩 청소부로 일했다.

1992년

쉰아홉 살. 독서실 무료 청소 봉사를 하다가 운 좋게 경남아파트 경비원이 되었다.

1995년

예순두 살. 직업소개소를 전전하다 주차장 경비 일자리를 얻었다.

아버지의 이메일

1996년

예순세 살. 불광동 조흥은행 건물 경비원으로, 다시 천호동 현대아파트 경비원으로
일했다.

2005년

일흔두 살. 성동구 금호동 1가 재개발 15구역. 재개발 사업 추진으로 집을 잃을 위기
에 처했다.

2007년

일흔네 살. 4월 17일, 재개발 15구역 재개발 비대위가 발족되었고 그때부터 비대위
사무실 상근자로 일했다.

2008년

일흔다섯 살. 12월 23일 겨울, 북녘에 두고 온 어머니와 누이들을 그리워하며 일흔다
섯에 금호동 자택에서 눈을 감았다.

아버지의 이메일

초판 1쇄 발행 | 2015년 5월 15일

지은이	홍재희
편집	여미숙 · 김원영
본문 디자인	이정아

펴낸곳	바다출판사
발행인	김인호
주소	서울시 마포구 어울마당로5길 17(서교동, 5층)
전화	322-3885(편집), 322-3575(마케팅)
팩스	322-3858
E-mail	badabooks@daum.net
홈페이지	www.badabooks.co.kr
출판등록일	1996년 5월 8일
등록번호	제10-1288호

ISBN 978-89-5561-766-5 03800